BESTSELLER

Danielle Steel es una de las autoras más conocidas y leídas del mundo. De sus novelas, traducidas a más de cuarenta idiomas, se han vendido ochocientos millones de ejemplares. Sus libros presentan historias de amor, de amistad y de lazos familiares que llegan directamente al corazón de los lectores de todas las edades y culturas. Sus últimas novelas publicadas en castellano son: *Lazos de familia*, *El legado*, *Feliz cumpleaños*, *Charles Street n.º 44*, *Hotel Vendôme*, *Traicionada*, *Siempre amigos*, *Una herencia misteriosa*, *Blue* y *El apartamento*.

Para más información, visita la página web de la autora: www.daniellesteel.com

También puedes seguir a Danielle Steel en Facebook y Twitter:
[f] Danielle Steel
[t] @daniellesteel

Biblioteca

DANIELLE STEEL

Siempre amigos

Traducción de
Nieves Nuero

DEBOLS!LLO

Papel certificado por el Forest Stewardship Council®

Título original: *Friends Forever*

Primera edición en Debolsillo: junio de 2018
Primera reimpresión: agosto de 2018

©2012, Danielle Steel
Todos los derechos reservados,
incluido el de reproducción total o parcial en cualquier formato
© 2016, 2018, Penguin Random House Grupo Editorial, S. A. U.
Travessera de Gràcia, 47-49. 08021 Barcelona
© 2016, Nieves Nueno Cobas, por la traducción

Printed in Spain – Impreso en España

ISBN: 978-84-663-4379-4 (vol. 245/71)
Depósito legal: B-6.465-2018

Compuesto en Comptex & Ass, S. L.

Impreso en Liberdúplex
Sant Llorenç d'Hortons (Barcelona)

P 343794

Penguin
Random House
Grupo Editorial

Dedico este libro a Nick Traina y Max Leavitt,
dos estrellas brillantes,
y las huellas que dejaron
para siempre en nuestros corazones.

A mis queridos hijos
Beatrix, Trevor, Todd, Sam,
Victoria, Vanessa, Maxx y Zara.
¡Que Dios os tenga siempre entre los supervivientes!

Os quiero,

Mamá/D. S.

1

El proceso de solicitud de plaza, admisión y matriculación en el colegio Atwood había durado seis meses y había estado a punto de volver locas a las familias con sus jornadas de puertas abiertas, encuentros, intensas entrevistas con los padres —a veces hasta en dos ocasiones— y evaluaciones de los niños. Los hermanos de los actuales alumnos contaban con cierta ventaja preferencial, pero cada niño era valorado por sus propios méritos. Atwood era uno de los pocos colegios privados mixtos de San Francisco —la mayor parte de las escuelas antiguas y prestigiosas segregaban por el sexo— y el único que abarcaba desde el parvulario hasta duodécimo curso, algo que lo convertía en una opción muy atractiva para las familias que no querían volver a pasar por todo aquello para matricular a sus hijos en la escuela media o secundaria.

Las cartas de admisión habían sido recibidas a finales de marzo por sus destinatarios, quienes las esperaban igual de ansiosos que si hubieran estado aguardando que sus hijos fueran aceptados en Harvard o Yale. Algunos padres reconocían lo absurdo de toda aquella expectativa, aunque insistían en que merecía la pena porque Atwood era un colegio fabuloso, capaz de ofrecer a cada niño la atención individualizada que necesitaba. Además, ser alumno de la escuela conllevaba un elevado estatus social (un detalle que todos preferían no mencionar), y los estudiantes que se aplicaban en secundaria solían ingresar en las principales universidades del país. Conseguir que un niño entrara en Atwood suponía todo un triunfo. El colegio, que acogía a unos seiscientos cincuenta estudiantes, gozaba de una ubicación privilegiada en Pacific Heights y podía presumir de un reducido número de alumnos por clase, a los que, por si fuera poco, también ofrecía orientación académica y psicológica como parte de sus servicios.

Cuando por fin llegó el miércoles previsto para el ingreso de la nueva promoción de párvulos, hacía uno de esos raros días calurosos de septiembre en San Francisco. La temperatura superaba desde el domingo los treinta y dos grados de día y los veintisiete de noche. Un tiempo tan extremo solo se daba una o dos veces al año, y todo el mundo sabía que cuando apareciese la niebla, y sería inevitable, el calor se acabaría y volverían las temperaturas de entre quince y dieciocho grados diurnos y entre diez y trece nocturnos, acompañadas de fuertes y fríos vientos.

En condiciones normales a Marilyn Norton le encantaba el calor, pero en su noveno mes de embarazo, cuando solo le faltaban dos días para salir de cuentas, no lo estaba llevando muy bien. Esperaba su segundo hijo, otro varón, e iba a ser grande. Apenas podía moverse, y tenía los tobillos y los pies tan hinchados que solo había podido meterlos en unas chanclas de goma. Llevaba unos enormes pantalones cortos de color blanco que ahora le quedaban pequeños y una camiseta también blanca de su marido que se le ceñía al vientre. Ya no le quedaba ropa que le fuera bien, pero el bebé no tardaría en llegar. Se alegraba de haber podido acompañar a Billy al colegio en su primer día.

El niño se sentía nervioso y Marilyn quería estar con él. Su padre, Larry, podría haberlo llevado —a no ser que ella se hubiera puesto de parto, en cuyo caso una vecina se había comprometido a hacerlo—, pero Billy quería ir con su mamá el primer día, como todos los demás niños. Así que Marilyn se sentía feliz de estar allí, y Billy se agarraba a su mano con fuerza mientras se dirigían al hermoso y moderno centro escolar. Cinco años atrás, el colegio había construido un nuevo edificio con el apoyo económico de los padres de los alumnos actuales, y de los agradecidos progenitores de antiguos alumnos que habían prosperado en sus estudios.

Cuando se aproximaban, Billy le lanzó a su madre una ojeada inquieta. Llevaba en la mano un pequeño balón de fútbol americano y le faltaban los dos incisivos superiores. Madre e hijo compartían una espesa cabellera roja y rizada, así como una gran sonrisa. La de Billy le hacía mucha gracia a su madre, que lo encontraba monísimo sin sus dientecitos de arriba. Era un niño adorable y siempre había sido tranquilo. Quería que todo el mundo estuviera contento, era muy cariñoso con su madre y le encantaba complacer a su padre, y sabía que la mejor forma de hacerlo era hablar de deportes con él. Recordaba todo lo que su padre le contaba sobre los partidos. Tenía cinco años, y desde los cuatro decía que algún día quería jugar al fútbol americano en los San Francisco 49ers. «¡Ese es mi chico!», solía exclamar Larry Norton, orgulloso. Era un fanático de los deportes en general y del fútbol americano, el béisbol y el baloncesto en particular. Jugaba al golf entre semana con sus clientes y al tenis los fines de semana. Hacía ejercicio todas las mañanas sin falta y animaba a su mujer a seguir su ejemplo. Marilyn tenía buen cuerpo, cuando no estaba embarazada, y había jugado al tenis con él durante el embarazo, hasta que engordó demasiado para llegar a la pelota corriendo.

Ahora tenía treinta años. Había conocido a Larry hacía ocho, nada más salir de la universidad. Trabajaban en la misma compañía de seguros. Larry era muy atractivo y le llevaba ocho años. Enseguida se fijó en Marilyn, y se burlaba de ella por su pelo cobrizo. Todas las mujeres de la oficina le encontraban muy guapo y deseaban salir con él. Marilyn fue la afortunada ganadora, y se casaron cuando la joven contaba veinticuatro años. Enseguida se quedó embarazada de Billy, y había esperado cinco años para tener a su segundo bebé. El padre estaba encantado de que fuese otro niño, y se iba a llamar Brian.

Larry había vivido una corta carrera en las ligas menores de béisbol. Poseía un legendario brazo de lanzador, y todo el mundo daba por seguro que llegaría a las grandes ligas. Sin embargo, una fractura fragmentada de codo sufrida en un accidente de esquí puso fin a su futuro en el béisbol, y Larry comenzó a trabajar en el sector de los seguros. Al principio se lo tomó muy mal; empezó a beber demasiado, y cuando lo hacía se dedicaba a flirtear con todas las mujeres que encontraba a su alcance, aunque él insistía en que solo era un bebedor social. Era el alma de las fiestas. Cuando Marilyn y él se casaron, dejó la compañía de seguros y se puso a trabajar por su cuenta. Era un vendedor nato y creó una rentable agencia de corretaje de seguros que les brindaba una vida cómoda y lujosa. Adquirieron una casa preciosa en Pacific Heights, y Marilyn dejó de trabajar. Los clientes favoritos de Larry eran los deportistas profesionales de las grandes ligas; confiaban en él y ahora representaban el pilar de su economía. A sus treinta y ocho años, contaba con una buena reputación y un negocio próspero. Seguía frustrado por no haber llegado a ser jugador de béisbol, aunque reconocía tener una vida estupenda, una mujer muy guapa y un hijo que, si de él dependía, sería deportista profesional. Si bien su vida no había resultado ser como había planeado, Larry Norton era un hombre feliz. No había acompañado a Billy en su primer día de colegio porque esa mañana estaba desayunando con un jugador de los San Francisco 49ers para venderle más seguros. En casos así, sus clientes siempre eran lo primero, sobre todo si se trataba de estrellas. Sin embargo, muy pocos padres habían ido a llevar a sus hijos, y a Billy no le importaba. Su padre le había prometido un balón firmado y varios cromos del jugador con el que estaba desayunando. A Billy le hacía mucha ilusión, y estaba contento de ir al colegio solo con su madre.

En la puerta del parvulario una maestra le dedicó a Billy una cálida sonrisa, y este la miró con timidez sin soltar la mano de su madre. Era joven y bonita, y tenía el cabello largo y rubio. Parecía recién salida de la universidad. Su tarjeta de identificación decía que era maestra asistente y que se llamaba señorita Pam. Billy también llevaba una tarjeta con su nombre. Una vez dentro del edificio, Marilyn le llevó a su aula, donde ya había una decena de niños jugando. Su maestra acudió a recibirle y le preguntó si quería dejar el balón de fútbol americano en su casilla para tener las manos libres y poder jugar. Se llamaba señorita June y tenía más o menos la misma edad que Marilyn.

Billy vaciló ante la pregunta y luego negó con la cabeza. Tenía miedo de que alguien le robara el balón. Marilyn le tranquilizó y le animó a hacer lo que decía la maestra. Le ayudó a encontrar su casilla en la fila de casilleros abiertos donde otros niños habían dejado sus posesiones y algunos jerséis. Cuando volvieron al aula, la señorita June le propuso que jugara con las piezas de construcción hasta que llegara el resto de sus compañeros de clase. Billy se quedó pensativo y miró a su madre, que le animó con un empujoncito.

—En casa te encanta jugar con piezas de construcción —le recordó—. No voy a irme a ninguna parte. ¿Por qué no vas a jugar? Estaré aquí mismo.

Señaló una silla minúscula y se sentó en ella con mucha dificultad, pensando que haría falta una grúa para levantarla de allí. La señorita June llevó a Billy hasta donde estaban las piezas y el niño se puso a hacer una especie de fuerte con las más grandes. Era un niño alto y recio, cosa que a su padre le complacía mucho. A Larry no le costaba imaginárselo jugando a fútbol americano algún día. Lo había convertido en el sueño de Billy desde que el crío tuvo edad suficiente para hablar, y antes incluso en su propio sueño, en cuanto vio a su robusto recién nacido de cuatro kilos y medio. Billy era muy grande para su edad, aunque era un niño tierno y cariñoso. Nunca se mostraba agresivo con otros críos y había causado una excelente impresión durante su evaluación en Atwood. Habían confirmado que no solo poseía una buena coordinación para su tamaño, sino que además era muy inteligente. A Marilyn le costaba concebir que su segundo hijo pudiese llegar a ser tan maravilloso como Billy. Era el mejor. Y mientras trajinaba con las piezas se olvidó de su madre, la cual, sentada incómodamente en la minúscula silla, observaba a los demás pequeños que iban entrando.

Se fijó en un niño moreno de grandes ojos azules. Era delgado y más bajo que Billy. Vio que llevaba una pistola de juguete metida en la cinturilla de los pantalones cortos y una placa de sheriff prendida en la camisa. Marilyn sabía que estaba prohibido llevar pistolas de juguete a la escuela, pero al parecer había escapado a la supervisión de la señorita Pam en la puerta, con tantos niños llegando al mismo tiempo. Sean iba también con su madre, una guapa rubia con vaqueros y camiseta blanca, unos años mayor que Marilyn. Al igual que Billy, Sean iba de la mano de su madre, y poco después la dejó para ir también a jugar al rincón de las piezas. La mujer le miraba sonriendo. Los dos críos empezaron a jugar uno al lado del otro, agarrando las piezas sin prestarse atención entre ellos.

Al cabo de unos minutos la señorita June se fijó en la pistola y fue a hablar con Sean bajo la atenta mirada de su madre. Esta sabía que no le dejarían tenerla en el colegio. Conocía las reglas: Kevin, su otro hijo, cursaba séptimo en Atwood. Sin embargo, Sean había insistido en llevarse la pistola. La propia Connie O'Hara había sido maestra antes de casarse y por tanto sabía lo importantes que eran las normas escolares. No obstante, después de tratar de razonar con Sean para que dejase la pistola en casa, había optado por traspasarle el problema a la maestra. La señorita June se aproximó a Sean con una cálida sonrisa.

—Dejaremos eso en tu casilla, ¿de acuerdo? Puedes quedarte la placa de sheriff.

—No quiero que nadie coja mi pistola —dijo mirando muy serio a la señorita June.

—Pues vamos a dársela a tu mamá. Puede traerla cuando venga a buscarte. Aunque en tu casilla también estará segura.

Aun así, la maestra no quería que el niño fuera a hurtadillas a por ella y volviera a metérsela en la cinturilla de los pantalones.

—Puede que la necesite —dijo Sean forcejeando con una pieza grande y colocándola encima de las otras. Era un niño fuerte a pesar de su estatura y su peso, por debajo de la media—. A lo mejor tengo que arrestar a alguien —le explicó a la señorita June.

La maestra asintió con expresión grave.

—Ya, pero no creo que tengas que arrestar a nadie aquí. Todos los amigos que hay aquí son buenos niños.

—Puede que entre en el colegio un ladrón o un hombre malo.

—No lo permitiríamos. Aquí no hay hombres malos. Le daremos la pistola a tu mamá —dijo ella con firmeza.

La señorita June alargó la mano y Sean la miró a los ojos, calibrando hasta qué punto lo decía en serio. Hablaba muy en serio. A Sean no le gustó, pero se sacó la pistola muy despacio de los pantalones cortos y se la entregó a la maestra, que se acercó a donde se encontraba Connie y se la dio. La mujer, que estaba de pie junto a la madre de Billy, se disculpó, se guardó el arma de juguete en el bolso y se sentó en la sillita que había junto a la de Marilyn.

—Sabía que pasaría esto. Conozco las normas. Tengo un hijo en séptimo. Pero Sean no quería salir de casa sin la pistola.

Le sonrió a Marilyn con expresión apesadumbrada.

—Billy ha traído su balón de fútbol y lo ha dejado en su casilla —dijo Marilyn, y señaló a su hijo, que jugaba al lado de Sean.

—Me encanta su pelo rojo —comentó Connie en tono de admiración.

Los dos niños jugaban tranquila y silenciosamente uno al lado del otro cuando una niña llegó al rincón de las piezas. Era como un anuncio de la niña perfecta. Tenía un precioso cabello largo y rubio con tirabuzones, y unos grandes ojos azules. Llevaba un bonito vestido rosa, calcetines cortos blancos y unos zapatos relucientes, también de color rosa. Parecía un ángel. En cuanto llegó, sin mediar palabra, cogió la pieza de construcción más grande de manos de Billy y se la quedó. El crío la miró estupefacto, pero no se resistió. Tan pronto como la niña dejó la pieza en el suelo, vio la que Sean se disponía a poner en su fuerte, y también se la quitó. Les advirtió con una mirada que no se atrevieran a meterse con ella y procedió a agarrar más piezas mientras los niños la observaban asombrados.

—Esto es lo que me encanta de la enseñanza mixta —le susurró Connie a la madre de Billy—. Les enseña a relacionarse muy pronto como en el mundo real, no solo entre niñas o entre niños.

La niña les quitó otra pieza a cada uno. Billy pareció a punto de echarse a llorar y Sean le dedicó una torva mirada.

—Es una suerte que tenga la pistola en mi bolso —comentó entonces la madre de este—. Estoy segura de que Sean la arrestaría. Solo espero que no le pegue.

Las dos mujeres contemplaban a sus hijos, mientras el pequeño ángel/demonio continuaba impertérrito construyendo su propio fuerte. Controlaba por completo el rincón de las piezas y tenía amedrentados a los dos niños. Ninguno de ellos se había encontrado nunca con nadie como ella. En su tarjeta de identificación aparecían dos nombres: GABRIELLE y GABBY. Agitó sus largos rizos rubios mientras los niños la miraban pasmados.

Otra niña llegó al rincón de las piezas, se quedó allí plantada un par de segundos y se marchó en dirección a la cercana cocinita infantil. Allí empezó a entretenerse con ollas y cacerolas, a abrir y cerrar la puerta del horno y a meter alimentos de plástico en la nevera. Parecía muy ocupada. Tenía una cara muy dulce y llevaba el cabello castaño peinado en dos pulcras trenzas. Vestía un peto corto, zapatillas y una camiseta roja. Concentrada en el juego como estaba, no prestaba atención a los otros tres, que la miraron cuando una mujer de traje chaqueta azul marino se le acercó y se despidió de ella con un beso. Tenía el cabello castaño, del mismo tono que su hija, y se lo había recogido en un moño. A pesar del calor, llevaba puesta la chaqueta del traje, una blusa de seda blanca, medias y tacones. Daba la impresión de ser banquera, abogada o empresaria. Cuando se fue, su hija no se inmutó siquiera. Se notaba que estaba habituada a estar sin su madre, a diferencia de los dos niños, que les habían pedido a sus madres que se quedaran.

La chiquilla de las trenzas llevaba una tarjeta de identificación donde ponía IZZIE. Cuando su madre se marchó, los dos niños se le acercaron con precaución. La otra cría les había asustado, así que la ignoraron y abandonaron el rincón de las piezas. Por muy bonita que fuera, no era nada simpática. Izzie, tan atareada en la cocina, parecía más tratable.

—¿Qué haces? —le preguntó Billy.

—Estoy preparando la comida —dijo ella, con una expresión que indicaba que resultaba obvio—. ¿Qué te gustaría comer?

Había sacado de la nevera y del horno unas cestitas llenas de comida de plástico que había colocado en platos. Allí cerca había una pequeña mesa de picnic. El parvulario de Atwood tenía muy buenos juguetes. Era una de las cosas que siempre les encantaban a los padres cuando visitaban el colegio. También contaba con un patio de recreo enorme, un gimnasio inmenso y unas excelentes instalaciones deportivas, algo que Larry, el padre de Billy, valoraba mucho. A Marilyn le gustaba la parte académica. Quería que su hijo recibiera una buena educación, y no solo para convertirse en un jugador profesional. Larry era un empresario astuto y un gran vendedor, y poseía un enorme carisma, pero no había aprendido gran cosa en la escuela. Marilyn quería asegurarse de que sus hijos sí lo hicieran.

—¿Qué quiero comer de verdad? —le preguntó Billy

con unos ojos muy abiertos que traslucían toda su confianza e inocencia infantil.

Izzie se echó a reír.

—Claro que no, tonto —le riñó en tono divertido—. Es de mentira. ¿Qué quieres? —le preguntó con gesto diligente.

—Pues comeré una hamburguesa y un perrito caliente, con ketchup y mostaza, y patatas fritas. Sin pepinillos —pidió Billy.

—Ahora mismo —dijo Izzie en tono práctico.

Acto seguido le entregó un plato lleno hasta arriba de comida de mentira y le señaló la mesa de picnic, donde Billy se sentó.

Entonces la niña se volvió hacia Sean. Se había convertido rápidamente en la pequeña madre del grupo que atendía sus necesidades.

—¿Y tú? —preguntó con una sonrisa.

—Pizza y helado con chocolate caliente —dijo Sean muy serio.

Izzie contaba con ambas cosas en su arsenal de comida de plástico y se las dio. Parecía la cocinera de un restaurante de comida rápida. Entonces apareció el ángel del vestido rosa y los zapatos brillantes.

—¿Tu padre tiene un restaurante? —le preguntó a Izzie con interés.

Esta seguía controlando la cocina con aire eficiente.

—No. Es abogado de los pobres. Les ayuda cuando la gente se porta mal con ellos. Trabaja en la Unión por las Libertades Civiles. Mi mamá también es abogada, pero de empresas. Hoy tenía que ir al juzgado y por eso no ha podido quedarse. Tenía que presentar una demanda. No sabe cocinar. Mi papá sí.

—Mi papá vende coches. Mi mamá estrena un Jaguar

cada año. Pareces buena cocinera —dijo el ángel en tono educado. Se mostraba más interesada en Izzie de lo que se había mostrado con los dos niños. Pero aunque los alumnos del mismo sexo se relacionaran más entre sí y tuvieran intereses similares, el hecho de compartir aula hacía que se influyeran unos a otros en algunos aspectos—. ¿Puedo tomar unos macarrones con queso? Y un dónut —dijo Gabby señalando una rosquilla rosa con virutas de plástico.

Izzie puso en una bandejita rosa los macarrones con queso y la rosquilla. Gabby esperó a que Izzie se sirviera un plátano y un dónut de chocolate, y las dos se sentaron con los niños a la mesa de picnic. Parecían cuatro amigos que hubieran quedado para comer.

Empezaban a fingir que comían lo que Izzie había preparado cuando un niño alto y delgado se acercó corriendo. Tenía el pelo rubio y liso, y llevaba una camisa blanca y unos pantalones de color caqui perfectamente planchados. Parecía mayor de lo que era. Tenía más pinta de alumno de segundo que de parvulario.

—¿Llego tarde para comer? —preguntó sin aliento.

Izzie se volvió hacia él con una sonrisa.

—Claro que no —le tranquilizó—. ¿Qué quieres?

—Un sándwich de pavo con mayonesa y el pan tostado.

Izzie le trajo algo que se parecía vagamente a lo que había pedido y unas patatas chips. El niño se sentó con ellos y se volvió a mirar a su madre, que en ese momento abandonaba el aula con el móvil pegado a la oreja. Daba instrucciones a alguien y parecía tener prisa.

—Mi mamá ayuda a nacer a los bebés —explicó—. Alguien va a tener trillizos. Por eso no ha podido quedarse. Mi padre es psiquiatra, habla con la gente que está loca o triste.

El niño, en cuya tarjeta de identificación ponía ANDY,

parecía muy serio. Tenía un corte de pelo de mayor y buenos modales, y cuando acabaron ayudó a Izzie a guardarlo todo en la cocina.

En ese momento la señorita Pam entró en el aula, y la señorita June y ella les pidieron que formaran un círculo. Los cinco niños que habían «comido» en la mesa de picnic se sentaron juntos. Ya no eran unos extraños. Gabby apretó sonriente la mano de Izzie mientras las maestras repartían instrumentos musicales y les explicaban para qué servía cada uno.

Más tarde les dieron zumo y galletas, y luego salieron al recreo. Las madres que se habían quedado tomaron también lo mismo, aunque Marilyn rechazó el ofrecimiento alegando que a aquellas alturas hasta el agua le causaba ardores de estómago. Estaba deseando que naciera el bebé. Se frotó el enorme vientre mientras lo decía, y las demás mujeres la miraron compasivas. Parecía estar pasándolo muy mal con el calor.

Para entonces, la madre de Gabby se había unido a Marilyn y Connie, y había varias madres más sentadas en pequeños grupos en los rincones del aula. La madre de Gabby se veía muy joven y era bastante llamativa. Tenía el cabello rubio y cardado, y vestía una minifalda de algodón blanco y tacones. Su camiseta rosa era escotada y llevaba maquillaje y perfume. Llamaba la atención entre las demás madres, pero no parecía importarle. Era simpática y agradable, y, tras presentarse como Judy, se mostró solidaria con Marilyn al decirle que en su último embarazo había ganado veintitrés kilos. Tenía una hija de tres años, Michelle, dos años menor que Gabby. Sin embargo, fuera cual fuese el peso que había ganado obviamente lo había perdido, y ahora tenía una figura fabulosa. Era una chica ostentosa pero muy guapa, y las demás supusieron que aún no tendría treinta años. Comentó algo de que había participado en concursos de belleza cuando estaba en la universidad, lo cual, dado su aspecto, resultaba bastante lógico. Contó que habían venido a San Francisco desde el sur de California hacía dos años y que echaba de menos el calor, por lo que estaba encantada con las altas temperaturas que habían tenido en los últimos días.

Las tres mujeres hablaron de compartir los viajes en coche para llevar a los pequeños. Esperaban encontrar a otras dos mujeres para tener que conducir solo un día por semana. Judy, la madre de Gabby, les explicó a las otras que tendría que llevar también a su hija de tres años los días que le tocase a ella y que emplearía una furgoneta con cinturones de seguridad, así que habría mucho espacio para todos los niños. Y Marilyn dijo en tono de disculpa que seguramente no podría conducir durante las primeras semanas debido a la inminencia del parto, pero que estaría encantada de hacerlo más adelante, siempre que pudiera llevar con ella al bebé.

Connie accedió a organizar los viajes compartidos, algo que ya había hecho tiempo atrás para el hijo que ahora tenía en séptimo, Kevin. Esperaba que el hermano mayor de Sean le llevara al colegio por las mañanas, pero sus horarios eran demasiado distintos. Además, Kevin se había negado en redondo a ocuparse de su hermano pequeño. Así que a Connie también le convenía que compartieran los viajes. Les sería útil a todas.

Los alumnos volvieron del recreo y empezó la hora del cuento, que la señorita June les leyó en voz alta. Entonces las madres pudieron marcharse con permiso de sus hijos y prometieron volver a recogerles esa tarde, a la salida del colegio. Aunque Billy y Sean se mostraron un tanto inquietos, Gabby e Izzie siguieron escuchando el cuento muy concentradas y cogidas de la mano. Durante el recreo habían acordado ser amigas. Los niños no habían parado de gritar y correr de un lado a otro mientras las niñas se divertían en los columpios.

—¿Os habéis enterado de la reunión de esta noche? —les preguntó Connie a las otras madres mientras salían del edificio, para entonces ya fuera del alcance del oído de los niños. Las demás mujeres contestaron que no—. En realidad es para los padres de la escuela media y secundaria. —Bajó la voz todavía más—. Este verano se ahorcó un chico del último curso. Era un chaval muy majo. Kevin le conocía, aunque era tres años mayor que él. Estaba en el equipo de béisbol. Sus padres y la escuela sabían que tenía muchos problemas emocionales, pero aun así fue una gran conmoción. Traerán a un psicólogo para hablarnos a los padres de cómo reconocer los indicios de posible suicidio en los chicos y de cómo prevenirlos.

—Al menos no tenemos que preocuparnos de eso a estas edades —dijo Judy con expresión de alivio—. Todavía estoy intentando que Michelle no moje la cama por las noches. Se le escapa de vez en cuando, pero solo tiene tres años. No creo que se suiciden muchos críos de tres y cinco años —comentó despreocupadamente.

—No, pero al parecer algunos lo hacen a los ocho o los nueve —dijo Connie en tono sombrío—. Nunca me ha preocupado en el caso de Kevin, aunque a veces encuentro que es un niño muy movido. Y no es tan tranquilo como Sean. No soporta seguir las normas de nadie. Además, el chico que murió era un chaval muy majo.

—¿Padres divorciados? —preguntó Marilyn con una mirada significativa.

—No —dijo Connie en voz baja—. Buenos padres, un buen matrimonio, muy estable, la madre en casa todo el día. Supongo que nunca pensaron que podría pasarles esto. Creo que el chico había estado yendo al psicólogo, pero sobre todo por problemas de notas en el colegio. Siempre se lo tomaba todo muy mal. Lloraba cada vez que el equipo de béisbol perdía un partido. Creo que en casa le presionaban mucho desde el punto de vista académico. Pero la familia es muy sana. Era hijo único.

Las otras dos mujeres parecieron afectadas por sus palabras, pero estuvieron de acuerdo en que la reunión no era relevante para ellas, y esperaban que nunca lo fuera. Era triste oír que algo así les hubiera sucedido a otras personas. Era inimaginable que alguno de sus hijos se suicidara. Ya era bastante duro preocuparse por los accidentes domésticos, los niños pequeños que se ahogaban en piscinas y las enfermedades y desgracias que podían sufrir. Para su alivio, el suicidio estaba en otro universo distinto del suyo.

Connie prometió llamarlas cuando encontrara a otras dos madres dispuestas a hacer turnos para llevar a sus hijos al colegio, y luego cada cual se fue por su camino. Por la tarde, al ir a buscar a los niños, se vieron desde los coches y se saludaron. Izzie y Gabby salieron cogidas de la mano y dando saltitos, y la segunda le contó a su madre lo mucho que se habían divertido ese día. A Izzie la recogió su canguro, y la niña le dijo lo mismo. Cuando salió, Billy agarraba con fuerza el balón de fútbol americano que había sacado de su casilla. Sean le pidió a su madre la pistola de sheriff en cuanto subió al coche. A Andy le recogió la asistenta, ya que a esa hora sus padres seguían aún en el trabajo.

Los cinco niños pasaron un primer día fantástico en el colegio Atwood; les gustaban sus maestras y estaban contentos con sus nuevos amigos. Marilyn se dijo que el largo y angustioso proceso de admisión había merecido la pena. Mientras se alejaba en el coche con Billy, rompió aguas y notó los primeros dolores de parto que anunciaban la llegada de Brian al mundo. El bebé nació esa misma noche.

2

A principios de tercero, los cinco niños llevaban ya tres años siendo grandes amigos. Tenían ocho años. Seguían compartiendo coche y, cuando hacía falta, las canguros de Andy e Izzie echaban una mano con los viajes. A menudo quedaban para jugar. Connie O'Hara, la madre de Sean, solía invitarles a su casa. Su hijo mayor, Kevin, tenía ya quince años y estaba en el último curso. No paraba de recibir partes o de quedarse castigado en el aula de estudio por hablar en clase o no hacer los deberes. Y aunque fuese difícil convivir con él, aunque discutiera con sus padres y amenazara a Sean con pegarle, era un héroe para su hermano menor, que le adoraba y le consideraba «genial».

A Connie le encantaba tener en casa a los amigos de Kevin y Sean. Se ofrecía voluntaria para muchos proyectos y excursiones escolares, y además era miembro de la asociación de padres. Como antigua maestra y dedicada madre que era, disfrutaba con sus hijos y con los amigos de estos. Y a los amigos de Kevin les gustaba especialmente hablar con ella. Connie se mostraba tan sensible a los problemas de los adolescentes como a los de su hijo pequeño. Se sabía que guardaba en la cocina una lata de galletas llena de preservativos y que los colegas de Kevin podían servirse a su antojo sin que nadie les hiciera preguntas. A Mike O'Hara se le daban igual de bien los niños que a su esposa, y le encantaba contar con su presencia en casa. Había entrenado al equipo de la liga infantil y había sido el jefe de la tropa de boy scouts de Kevin hasta que este decidió dejarla. Connie y Mike eran muy realistas respecto a lo que hacían sus hijos, y sabían que los jóvenes de la edad de Kevin acostumbraban a experimentar con la marihuana y el alcohol. Se oponían a ello, por supuesto, pero no cerraban los ojos a la realidad y sabían lo que ocurría. Se las arreglaban para mostrarse al mismo tiempo firmes, protectores, implicados y pragmáticos. Les resultaba más fácil ejercer de padres de Sean que de Kevin, aunque, claro, el mayor estaba en una edad difícil. Las cosas eran mucho más complicadas a los quince años, y además Kevin siempre había sido más lanzado que Sean, que siempre seguía las normas.

Sean era buen estudiante y conservaba a sus mejores amigos desde el parvulario. Había pasado de querer ser sheriff a querer ser policía, luego bombero y ahora, a sus ocho años, de nuevo policía. Le encantaba ver todo tipo de programas sobre policías en televisión. Quería mantener la ley y el orden en su vida y entre sus amigos. Raramente incumplía las normas en casa o en el colegio, a diferencia de su hermano mayor, que pensaba que estaban hechas para ser infringidas. Era evidente que tenían los mismos padres, pero eran chicos muy diferentes. En los tres años transcurridos desde que Sean ingresó en el parvulario de Atwood, el negocio de Mike había prosperado y había podido dedicar mucho tiempo a hacer actividades con sus dos hijos. Connie y él gozaban de una situación financiera muy desahogada. El sector de la construcción se hallaba en pleno auge y Mike era el contratista más solicitado de Pacific Heights, lo cual permitía a los O'Hara tener una vida bastante asegurada. En verano hacían bonitos viajes, y dos años atrás Mike había construido una hermosa casa a orillas del lago Tahoe en la que toda la familia disfrutaba mucho. Mike tenía formación como economista, pero construir casas siempre había sido su pasión. Años atrás había fundado un pequeño negocio de construcción que había acabado convirtiéndose en una de las empresas privadas de mayor éxito de la ciudad, y Connie siempre había estado animándole desde el principio.

La vida de Marilyn Norton era más ajetreada que la de Connie, ya que sus dos hijos eran aún pequeños. Para entonces, Billy había cumplido ya los ocho años. Brian tenía tres, y todas las necesidades propias de su edad, aunque era un niño tranquilo y bueno. La gran decepción para Larry, su padre, era que el pequeño no sentía el menor interés por los deportes: ni siquiera le gustaba jugar con la pelota. A la misma edad, Billy ya había mostrado el amor de su padre por los deportes, que había heredado de él. No ocurría lo mismo con Brian. Podía pasarse horas sentado dibujando, estaba aprendiendo a leer ya a los tres años y poseía grandes aptitudes para la música. Sin embargo, a su padre no le interesaban sus logros. Si el niño no iba a ser deportista, Larry no tenía nada que hacer con él y apenas le hablaba. Aquello enfurecía a Marilyn y a menudo era la chispa que desencadenaba una pelea, sobre todo si Larry había bebido demasiado.

—¿Es que no puedes hablar con él? —protestaba Marilyn alzando la voz—. Dile algo, habla con él cinco minutos. También es hijo tuyo.

Estaba desesperada por lograr que Larry le aceptase, pero él no cedía.

—¡Es más hijo tuyo! —replicaba Larry, irritado.

No soportaba la insistencia de su mujer. Billy era su

chico, y ellos dos tenían muchas más cosas en común. El chico compartía el sueño que su padre tenía para él; quería jugar al fútbol americano como profesional, era la única profesión de la que hablaba. Los bomberos y policías le traían sin cuidado. Solo quería hacer deporte. En cambio, Brian era un niño tranquilo, serio y menos sociable. Era menudo y no poseía las aptitudes deportivas de su padre y de su hermano. En el colegio, Billy jugaba al béisbol y al fútbol, y Larry asistía a todos sus partidos. Animaba al equipo cuando ganaban y se lo hacía pasar muy mal a Billy cuando perdían. Decía que nunca había excusa para perder un partido. Esa mezcla de euforia y dura exigencia hacía que Brian se sintiera incómodo en su presencia, e incluso que le tuviera miedo, pero no afectaba a Billy.

La empresa de Larry también había ido prosperando, pero en su caso el éxito parecía añadir más estrés a sus vidas en lugar de menos. Pasaba menos tiempo en casa y volvía tarde cuando salía a cenar con sus clientes. Ahora la mayoría de estos eran jugadores profesionales de baloncesto, béisbol y fútbol americano. Larry pasaba muchísimo tiempo con ellos, e incluso iba a Scottsdale durante la pretemporada de primavera para estar con sus clientes del equipo de los Giants. Algunos eran ahora sus mejores amigos, y en ciertos casos tenían un lado salvaje que a Larry le encantaba compartir. Raramente incluía a Marilyn en esas veladas. Ella se sentía más a gusto en casa con sus hijos. Había recuperado la figura después de tener a Brian y a sus treinta y tres años presentaba un aspecto fantástico, pero las chicas con las que salían la mayoría de los clientes de Larry contaban apenas veinte o veintiún años y Marilyn no tenía nada de que hablar con ellas. Formaban un grupo demasiado bullicioso, y ella prefería estar con los niños. Casi siempre acudía sola a las funciones escolares, y cuando Larry la acompañaba este se pasaba con el vino que servían en el colegio. No hasta el punto de que los demás padres se percataran, pero Marilyn siempre sabía que había tomado demasiado vino, o un par de cervezas de más, o incluso un bourbon con hielo antes de salir de casa. Parecía ser la única forma que tenía de soportar unos actos que consideraba aburridos. No le interesaba el colegio de su hijo, salvo los acontecimientos deportivos, a los que siempre asistía. Y en más de una ocasión había comentado que Judy Thomas, la madre de Gabby, estaba muy buena. Larry tenía buen ojo para las mujeres bonitas.

Las dos eran buenas amigas, y Marilyn pasaba por alto los comentarios que Larry hacía sobre Judy. Sabía que, por muy llamativa que fuese, estaba loca por Adam, su marido. Además, era buena chica. Aunque acababa de cumplir los treinta, ya se había sometido a una liposucción y a una cirugía de abdomen, se había aumentado el pecho y se ponía inyecciones periódicas de bótox. Aunque sus amigas le decían que todo aquello era una tontería, lucía un aspecto fantástico. No había superado la mentalidad juvenil de los concursos de belleza. Una vez reconoció ante Marilyn y Connie que había inscrito a Gabby en concursos de belleza infantiles cuando la niña tenía cuatro o cinco años. La pequeña había ganado de calle, pero Adam se había puesto como una furia y le había hecho prometer que nunca volvería a hacerlo, y ella había respetado sus deseos. Adam adoraba a sus dos hijas, aunque Gabby era innegablemente la estrella. Poseía más presencia y chispa que su hermana menor, Michelle, mucho más tranquila. Judy estaba convencida de que sería Gabby la que dejara huella en el mundo. Tenía una personalidad deslumbrante. En contraste, Michelle vivía a la sombra de su hermana, aunque solo tenía seis años, así que no era justo compararlas.

Al llegar a tercero, Gabby tomaba ya clases de piano y voz y parecía poseer un gran talento. Judy estaba tratando de convencer al departamento de teatro del colegio para que hicieran una producción del musical *Annie* y le dieran a Gabby el papel protagonista. De momento, el centro escolar había decidido que era más de lo que podía o quería asumir: no eran muchos los alumnos tan bien preparados como Gabby para interpretar un musical de Broadway en su escenario. Esta ya tenía claro que de mayor quería ser actriz, y Judy se ocupaba de que cultivara todas las destrezas necesarias. La niña iba a clases de ballet desde los tres años. A Michelle también le encantaba el ballet, pero sus aptitudes no eran comparables a las de su hermana. Gabby era una estrella; Michelle, solo una niña.

Adam y Judy eran la pareja que más hacía por Atwood. Como tenían a sus dos hijas allí, realizaban grandes donaciones. Michelle era mejor estudiante que Gabby y sacaba muchos sobresalientes, pero los numerosos talentos de su hermana mayor atraían la atención de todos. Michelle era igual de guapa, pero Gabby era más extrovertida e infinitamente más llamativa.

Su padre se prestaba de buen grado a hacer cuanto estuviese en su mano por el colegio. Había donado un Range Rover de su concesionario para la subasta anual. La velada le había reportado una fortuna al centro escolar, y Adam se había convertido en el héroe del momento. Eran personas ostentosas y, desde luego, poco sutiles, pero eran simpáticos y le caían bien a todo el mundo, aunque había algunos padres más reservados que los encontraban demasiado extravagantes y no entendían cómo habían metido a sus hijas en un colegio como Atwood. Sin embargo, era evidente que no tenían ninguna intención de cambiarlas de escuela, tanto si a sus críticos les gustaba como si no.

En tercero, Gabby e Izzie seguían siendo las mejores amigas. A los ocho años se querían todavía más que a los cinco. Izzie pasaba en casa de Gabby todos los fines de semana que podía. Las niñas compartían sus muñecas Barbie y habían grabado sus iniciales en el escritorio de Izzie, G + I PARA SIEMPRE, una iniciativa que no le sentó nada bien a Judy, que la castigó durante un fin de semana. A Izzie le encantaba quedarse a dormir en casa de su amiga, donde podía probarse toda su ropa, tan bonita y llena de brillos. Sus prendas favoritas eran dos chaquetas de color rosa con ribetes blancos de piel auténtica y un abriguito de pieles rosa que su madre le había comprado en París. Las dos niñas tenían la misma talla y se intercambiaban la ropa a menudo, aunque el abrigo de París no entraba en el trato. Izzie se llevaba bien con Michelle, aunque Gabby decía odiar a su hermana y solía echarle la culpa de todo. No soportaba que su madre insistiera en que jugaran con Michelle, porque quería a Izzie para ella sola, pero esta no tenía inconveniente en incluir a la pequeña en sus juegos, y hasta la dejaba ganar a veces. Michelle le daba pena. No parecía divertirse tanto como Gabby, y sus padres le prestaban menos atención. Izzie tenía un gran afán por cuidar de los demás; siempre se compadecía de los débiles y oprimidos, y a veces incluso se ocupaba de Gabby si la niña estaba resfriada o simplemente de mal humor. Era la amiga perfecta.

Judy solía decir que su hija mayor había nacido para triunfar en todo lo que hiciera, y parecía estar en lo cierto. Para cuando empezó tercero, Gabby ya había hecho de modelo en unos cuantos anuncios de ropa infantil y había participado en una campaña publicitaria a nivel nacional para una cadena de tiendas. Nadie dudaba de que Gabby acabaría siendo una estrella. Ya lo era en su pequeño mundo. Izzie estaba encantada de ser su mejor amiga, aunque también quería mucho a los tres niños del grupo.

A veces el padre de Izzie, Jeff, los llevaba a todos a comer pizza y jugar a los bolos. A las niñas les gustaba mucho, aunque apenas podían levantar la bola. De vez en cuando, la madre de Izzie iba con ellos, aunque por lo general tenía que trabajar hasta muy tarde. Katherine siempre se llevaba un montón de trabajo a casa y los niños no podían hacer ruido, así que Jeff salía con ellos o dejaba a Izzie en casa de Gabby, si su hija le suplicaba lo suficiente. A su madre no parecía importarle, y de vez en cuando la niña oía discutir a sus padres. Él le preguntaba a ella por qué no podía tomarse al menos una noche libre, y entonces empezaba la discusión. Katherine siempre se refería a los clientes de su marido de la Unión Estadounidense por las Libertades Civiles como «esa gente tan sucia». Siempre que Izzie oía esas palabras, sabía que estaba a punto de empezar una de sus disputas realmente grandes.

A veces la niña lo comentaba con Andy, porque él también era hijo único y tenía unos padres que trabajaban mucho, si bien en su caso eran médicos y no abogados. Izzie le preguntaba si sus padres discutían. Andy contestaba que no, aunque en ocasiones su madre pasaba la noche fuera de casa para ayudar a nacer a algún bebé, y si tenía que ayudar a nacer a muchos no regresaba en dos o tres días. Y su padre estaba todavía más ocupado. Daba un montón de conferencias e incluso había salido en televisión después de publicar su último libro. Cuando no se dedicaba a atender a sus pacientes, salía de gira para promocionar sus libros. Escribía libros sobre los problemas de la gente. No obstante, Andy estaba muy encariñado con la asistenta que vivía en la casa y no le importaba lo ocupados que estuvieran sus padres. Izzie tenía canguro, pero no una empleada doméstica a tiempo completo. Además, Andy vivía en una casa más grande.

Al igual que a Izzie, adonde más le gustaba a este ir de visita era a casa de Sean, porque sus padres eran muy simpáticos. Andy siempre decía que los suyos también lo eran, lo que ocurría es que pasaban mucho tiempo fuera y, en cambio, los O'Hara estaban siempre en casa y buscaban tiempo para hablar con todos ellos. A Izzie le gustaba fingir que la madre de Sean, Connie, era su tía, aunque nunca se lo había dicho a su amigo. Cuando entraba en su casa, Connie siempre le daba un fuerte abrazo y un beso. Izzie pensaba que todas las madres del grupo eran simpáticas, salvo a veces la suya, porque estaba muy ocupada, tenía mucho trabajo y llegaba a casa tan cansada de la oficina que a veces se le olvidaba darle un abrazo. Pero a su padre nunca se le olvidaba. Siempre se la subía a caballito y la paseaba por toda la casa, y también la llevaba al cine y al parque. Cuando estaba con sus amigos, a Izzie le entraban ganas de tener un hermanito, pero sabía que no había esperanza. Se lo había preguntado a su madre y ella le había dicho que no tenía tiempo. Además, era mayor que las otras madres. Katherine Wallace tenía cuarenta y dos años, y el padre de Izzie cuarenta y seis. Decían que se sentían demasiado mayores para tener otro hijo, y que además nunca sería tan fantástico como ella. Sin embargo, Izzie sabía que era una excusa; simplemente no querían más hijos.

Casi a final de curso, Kevin O'Hara volvió a meterse en líos. Sean se lo contó a Izzie cuando intercambiaron su comida en la clase. La niña ya sabía que había ocurrido algo malo, porque Connie llevaba dos días sin llevarles en su coche. Al final habían decidido organizar los viajes entre las otras tres madres; esa semana Connie había fallado los dos días que le correspondían, y cuando Marilyn y Judy hicieron turnos para sustituirla ninguna de ellas dijo por qué. Izzie intuyó enseguida que había problemas.

—Es Kevin —dijo Sean.

Izzie le estaba dando su manzana a cambio de un cupcake rosa que él no quería. La niña, que siempre llevaba comida sana, engulló el dulce y se manchó de glaseado los labios y la nariz. Sean se echó a reír.

—¿De qué te ríes? —le preguntó ella, ofendida.

Sean le tomaba mucho el pelo, pero aun así le caía muy bien. Era su amigo, una especie de hermano, solo que mejor porque nunca le pegaba. Y una vez había empujado a uno de cuarto que la había insultado.

—Me río de ti. Tienes glaseado rosa en la nariz. —Izzie se lo limpió con la manga y Sean siguió hablando—: Kev se metió en líos en el baile del colegio. Mi padre dice que podrían expulsarle. Esta semana ha tenido que quedarse en casa. Está expulsado temporalmente o algo así.

—¿Qué hizo? ¿Meterse en una pelea?

Kevin lo hacía a menudo, algo que su madre atribuía a su caliente sangre irlandesa. Sin embargo, su padre era irlandés y nunca se peleaba con nadie.

—Llevó al baile una botella de ginebra de mi padre y la vació en el ponche. Todos se emborracharon, y Kevin también. Acabó en el baño de chicos, vomitando por todas partes.

—Si vomitó tanto, es una suerte que ya no compartas la habitación con él —dijo Izzie con sensatez. Sean contaba con su propio cuarto desde que él tenía seis años y su hermano trece—. Debía de oler fatal.

Sean asintió, recordando el aspecto de Kevin cuando le trajeron a casa.

—Mi padre se enfadó muchísimo. Llamaron del colegio por la noche y tuvo que ir a buscarle. Sufría una intoxicación etílica y lo llevaron a urgencias para que le dieran un medicamento o algo así. Mi madre lleva toda la semana llorando. Tiene miedo de que lo echen. Además, creo que tampoco saca muy buenas notas.

La cosa parecía seria.

—Vaya. ¿Cuándo sabréis si le echan del colegio?

—Creo que esta semana, aunque no estoy seguro.

Sus padres habían mantenido infinidad de conversaciones serias con Kevin, pero solo una con él. En verano enviarían a Kevin a un campamento con actividades de aventura al aire libre para chicos que habían tenido problemas en el colegio. Tal como sus padres lo describían, a Sean le parecía bastante desagradable. Había que hacer cosas muy difíciles, como escalar en roca, practicar senderismo por la montaña y, lo peor de todo, pasar una noche solo en el bosque. Sean estaba muy preocupado por su hermano. Había oído decir a su padre que, al paso que iba, acabaría en la cárcel. Sean esperaba que no fuese verdad, pero ser expulsado de Atwood sería terrible, y su madre había dicho que, si lo echaban, tendría que ir a la escuela pública. Y si volvía a emborracharse, le enviarían a rehabilitación. Kevin decía que le daba igual y no parecía nada arrepentido. Decía que se habían divertido mucho en el baile hasta que les pillaron. Le habían castigado sin salir hasta que el colegio decidiera algo definitivo, y seguiría castigado mucho tiempo después. Estaba ya en segundo curso de secundaria, y a Izzie y Sean les parecían muchos problemas para tener solo quince años. Pero se trataba de Kevin: siempre se metía en líos, tanto en el colegio como en casa.

—Tus padres deben de estar muy asustados —comentó Izzie.

Kevin era el único chico mayor que conocía, y nunca les prestaba mucha atención ni a ella ni a los demás amigos de Sean, salvo para llamarla «enana» cuando se tropezaba con ella en la cocina de su casa. Kevin nunca le hablaba en el colegio. Era un chico alto y guapo con el pelo muy negro, igual que Sean. Había formado parte del equipo de béisbol, pero lo había dejado a principios de curso, alegando que los deportes no eran lo suyo. Sean decía que su padre se había disgustado mucho, porque pensaba que hacer deporte era bueno para él.

Al final, el colegio acordó expulsar a Kevin durante dos semanas y tenerle a prueba hasta el final del curso, pero no le echaron. Mike y Connie habían ido a dar la cara por él y habían convencido a la junta directiva para que le dieran otra oportunidad. Sin embargo, tanto su padre como el director le advirtieron que si volvía a hacer algo así le expulsarían definitivamente. Kevin dijo que lo entendía y se comportó hasta el final del curso; luego se marchó al campamento de supervivencia en las Sierras. Cuando volvió estaba más fuerte, musculoso y sano. Además, se portaba mejor y de forma más responsable. Había cumplido ya los dieciséis años, y Mike le comentó a Connie que ya no parecía un muchacho, sino un hombre. El campamento de supervivencia le había dado confianza en sí mismo y esperaban que se enderezara.

—Ojalá se comportara como un hombre —dijo Connie, suspirando con expresión preocupada.

Durante las primeras semanas su conducta fue impecable y hasta ayudaba a su madre en casa. Pero Sean sabía que solo estaba fingiendo. Una semana después de que Kevin volviera a casa, le vio coger una cerveza a hurtadillas. Además, tenía un paquete de tabaco en la mochila. Sean nunca le delataba ante sus padres, pero veía muchas cosas, más de las que creía Kevin. Conocía bien a su hermano. No se dejó engañar.

El primer día de cuarto curso, Sean e Izzie entraron juntos en el colegio. El coche acababa de dejarles en la puerta, y Billy, Andy y Gabby les seguían de cerca. Los cinco amigos eran inseparables e iban juntos a todas partes. Había sido así durante cuatro años y esperaban que siempre lo fuera. En segundo se habían comprometido en secreto a grabar cada año en sus pupitres las palabras SIEMPRE AMIGOS. Connie les llamaba «los Cinco Grandes». Se querían desde el parvulario, y la mujer confiaba en que siempre fuese así. Habían formado su propia familia. A veces Izzie y Gabby fingían ser hermanas ante los maestros nuevos o los desconocidos. Y en una ocasión Billy, Andy y Sean le contaron a alguien en la bolera que eran trillizos, y ese alguien les creyó. Los cinco eran como quintillizos, con padres diferentes y un solo corazón. «Siempre amigos» por encima de todo.

3

Apenas cambió nada en sus vidas hasta que llegaron a octavo curso, pero entonces empezaron a ocurrir muchas cosas que alteraron su entorno conocido. En primer lugar, todos cumplieron trece años y se convirtieron en adolescentes. En solo un año serían estudiantes de secundaria en Atwood, una especie de paso iniciático a la edad adulta. Connie solía bromear diciéndoles que no habían cambiado nada desde el parvulario; simplemente eran más grandes.

Sean seguía obsesionado con las fuerzas de seguridad, no se perdía ninguna de las series policíacas que daban en televisión y había empezado a leer libros sobre el FBI. También Billy conservaba su pasión por los deportes, sobre todo por el fútbol americano, y tenía una inmensa colección de cromos firmados por figuras del béisbol y del fútbol americano. Gabby había conseguido varios trabajos locales como modelo y había protagonizado *El cascanueces* y dos obras escolares. Por su parte, Andy era el primero de la clase, con unas notas impecables. En cuanto a Izzie, la joven estaba desarrollando una fuerte conciencia social y había trabajado como voluntaria en un centro para indigentes. También organizó una colecta de juguetes para los niños en Navidad y se gastó toda su asignación en comprar más juguetes de los que podía comprar con el dinero recaudado.

Billy y Gabby fueron los primeros en comunicar un cambio importante. Durante las vacaciones de Navidad pasaron mucho tiempo juntos, y cuando volvieron a la escuela anunciaron que eran novios.

—¿En serio? —Izzie miraba con los ojos muy abiertos a su mejor amiga—. ¿Y eso qué significa? —Bajó la voz con aire de conspiración y se volvió para mirar por encima del hombro y asegurarse de que nadie estuviera escuchando—. ¿Lo habéis hecho? —susurró, pasmada.

Gabby se echó a reír, y su risa tintineó como un cascabel. Izzie estaba convencida de que esa risa la convertiría algún día en una estrella de cine.

—Claro que no, no somos idiotas —afirmó Gabby, muy segura de sí misma—. No tenemos edad suficiente para hacerlo. Esperaremos hasta la secundaria o la universidad. Simplemente sabemos que nos queremos.

La absoluta certeza con la que pronunció esas palabras impresionó muchísimo a su amiga.

—¿Cómo lo sabéis?

Izzie estaba fascinada. Todos se querían en el pequeño y unido grupo que formaban, pero a ella no se le habría ocurrido hacerse novia de Sean, Andy o Billy. Eran sus mejores amigos. ¿Cómo sabían que lo suyo era diferente? ¿Qué les había sucedido en Navidad?

—Él me besó y decidimos ser novios —confesó satisfecha—, pero no se lo digas a mi madre.

Por mucho que la miraba, no encontraba ninguna diferencia en su amiga. Billy y Gabby eran los dos únicos miembros del grupo que se habían besado. A ella ni siquiera le gustaba ningún chico de la clase de octavo, y desde luego no pensaba besar a nadie.

—Estaría bien que Sean y tú salierais juntos, como nosotros —añadió Gabby.

Gabby sonaba muy adulta y madura para la edad que tenía, pero a Izzie la idea le horrorizó:

—¡Puajjj! ¡Qué asco! ¡Es mi mejor amigo!

—Creía que tu mejor amiga era yo —bromeó, divertida ante su reacción.

Sean era más guapo cada año que pasaba, y aunque aún era mucho más bajo que Billy, algunas chicas de octavo curso pensaban que estaba muy bueno. Eso a él le daba igual. Todavía no le interesaban las chicas; solo las series policíacas y los deportes, y para él Izzie era como una hermana.

—Ya sabes que eres mi mejor amiga —respondió, incómoda—. Todos sois mis mejores amigos. Es que se me hace raro tener novio a nuestra edad.

Izzie parecía confusa y un poco molesta. No obstante, su amiga siempre parecía más sofisticada que los demás, y Billy era físicamente más maduro. Gabby se encogió de hombros con despreocupación.

—Sí, puede ser. Aunque me gusta besarle —reconoció.

Izzie no pudo evitar escandalizarse un poco, pero siguieron charlando hasta que entraron juntas en clase.

Billy estaba en el gimnasio para el entrenamiento de baloncesto, pero ya se lo había contado a Sean y Andy por la mañana. Impresionados, quisieron saber hasta dónde había llegado con Gabby. Él respondió que se habían enrollado, pero que no habían llegado hasta el final. Sin embargo, sus dos mejores amigos se quedaron tan conmocionados como Izzie. Ahora que Billy y Gabby eran pareja, comenzaba una nueva era para el grupo. Se sentían unos fracasados y un poco excluidos, ya que Gabby y Billy habían añadido un elemento a su relación que ellos no compartían. Todo era un poco extraño. Izzie no sentía deseo alguno de tener novio, ni dentro ni fuera del grupo. En cuanto a Andy y Sean, eran para ella como los hermanos que no tenía, y prefería que las cosas siguieran igual. Habría sido espantoso escoger a uno de ellos como novio, y no quería hacerlo.

Tardaron algún tiempo en acostumbrarse a pensar en ellos como pareja, pero cuando llegó la primavera todos se habían adaptado y les consideraban una unidad. El romance iba viento en popa, y los chicos no habían pasado a mayores. Les bastaba con salir juntos, pasar el rato y besarse.

Ante la insistencia de Marilyn, Larry mantuvo una charla con Billy sobre el uso de los preservativos y la necesidad de evitar que Gabby se quedara embarazada, pero el chico insistía en que no los necesitaban, para decepción de su padre y alivio de su madre. Al día siguiente Marilyn habló largo y tendido con Judy y le preguntó si creía que sus hijos eran sinceros cuando les decían que aún no habían hecho el amor. Esperaba que así fuera, pero no estaba segura. Corrían por ahí historias sobre críos que lo habían hecho antes incluso de empezar la secundaria.

—Gabby me lo cuenta absolutamente todo —aseguró Judy, muy segura de sí misma y en absoluto preocupada—, pero, por si acaso, quiero que empiece a tomar la píldora antes de hacer nada.

Parecía tomárselo con una calma sorprendente, aunque no se lo había contado a Adam porque sabía lo protector que se mostraba con sus hijas. No obstante, su marido le había comentado que últimamente Billy iba más por su casa, así que debía estar enterado de la relación.

—Solo tienen trece años —continuó Marilyn, preocupada—. No tienen edad suficiente para afrontar una relación seria y todo lo que conlleva.

—A veces ni siquiera estoy segura de tenerla yo —bromeó Judy.

Marilyn sonrió con tristeza, aunque sabía muy bien que su amiga no hablaba en serio: Adam y ella formaban una pareja bien avenida y aún parecían disfrutar el uno del otro después de quince años.

A ella le había ido peor con Larry en los últimos tiempos. Él seguía bebiendo demasiado, y más de una vez había sospechado que tenía una aventura, aunque él siempre lo negaba. Le gustaba salir con sus clientes más importantes y a veces no volvía a casa hasta las tres o las cuatro de la madrugada, pero juraba que no tenía nada que ocultar. Marilyn no estaba tan segura, pero no podía demostrar lo contrario. Pasaba mucho tiempo en casa con sus hijos, Billy y Brian, de trece y ocho años, que la mantenían muy ocupada.

Cuando se paraba a pensar, se daba cuenta de que, a sus treinta y ocho años, se había convertido en un ama de casa. Larry apenas la invitaba a salir, prefería hacerlo con sus colegas. De vez en cuando lo comentaba quejosa con sus amigas, pero no podía hacer nada al respecto. Y si le reprochaba algo a su marido, este se ponía desagradable, le decía que dejara de gimotear y le recordaba que gracias a él tenía una bonita casa y mucho dinero para gastar, y que si quería tener a alguien todo el tiempo a su lado que se comprara un perro; él no iba a quedarse atado a una correa por ella. Él tenía su libertad y la utilizaba siempre que quería salir, y ella tenía a sus hijos.

Según cuánto hubiera bebido, Larry se mostraba más o menos agradable con los chicos. Ignoraba completamente a Brian, a quien los deportes le eran indiferentes, y la última vez que Billy había perdido un partido de béisbol con su equipo de la liga infantil le dio una bofetada al llegar a casa y le llamó perdedor. Billy se marchó llorando a su habitación, y el matrimonio estuvo a punto de llegar a las manos. Ella acabó echándose atrás y encerrándose en su habitación, mientras que Larry salió y no volvió hasta la mañana siguiente.

Nunca se disculpaba con ninguno de ellos, y Marilyn se preguntaba a veces si recordaría siquiera lo que había hecho la noche anterior. Intentó justificar ante su hijo la conducta de su padre después del partido, explicándole que estaba tan obsesionado con ganar que no sabía lo que hacía, pero ambos sabían que no era cierto. Billy acababa de fichar por el equipo de fútbol americano para el curso siguiente. Había emprendido el único camino que podía complacer a su padre y estaba decidido a impedir que nadie volviera a llamarle perdedor jamás.

Marilyn y Judy hablaban mucho de la relación entre sus hijos. Marilyn estaba tan preocupada por Gabby como si hubiera sido su propia hija, y le aterraba la posibilidad de que perdieran el control y se acostaran juntos. Judy, en cambio, se mostraba increíblemente relajada y segura de su hija.

—Gabby es demasiado lista para eso —repetía con calma.

No obstante, Marilyn conocía a muchas chicas listas que se habían dejado llevar y habían acabado quedándose embarazadas. No quería que les ocurriera eso a sus hijos y esperaba que supieran evitar el desastre, aunque era esperar mucho de unos críos de trece años.

Connie les había contado que Kevin había empezado a acostarse con chicas a los trece años, aunque su hijo menor, Sean, estaba lejos de hacer lo mismo. Cada chico era diferente y se movía a una velocidad distinta durante la adolescencia.

De hecho, Connie ya no estaba tan preocupada por Kevin. El joven estudiaba en la Universidad de California en Santa Cruz, y las cosas le iban bien. Con sus tatuajes, sus piercings y su pelo largo parecía un hippy, pero llevaba dos semestres sacando unas notas decentes. Su madre respiraba aliviada, aunque no acabase de estar tranquila. Kevin llamaba a casa muy de tarde en tarde; le encantaba vivir por su cuenta y sentirse independiente. Eso había llevado a Connie a concentrar sus esfuerzos en Sean. Era consciente de que su hijo menor necesitaba atención y consejos y de que Kevin, a sus veinte años, tenía que responsabilizarse de sí mismo.

De los cinco amigos, Andy era el que sacaba siempre las mejores notas. Eso era lo que se esperaba de él, y sus padres daban por hecho que sacaría sobresalientes en todos los exámenes. Él nunca les defraudaba y aseguraba que quería ser doctor, como sus padres; doctor en medicina como su madre, no en psiquiatría como su padre. Andy quería curar el cuerpo de la gente, no su mente, pero deseaba ir a Harvard, como su padre. Igual que los sobresalientes que obtenía en la escuela, a nadie le sorprendía que ganara el premio de ciencias cada año. Poseía un verdadero talento para la ciencia, y a veces Izzie le tomaba el pelo llamándole «doctor», algo que en realidad no le molestaba, sino que le agradaba. También era bueno en los deportes y estaba dotado con la gracia natural de un atleta. Pertenecía al equipo de tenis de la escuela y los fines de semana participaba en torneos. Sus cuatro amigos iban siempre a verle jugar, igual que iban a los partidos de béisbol de Sean y Billy, y los chicos acudían a apoyar a Gabby e Izzie cuando jugaban al baloncesto y al fútbol.

Larry no se perdía ni uno de los partidos de béisbol y se pasaba el tiempo gritando y dándole indicaciones a su hijo. Se enfadada muchísimo cuando perdían. Muchas veces Sean intentaba interceder por Billy ante su padre, pero solo conseguía que Larry se enfadara también con él. Eso fue lo que ocurrió aquel día.

—Hoy hemos jugado un buen partido, señor Norton —le replicó Sean con valentía—. Billy ha hecho dos *home runs*, que es más de lo que ha conseguido cualquier jugador de ambos equipos.

A pesar de que habían perdido, al acabar el partido el entrenador le había felicitado por lo bien que había jugado.

—Habríamos ganado si no la hubiera cagado cuando las bases estaban llenas. ¿Es que no te has dado cuenta?

Su tono era muy desagradable, pero Sean se negaba a dejarse intimidar por el padre de Billy. Larry no le caía bien a nadie, y tampoco a él, que no soportaba ver lo que le hacía a su amigo. Además, el señor Norton ni siquiera se molestaba en hablar con Brian, que también iba a todos los partidos de su hermano. Se comportaba como si su hijo menor no existiera. De hecho, para Larry no existía, ya que no era un deportista.

—No sé de qué hablas, O'Hara —le dijo a Sean con mala intención—, eres incapaz de acercarte ni un poquito a la pelota. Tendrían que echarte del equipo y ponerte a jugar al voleibol con las chicas.

—Ya basta, papá —murmuró Billy en defensa de su amigo.

Era evidente que su padre había estado bebiendo y Billy se sentía mortificado por su comportamiento. Estaba acostumbrado a que le insultara en casa, pero no quería que sus amigos lo supieran.

—Sois un puñado de patéticos blandengues —añadió

antes de dar media vuelta, enfurecido, subirse en el coche y marcharse.

Billy tenía lágrimas en los ojos. Sean le pasó el brazo por los hombros y entraron juntos en el vestuario sin decir una palabra. Cuando volvieron a salir, una vez cambiados, Brian les estaba esperando. El niño había presenciado toda la escena y se compadecía de los dos chicos. Le encantaba verles jugar. Ninguno hizo comentarios sobre el comportamiento de Larry. Estaban acostumbrados, y todo el mundo le había visto irse furioso. Cuando abandonaban el campo, Billy se acercó a Gabby, que también le estaba esperando. Le pasó el brazo por la cintura y la estrechó contra él cuando ella le felicitó por los dos *home runs*.

—Sí, bueno, lo que tú digas —dijo él, restándole importancia.

Sonrió mientras intentaba olvidarse de su padre. Con un metro y ochenta y dos centímetros de altura, a sus trece años aparentaba en realidad dieciséis. Gabby también parecía mayor, con su corte de pelo de chica mayor y el toque de maquillaje que su madre le dejaba llevar. Formaban una buena pareja y ya eran una imagen familiar. Además, Gabby siempre estaba al lado de su novio cuando tenía problemas en casa. Se reunieron con los demás para ir a comer hamburguesas y helados después del partido, y Billy le alegró el día a su hermano invitándole a acompañarles. Los Cinco Grandes siempre se portaban bien con él.

Los cinco amigos pasaron juntos las vacaciones de primavera, sin gran cosa que hacer. Fueron a partidos de béisbol y a nadar en la piscina de un amigo de Napa Valley que les invitó a pasar el día. Connie y Mike O'Hara les organizaron una barbacoa en el patio trasero. Al día siguiente recibieron una llamada telefónica de la universidad y otra de la policía. Habían detenido a Kevin por posesión, consumo y venta de marihuana. Le acusaban de venderla a otros estudiantes y estaba en la cárcel a la espera de comparecer ante el juez. El sargento de policía con el que habló Mike le dijo que se enfrentaba a una pena de cuatro años de cárcel, eso sin olvidar que le expulsarían de la universidad. Kevin tenía veinte años, y sus padres llevaban mucho tiempo temiendo que ocurriera algo como aquello. Mike lo había predicho. Su hijo mayor vivía según sus propias normas. Le traían sin cuidado las reglas de sus padres, las de la universidad e incluso las del Estado.

Esa misma tarde les llamó desde la cárcel. Mike ya había telefoneado a su abogado y habían acordado que al día siguiente irían a Santa Cruz para asistir a su comparecencia ante el juez. Kevin pretendía que pagaran la fianza y le sacaran de la cárcel esa noche, pero Mike convenció a su mujer de que le haría bien pernoctar en prisión y pensar en lo que había sucedido. Estaban aterrados por él, al igual que Sean. La vida fácil y despreocupada de su hermano no coincidía con su pasión por la ley y el orden. Seguía soñando con ser policía algún día y decía que quería trabajar en el FBI o la CIA cuando acabara los estudios superiores. Sus ideas no podían estar más alejadas de las de Kevin.

Al día siguiente Sean, muy abatido, se quedó a dormir en casa de Billy mientras sus padres iban a sacar a Kevin de la cárcel. El abogado pidió con firmeza la desestimación de los cargos por falta de pruebas y que enviaran a Kevin a un centro de rehabilitación. El juez se mostró abierto a esa posibilidad y fijó una vista para dos semanas más tarde, lo que les daba muy poco tiempo para buscar un programa de desintoxicación y presentar esa opción en el juzgado. Para desesperación de sus padres, los días de su hijo en la

Universidad de California en Santa Cruz habían llegado a su fin. Estaban destrozados.

Kevin llegó a casa con actitud chulesca. No parecía en absoluto afectado por la noche pasada en la cárcel, los cargos o la expulsión de la universidad. Habían traído sus cosas, y Sean se dio cuenta de que no se alejaba en ningún momento de la mochila. Estaba seguro de que en ella había drogas. De hecho, le pareció que Kevin estaba colocado, aunque sus padres no se dieron cuenta. Estaba furioso con su hermano, que no respetaba a sus padres, su casa ni a sí mismo. Acababa de salir de la cárcel y ya volvía a drogarse.

Una hora después se deslizó en la habitación de su hermano.

—Matarás a disgustos a papá y mamá —comentó con tristeza.

Kevin estaba tumbado en la cama, escuchando música con el televisor encendido. Sean no sabía qué había consumido, pero parecía contento.

—No me sueltes uno de tus rollos mojigatos —respondió mirando a su hermano pequeño, que permanecía de pie en el centro de la habitación. Todo un mundo se interponía entre ambos—. Todavía no eres un poli, aunque pienses como si lo fueras.

—Papá tiene razón —continuó en voz baja. Había perdido todo el respeto por su hermano y no soportaba lo que les estaba haciendo a sus padres. Su madre llevaba dos días llorando, y su padre también lloró mientras le contaba lo sucedido a su mujer. Se sentían derrotados e impotentes—. Vas a acabar en la cárcel.

Había visto mil veces esa situación en los programas de televisión que tanto le gustaban.

—De eso nada, enano cobarde. Lo más probable es que me concedan la libertad condicional. No es para tanto. Solo es marihuana, joder, no cristal o crack. Solo es un poco de hierba.

Pero no era tan poco. Cuando la policía le paró por saltarse un semáforo en rojo y sospechó que iba drogado, le encontraron una cantidad considerable en los bolsillos y en el coche.

—Es ilegal —insistió Sean sin dejar de mirarle. Kevin, tumbado en la cama, parecía relajado. Cuando le detuvieron estaba tan colgado que apenas recordaba la noche pasada en la cárcel, e incluso había dormido como un bebé—. Puede que la próxima vez sea crack, cristal, hongos o LSD, o cualquier otra porquería de las que consumes con tus amigos.

—¿Qué sabrás tú de lo que hago con mis amigos? —preguntó, irritado.

Su hermano se comportaba como un agente de narcóticos.

—Oigo cosas.

—No eres más que un crío. No sabes de qué hablas.

—Sí que lo sé. Y tú también. Te juro que si vuelves a hacerles esto te patearé el culo cuando sea mayor.

Temblaba de rabia, pero su hermano se limitó a reírse de él y a señalarle la puerta de la habitación.

—Estoy muerto de miedo, chavalín. Lárgate ya si no quieres que la paliza te la dé yo.

Era como si viniera de otro mundo, de otra familia. Era un extraño entre ellos, lo había sido desde el principio. Kevin siempre encontraba un modo de hacer lo que quería, sin importarle las consecuencias.

Salió de la habitación en silencio. Sus padres se pasaron los dos días siguientes hablando con psicólogos y abogados. Encontraron un centro de desintoxicación para drogadictos en Arizona que estaba dispuesto a admitirlo, y el abogado le ofrecería al juez que Kevin se declarara culpable de un cargo menor a cambio de ser enviado a rehabilitación sin pasar por la cárcel. No tenían el éxito asegurado, y el día antes de la vista su padre le obligó a cortarse el pelo y afeitarse. Kevin protestó, pero no podía elegir. Mike le llevó un traje y, echando chispas por los ojos, le ordenó que se lo pusiera.

—No quiero que vuelvas a hacerle esto a tu madre nunca más —murmuró con los dientes apretados, haciendo un esfuerzo por controlarse.

El joven asintió con la cabeza. Le trajo una camisa y una corbata y le prestó un par de zapatos de vestir aprovechando que usaban el mismo número. No quería ir con él al centro para comprar unos nuevos. Llevaba dos semanas sin salir de casa; sus padres no le habían dejado ir a ninguna parte. Al joven no le gustaba el plan que tenían en mente, aunque hasta a él le sonaba mejor que pasar cuatro años en la cárcel si le encontraban culpable de todos los cargos.

El trayecto hasta Santa Cruz, casi tres horas desde San Francisco, fue largo y silencioso. Llevaban la carta de aceptación oficial del centro de rehabilitación de Arizona y habían quedado con el abogado en la puerta del palacio de justicia. Cuando entraron en el edificio, todo se hizo de pronto más real para Kevin. Estaba asustado, aunque no tanto como sus padres. Connie y Mike habían dejado a Sean en casa de Billy, y esa tarde Marilyn llevaría a los dos chicos al entrenamiento de béisbol.

El juez escuchó la sugerencia del letrado y leyó sin hacer comentarios la carta con la descripción del centro de rehabilitación y lo que ofrecía.

—Es un joven con suerte —le dijo a Kevin—. Muchos padres le darían la espalda y dejarían que fuese a prisión. Y puede que eso le hiciera mucho bien. Lo que voy a hacer lo haré por ellos más que por usted. Y si no quiere acabar en la cárcel le conviene aprovecharlo. Le condeno a pasar seis meses en ese centro de rehabilitación de Arizona, que a mí me parece un club de campo. Más le vale quedarse allí los seis meses. Si sale antes, aunque sea un solo día, le enviaré a la cárcel. Además, le impongo dos años de libertad condicional. Si infringe la ley en cualquier momento durante esos dos años, irá a la cárcel. ¿Lo ha entendido?

Kevin asintió con la cabeza, haciendo un esfuerzo por disimular su rabia. Los próximos seis meses se le antojaban una pesadilla, y todo gracias a sus padres, por quienes no sentía gratitud alguna en ese preciso momento. Estaba jodido. El juez le informó de que tenía veinticuatro horas para presentarse en el centro de Arizona y que quería pruebas de su admisión. Guardó silencio cuando el magistrado le preguntó si tenía algo que decir en su defensa. En cambio, Mike alzó una voz ronca para agradecerle al juez su compasión.

—Buena suerte con su hijo —le respondió con amabilidad.

Mike y Connie no pudieron contener las lágrimas. Habían sido dos semanas llenas de angustia y terror.

El viaje de regreso a San Francisco fue tan silencioso como el de ida. Mike le pidió a su secretaria que reservara dos plazas en un vuelo a Arizona que salía a las siete de la mañana del día siguiente. Él mismo acompañaría a su hijo para asegurarse de que llegaba hasta allí y no huía.

Al llegar a casa, Kevin se fue derecho a su habitación y se fumó un porro sin ningún disimulo. Sus padres lo olieron, pero no entraron. La pesadilla ya casi había terminado. Al día siguiente estaría en el centro de rehabilitación. Solo había que confiar en que no olvidara que si no aguantaba los rigores del programa y se marchaba, acabaría en la cárcel.

Una vez que Kevin subió al piso de arriba, Connie y Mike se cambiaron de ropa y ella fue a casa de Billy a recoger a su hijo pequeño. Acababan de volver del entrenamiento. Sean miró preocupado a su madre. Aunque a veces Kevin se comportara como un imbécil, él le quería. Al fin y al cabo era su hermano, y no deseaba que fuera a la cárcel.

—¿Le han encarcelado? —preguntó, asustado.

Su madre negó con la cabeza. Parecía exhausta y derrotada.

—No, le envían a un centro de rehabilitación en Arizona durante seis meses y estará dos años en libertad condicional, así que más vale que se comporte. Si deja el programa o mete la pata de nuevo, irá a la cárcel.

Era una buena noticia, pero a ella no se lo parecía. Era demasiado consciente de los riesgos e ignoraba hasta qué punto o durante cuánto tiempo colaboraría Kevin. Mike y ella, y quizá incluso Sean, tendrían que ir hasta allí los fines de semana para participar en sesiones terapéuticas familiares. Su hijo mayor les obligaba a todos a pasar un mal trago. Era lo peor que había hecho hasta el momento, y aún no había terminado.

—Todo irá bien, mamá.

Sean intentaba tranquilizarla, aunque ni siquiera él mismo acabara de creérselo.

Mientras charlaba con los dos chicos, Marilyn se acercó a ellos. Connie le dio las noticias con un tono de inmenso alivio. La madre de Billy, consciente de lo tensa y agotada que estaba su amiga, la rodeó con sus brazos y la estrechó contra sí. Connie estaba atravesando un bache y se le notaba. Billy se quedó allí, mirándolas en silencio sin saber qué decir. Antes de que Sean se marchara le dio una amistosa palmada en la espalda y un empujón, para decirle cuánto lo sentía. Sean le miró con una sonrisa.

Por la noche, Izzie le telefoneó para preguntarle qué había sucedido.

—Entonces ¿va a ir a la cárcel?

—No, al menos por esta vez. Pero si vuelve a jorobarla seguramente irá. No sé qué le pasa, siempre ha sido un coñazo.

Estaba cansado. Llevaba todo el día preocupado por su hermano y por sus padres, visiblemente destrozados por lo que Kevin había hecho y por lo que podía ocurrirle.

—Supongo que algunas personas son distintas a los demás —comentó Izzie suavemente—, incluso dentro de la misma familia. ¿Cómo está tu madre?

Todos estaban preocupados por ella. La detención de Kevin había supuesto una tremenda conmoción.

—Está fatal. No dice nada, pero parece que la haya atropellado un autobús. Y mi padre está igual. Mañana llevará a mi hermano a Phoenix.

—¿Está asustado? —preguntó Izzie.

Estaba impresionada por lo que sucedía. Era la primera persona que conocía que iba a rehabilitación.

—No, creo que más bien está cabreado. No dice gran cosa, y esta noche ha bajado a cenar totalmente colocado. Mis padres no se han dado cuenta, pero yo sí. Mi padre le ha dicho que tenía que bajar por mi madre, que se ha pasado toda la cena llorando.

Toda aquella situación le resultaba horrible. Percibía la tensión en la voz de su amigo, que no soportaba ver a sus padres tan alterados.

Mike y Kevin se marcharon a la mañana siguiente, antes de que Sean se despertara. Connie se levantó para despedirse de su hijo e intentó abrazarlo, pero él se la quitó de encima y le dio la espalda. Fue más de lo que su padre pudo aguantar.

—Despídete de tu madre como es debido —le exigió con los dientes apretados mientras le agarraba con fuerza del brazo.

Kevin la abrazó mientras ella lloraba. Acto seguido se marcharon mientras aún estaba oscuro, y Connie volvió a acostarse sollozando. Mike regresó solo, a altas horas de la noche, y se echó a llorar en cuanto se sentó en la cama. Su mujer le estrechó entre sus brazos para darle consuelo.

—¿Cómo estaba cuando le has dejado? —le preguntó.

—Parecía que me odiase. Me ha dado la espalda y se ha marchado.

Kevin había olvidado que quien le había internado allí era un juez, no sus padres.

De pronto, la casa de los O'Hara estaba demasiado silenciosa sin Kevin, aunque hacía varios meses que el joven se había ido a la universidad. Sin embargo, su presencia reciente había resultado más intensa que nunca, con su hostilidad, sus borracheras a escondidas, sus porros y el estrés que generaba en todos los que le rodeaban. Al principio, la paz sin él parecía anormal y extraña. Sean echaba de menos el concepto de un hermano mayor, pero el Kevin real nunca fue lo que él esperaba.

Alternaba las horas de estudio con las series policíacas, que seguían siendo sus programas favoritos de televisión. Izzie fue varias veces a estudiar a su casa, y siempre aparecía con sus galletas favoritas y cupcakes para él y sus padres. No sabía qué hacer para ayudarles: veía la tristeza en sus ojos, y también en los de su amigo. Estuvo muy callado durante las semanas siguientes, pero empezaba a encontrarse mejor cuando llegaron los exámenes de mediados de trimestre.

Una noche, Izzie estaba estudiando en su habitación cuando su padre llamó a la puerta y le pidió que le acompañase al salón. Ella le siguió, sorprendida, y se asustó cuando vio a su madre esperándola en el sofá. Parecía muy tensa.

—¿He hecho algo malo? —preguntó, mirándoles alternativamente.

No se le ocurría nada, pero nunca se sabía. Todo era posible. Quizá hubieran llamado de la escuela para decir que había suspendido todos los exámenes. Sería la primera vez.

—Tu madre y yo tenemos algo que decirte —anunció Jeff en voz baja, después de sentarse.

Desde la butaca en la que estaba, pensó que la escena en conjunto resultaba extraña. Su madre evitaba mirarla, y el silencio era tan intenso que podía oír el tictac del reloj de pared antiguo que adornaba el recibidor. Nunca lo había oído desde el salón.

—Nos vamos a divorciar —le informó su padre con expresión de fracaso.

Izzie les miró con los ojos muy abiertos, sin saber qué contestar. «¿Cómo habéis podido? ¿Por qué? ¿No os queréis? ¿Qué va a pasarme ahora?» Un millar de pensamientos surcaron su mente a toda velocidad, pero de su boca no salió ni una palabra. Tenía ganas de gritar o llorar, pero tampoco pudo hacer ninguna de las dos cosas. Solo podía mirarlos alternativamente, hasta que su madre por fin se obligó a mirarla a los ojos.

—¿De quién ha sido la idea? —Fue lo único que se le ocurrió decir.

Sin embargo, estaba segura de que había sido de su madre. Siempre se comportaba como si en realidad no quisiera estar allí.

—De los dos —respondió su padre.

Mientras tanto, Katherine miraba a su marido y a su hija como si fuesen dos desconocidos. Hacía años que se sentía como una extraña entre ellos. Nunca había querido tener hijos, y Jeff lo sabía cuando se casaron. Se habían conocido cuando ambos estaban en la facultad de Derecho. En aquella época él tenía grandes ambiciones empresariales, pero más tarde cambió de opinión y se enamoró del trabajo que hacía para la Unión por las Libertades Civiles. Aceptó un empleo de verano y ya no se marchó, e incluso hizo allí las prácticas mientras seguía estudiando.

Las ambiciones y objetivos de Katherine nunca habían cambiado, pero Jeff se había convertido en una persona distinta con el paso de los años. Había pensado que tener un bebé sería bueno para ellos, y había cumplido su promesa de ayudarla en todo lo que pudiese. Le había prestado a Izzie mucha más atención que ella, y Katherine lo sabía. Sin embargo, incluso después de que naciera la niña, seguía sin entusiasmarle la idea de ser madre. Desde su punto de vista había sido un terrible error que, además, afectaba a un ser humano.

Izzie era una niña maravillosa, pero Katherine no se sentía como una madre, nunca lo había hecho y seguía sin hacerlo ahora. Sabía que en ella faltaba alguna pieza importante. No era capaz de sentir apego por su hija. Se sentía culpable y odiaba a Jeff por haberla convencido. Sus propios padres se habían mostrado siempre fríos con ella, por lo que nada en su vida le había enseñado a ser madre, y en su fuero interno no quería aprender. Se sentía como un monstruo cada vez que miraba a su hija, y sabía que Izzie se daba cuenta de ello. Jeff lo había negado tanto tiempo como había podido, pero aunque no lo reconociese ante la niña, era él quien había solicitado el divorcio, y Katherine se había sentido aliviada por ello.

—Tu madre ha cambiado de trabajo y va a ocupar un puesto muy importante —le explicó—. Dirigirá el departamento jurídico de una empresa muy grande y viajará mucho. Ni ella ni yo queremos estar casados así. A veces las cosas cambian entre dos personas. Nuestro matrimonio ya no tiene sentido con el trabajo de tu madre.

—¿Así que nos dejas tirados por tu nuevo puesto de trabajo? —le preguntó Izzie con expresión angustiada.

Katherine sintió como si le clavasen un cuchillo en el corazón. Siempre supo que no debía tener hijos, y ahora Izzie pagaba los platos rotos. Era consciente de que aquello estaba muy mal, pero no podía cambiar sus sentimientos ni inventarse un instinto maternal que no tenía. Y su hija lo sabía mejor que nadie. No había podido ganarse el cariño ni la atención de su madre. Había crecido sintiéndose como una imposición en la vida de Katherine, y en muchos aspectos lo era. Jeff intentaba compensarlo, pero era su padre y no su madre, así que Izzie llevaba toda su vida anhelando un poco de amor materno. Y ahora Katherine se marchaba por un trabajo.

—No te dejo tirada —respondió mirando a su hija; sabía que debía tenderle los brazos, pero no podía—. Tu padre y yo hemos redactado un convenio muy justo. Pasarás tres días con él cada semana, y los tres días siguientes conmigo, cuando no esté de viaje. Y puedes pasar los domingos con uno de nosotros, el que esté disponible. O también puedes estar tres días seguidos con uno y tres con otro, lo que prefieras.

A ella le sonaba sensato, y lo habría sido para un acuerdo de negocios, pero no para una niña.

—¿Habláis en serio? —preguntó horrorizada—. ¿Esperáis que vaya dando botes entre los dos como si fuera una especie de pelota que os lanzáis uno a otro, o como un perro? ¿Cómo voy a vivir así? Tendré que hacer la maleta cada tres días. Preferiría ser huérfana y vivir en un centro de acogida. No puedo vivir así. Es de locos.

Katherine se quedó sorprendida y Jeff no dijo nada. Él ya se había dado cuenta de las dificultades que aquel arreglo entrañaba para Izzie, pero Katherine pensaba que era justo.

—Supongo que también podrías estar una semana con cada uno, si eso te va mejor —añadió, como si hablara con una clienta a la que había que satisfacer.

—No quiero pasarme el tiempo yendo y viniendo. —Tenía lágrimas en los ojos. Sus padres estaban destruyendo su vida—. Estáis locos. Yo no puedo vivir así. No es culpa mía que no os queráis ni que tú cambies de trabajo. ¿Por qué he de pagarlo yo?

—Pero eso es la custodia compartida —le explicó Katherine en tono sereno, tratando de no reaccionar ante la angustia que asomaba a los ojos de su hija.

Ella nunca habría pedido el divorcio; llevaba bien su vida familiar tal como estaba planificada. Sin embargo, cuando le habló a Jeff del nuevo empleo, fue él quien quiso separarse. Y pensándolo bien, también a ella le parecía lógico. Izzie era lo bastante mayor para comprenderlo.

—No soy un mueble que os podáis pasar el uno al otro dos veces por semana.

—Te acostumbrarás, y hasta puede que la situación tenga sus ventajas para ti. He encontrado un piso muy bonito en el centro, cerca de mi oficina, en un edificio con piscina.

—No quiero una piscina. Necesito una madre, un padre y un hogar. ¿No podéis arreglarlo de alguna manera?

Tan pronto como planteó la pregunta, ambos negaron con la cabeza.

—Los dos nos merecemos una vida mejor. Hace mucho tiempo que nuestro matrimonio no funciona —reconoció Jeff con tristeza—. Y lamento que sea difícil para ti.

—Dentro de un año, cuando cumplas catorce, podrás decirle al juez lo que quieres. Pero ahora nos corresponde a tu padre y a mí buscar una solución justa —volvió a explicarle Katherine.

—¿Justa para quién? ¿Da igual lo que yo piense?

Sus padres la miraron inexpresivos, sin saber qué hacer.

—La custodia compartida es un asco, y vosotros también —dijo antes de salir corriendo hacia su habitación y cerrar la puerta de un portazo.

Telefoneó a Gabby y se echó a llorar al contarle lo sucedido. Su amiga, muy sorprendida, le dijo que podía dormir en su casa siempre que quisiera. Pero Izzie no quería dormir en ningún otro sitio, quería su propio hogar. Llamó después a Sean y a Andy, que también compartieron su pena.

Se pasó toda la noche llorando en la cama, y al día siguiente, en el desayuno, su padre le dijo que intentarían buscar un sistema que le resultase más fácil de aceptar.

—Quizá puedas pasar una semana seguida con cada uno, o dos semanas, o un mes. Si por mí fuera, podrías estar aquí todo el tiempo, pero también tienes que ver a tu madre.

—¿Por qué? De todos modos, siempre estará viajando. ¿Por qué no os turnáis vosotros y me dejáis estar aquí todo el tiempo? He oído que hay padres que hacen eso.

—Creo que sería muy incómodo para nosotros —respondió Jeff, con expresión desdichada.

No le gustaba nada hacer pasar a Izzie por todo aquello, pero el matrimonio se había terminado hacía años. Él había estado acudiendo a terapia de grupo durante varios meses y no quería mantener un matrimonio muerto con una mujer que no le amaba y a la que él había dejado de amar. Pero Izzie era quien salía perdiendo.

—Supongo que no pasa nada si la que está incómoda

soy yo —murmuró con amargura mientras removía con la cuchara los cereales del cuenco y le miraba con tristeza—. No me echéis la culpa si me expulsan de la escuela. No puedo sacar unas notas decentes y cambiar de casa tres veces por semana solo porque mamá y tú ya no os soportéis. Y en cuanto cumpla los catorce voy a decirle al juez que no pienso ir y venir entre los dos, así que más os vale pensar otra cosa.

—Lo intentaremos.

A pesar de la pena, no se le ocurría nada. Escuchó la puerta de la calle al cerrarse cuando su hija se marchó a la escuela.

El único consuelo de Izzie en ese día y durante los muchos meses que lo siguieron fueron sus amigos. Pasaba tanto tiempo como podía en casa de los O'Hara, dejándose mimar por Connie, y de vez en cuando se quedaba a dormir en casa de Gabby, lo que también era de mucha ayuda: Judy era una mujer cariñosa que siempre la había querido y que lamentaba su situación. También Gabby y Michelle le ofrecían su apoyo y comprensión, al igual que todos sus amigos.

La custodia compartida nunca llegó a cumplirse por parte de Katherine, que se encontraba fuera de la ciudad casi siempre que Izzie debía estar con ella.

Al final, sus padres renunciaron al plan de hacerla ir y venir entre ellos como una pelota de tenis. En cambio, vivía con su padre y de vez en cuando iba a casa de su madre a pasar la noche durante el fin de semana.

Katherine la llevaba a cenar y dejaba que invitase a Gabby a nadar en la piscina. A veces pasaba un mes o más sin verla, pero incluso cuando la veía se daba cuenta de que su madre nunca había estado realmente allí.

Lo que la sostenía era un padre que la quería, cuatro

amigos estupendos y Connie O'Hara como afectuosa tía adoptiva. No era todo lo que se suponía que debías tener en la vida, pero para Izzie, en conjunto, parecía funcionar.

4

El primer acontecimiento importante del segundo curso de secundaria fue que Billy y Gabby «lo hicieron» el fin de semana antes del día de Acción de Gracias. La propia Gabby se lo confió a Izzie al día siguiente, y a su madre un día más tarde, a quien le aseguró que habían utilizado un preservativo. Sin embargo, reconoció que no había sido tan fabuloso como ella esperaba. Billy había explotado como los fuegos artificiales del Cuatro de Julio, un poco antes de lo que los dos esperaban, y además le había dolido mucho. Los dos eran vírgenes, y la mejor parte fue la ternura con la que ambos actuaron. En los dos años que llevaban saliendo, nunca se habían fijado en otras personas. Se querían con locura, y Gabby decía que haberlo hecho reforzaba el vínculo que compartían. Su madre se lo tomó muy bien. Se sentía preocupada por la responsabilidad que habían asumido, pero agradecida por la sinceridad de su hija y por poder estar al tanto de lo que sucedía en su vida.

Al acabar el fin de semana, los Cinco Grandes, como Connie seguía llamándoles, lo sabían. Billy no se jactó de ello, pero la proximidad entre los dos era aún mayor, y su forma de mirarse, como si compartieran un secreto, bastó para que todo el mundo supiera lo que había ocurrido.

Izzie seguía pensando que eran demasiado jóvenes para hacer el amor, pero Gabby y Billy estaban absolutamente convencidos de que se querían y se sentían preparados para asumir las responsabilidades. El chico demostró que era responsable y utilizaba preservativos, y Gabby le dijo a su madre que quería tomar la píldora para no quedarse embarazada. Se las arreglaron para hacerlo dos veces más a la hora del almuerzo, en casa de Billy, aprovechando que su madre había salido, su padre trabajaba y Brian estaba en el colegio. La segunda vez fue mejor, y la tercera resultó fantástica. Se alegraban de haber decidido por fin incorporar el sexo a su relación.

La víspera del día de Acción de Gracias Judy llevó a su hija a un centro de planificación familiar, donde le recetaron la píldora. De pronto, los miembros solteros del grupo se sintieron muy inmaduros y un poco excluidos. Andy se pasaba el tiempo estudiando. Sean era un chico tranquilo, menos corpulento que Billy, y siempre se quejaba de que las chicas ni siquiera le miraban. Izzie, por su parte, llevaba dos años esforzándose por superar el divorcio de sus padres. Apenas veía a su madre, aunque Katherine la telefoneaba con frecuencia desde otras ciudades para ver cómo estaba y de vez en cuando, aunque no demasiado a menudo, pasaban un fin de semana juntas. En algunos aspectos Izzie la echaba de menos. Se le hacía raro no tenerla en casa y verla tan poco. A veces resultaba triste. Jeff hacía cuanto podía para compensar la indiferencia y la ausencia de Katherine. Sin embargo, en algunos momentos la joven añoraba ver a su madre cada día, como sucedía antes del divorcio por muchas que fueran sus ocupaciones.

Jeff no había conocido aún a nadie que le importase de verdad, pero llevaba más o menos un año saliendo con mujeres. Cada vez que traía a alguna a casa tenía que soportar los comentarios de Izzie, que solían ser bastante acertados. No sentía ningún deseo de volver a casarse, pero le habría gustado encontrar una mujer a la que amara lo suficiente como para vivir con ella, sobre todo teniendo en cuenta que Izzie se marcharía a la universidad al cabo de dos años. Se sentiría muy solo cuando eso ocurriera. No esperaba que su hija se quedara en San Francisco. Quería ver mundo, aunque después volviera a la ciudad, y Jeff se daba cuenta de que sin ella no tendría vida personal. Todo lo que hacía giraba en torno a ella.

Un día, Jeff invitó a cenar en casa a una compañera de trabajo con la que llevaba varios meses saliendo. A él le gustaba, pero a Izzie le pareció odiosa. Para entonces él tenía cincuenta y tres años, y la joven abogada con la que salía superaba por poco la treintena. Se sintió muy incómodo cuando, al día siguiente, su hija le hizo notar que era demasiado joven para él. No era que a él no se le hubiera ocurrido, pero resultaba embarazoso oírlo de labios de su hija de quince años, más cercana a ella en edad que él mismo. Sin embargo, las mujeres de su propia edad no le atraían.

—No voy a casarme con ella. Solo estamos saliendo —se defendió.

—Pues sigue manteniendo la relación así —añadió Izzie, muy seria—. Además, no es tan inteligente como tú.

—¿Por qué lo dices? —preguntó su padre, perplejo.

—No paraba de preguntar lo que significaban cosas que, como abogada, debería saber. O se hace la tonta, o lo es de verdad —explicó mientras aclaraba los platos del desayuno y los metía en el lavavajillas. Ahora era la mujer de la casa y mantenía con su padre una agradable relación entre adultos.

—Ninguna mujer será tan lista como tu madre —comentó él sin darle importancia—. No estoy seguro de que yo estuviera a su altura. Probablemente no. —Ni tan fría, pensó para sus adentros, pero no lo dijo—. No sé si necesito o quiero un genio. Solo aspiro a conocer a una mujer simpática y agradable.

Izzie le miró desde el otro lado de la cocina.

—Necesitas a alguien inteligente, papá. Una boba acabaría siendo aburrida.

Por otro lado, su madre salía con el consejero delegado de la empresa para la que trabajaba, recientemente divorciado. Izzie aún no le conocía, pero su madre ya le había hablado de él. En los dos años transcurridos desde el divorcio de sus padres había adquirido una sensatez que no correspondía a su edad.

No tenían planes concretos para el día de Acción de Gracias, así que Jeff aceptó la invitación de una de sus compañeras de trabajo, una agradable divorciada con dos hijos de la misma edad que Izzie. Habría una decena de invitados más aparte de ellos. Parecía una fiesta informal y un modo agradable de pasar el día. Katherine estaba en Nueva York por negocios y pasaría la fiesta con unos amigos.

Los O'Hara tenían previsto recibir a sus familiares y amigos. Ese año tenían mucho que agradecer. A Kevin le había ido bien en el centro de rehabilitación y había regresado como el muchacho que siempre esperaron que fuera. A sus veintidós años asistía al City College, sacaba buenas notas y esperaba graduarse ese curso. Era un enorme alivio para ellos, y los dos chicos se llevaban bien. Kevin se había disculpado con Sean durante una sesión de terapia familiar en Arizona por ser tan mal hermano hasta entonces. Cuando volvió a casa era una persona distinta.

Andy y sus padres visitarían a unos parientes maternos en Carolina del Sur. Judy y Adam se marchaban al hotel

Fairmont con Michelle, y Gabby pasaría el día de Acción de Gracias con los Norton. Marilyn, que era una gran cocinera, había organizado una cena familiar con Larry, sus dos hijos y Gabby, que prometió colaborar en la cocina.

La joven llegó a casa de su novio con tiempo suficiente para ayudar a prepararlo todo. Marilyn había sacado su mejor mantel de lino, y Billy y Gabby pusieron juntos la mesa con la vajilla y la cristalería reservada para las grandes ocasiones. El pavo, ya en el horno, olía de maravilla. Tenían previsto cenar a las seis. Larry había ido a casa de un amigo a ver un partido de fútbol americano y dijo que volvería a tiempo para la cena. Sin embargo, a las seis todavía no había regresado, y no cogió el móvil cuando Marilyn le llamó. Le esperaron hasta las siete. Para entonces el pavo se estaba quedando seco y Marilyn estaba muy disgustada.

Se sentaron a cenar a las siete y media, una hora y media más tarde de lo previsto. Las tortitas estaban un poco quemadas, y el pavo y el relleno estaban indiscutiblemente secos. Nadie mencionó la ausencia de Larry durante la cena, y Marilyn sirvió de postre pasteles de calabaza y manzana con helado de vainilla casero. Cuando se levantaron de la mesa, Gabby y sus hijos la ayudaron a recogerlo todo. A las diez y media todo estaba en su sitio, y Gabby fingió no ver llorar a Marilyn mientras subía las escaleras. Justo en ese momento entró Larry, actuando como si nada hubiera ocurrido. Los chicos desaparecieron como ratones y bajaron al cuarto de juegos del sótano para ver una película.

Marilyn se volvió y le miró desde las escaleras, echando chispas por los ojos. Su marido tenía aspecto de haberse pasado todo el día bebiendo.

—¿Dónde has estado? —le preguntó con voz inexpresiva. Llevaba toda la noche preocupada.

—He cenado con un amigo —respondió, como si fuera

una noche cualquiera y no el día de Acción de Gracias. Pero no engañaba a nadie, salvo a sí mismo.

—Te has perdido la cena de Acción de Gracias —continuó su mujer, mirándole a los ojos.

—Lo siento, tenía otra cosa que hacer —dijo él bruscamente, pasando por su lado con un empujón.

Olió el alcohol en su aliento y vio pintalabios en el cuello de su camisa, una gran mancha que le dolió como una bofetada.

—Eres repugnante —murmuró en voz baja.

Él la agarró del brazo al instante y tiró de ella.

—Me importa una mierda lo que pienses —farfulló, y la apartó de un empujón. Marilyn estuvo a punto de perder el equilibrio y caer escaleras abajo, pero se agarró a la barandilla en el último momento.

—¿Tenías que hacerlo esta noche? —preguntó, siguiéndole hasta el dormitorio.

Por un instante Larry pareció desorientado, y ella se dio cuenta de lo borracho que estaba. Cruzó la habitación con paso vacilante y se sentó en la cama. Había pasado todo el día con otra mujer.

—Hago las cosas cuando me da la gana. De todas formas, no me importa una mierda el día de Acción de Gracias. Ni tú tampoco.

Marilyn se alegró de que sus hijos no le oyeran. Le miró y se preguntó por qué se había quedado tanto tiempo con él, por qué había aguantado los insultos y las humillaciones, las borracheras, la decepción y el dolor de saber o sospechar que la engañaba una y otra vez. Se decía a sí misma que lo hacía por sus hijos, pero ya no estaba tan segura. Quizá simplemente tuviera miedo de estar sola o de perder a un marido al que hacía años que no amaba. Le resultaba imposible amarle, y sabía que él tampoco la quería a ella.

—Vuelve a donde quiera que hayas estado hoy. No te quiero aquí con los chicos, tal como estás —añadió con calma.

—¿De qué estás hablando?

Larry se tumbó en la cama como si aquello no fuera con él. Marilyn le miró y se dio cuenta de que estaba mareado, pero no le importó.

—Te estoy diciendo que te marches —insistió, mirándole desde arriba. Él intentó darle un puñetazo, pero Marilyn se apartó—. Si no te levantas ahora mismo, llamaré a la policía.

—¡Y una mierda! ¡Cállate de una vez! Voy a dormir.

Marilyn cogió el teléfono y empezó a marcar. No pensaba acabar de hacerlo, pero quería asustarle. Él se levantó de la cama de un salto, le arrebató el teléfono y lo lanzó contra la pared. A continuación, sin darle tiempo de apartarse, le asestó un fuerte revés en la cara. Marilyn le miró con un odio desconocido incluso para sí misma. Un hilillo de sangre le rodaba por la mejilla.

—¡Vete, Larry! ¡Márchate!

Algo en sus ojos le dijo que hablaba en serio. Cogió la chaqueta de la cama, salió del dormitorio, bajó las escaleras a toda prisa y al cabo de un momento salió a la calle dando un portazo. Temblando de pies a cabeza, cerró la puerta del dormitorio para que sus hijos no la vieran al subir. Se sentó en la cama y empezó a llorar. Todo había terminado, aunque lo cierto era que tenía que haberlo hecho años atrás.

Telefoneó a Larry a la mañana siguiente, antes de que tuviera oportunidad de regresar a casa, y le pidió que no volviera.

—Puedes recoger tus cosas la semana que viene. Hoy cambiaré las cerraduras. Quiero el divorcio. —Habló con voz fría e impasible.

—Anoche me cabreaste. No deberías haberlo hecho.

Él le había echado la culpa muchísimas veces, cuando la abofeteaba, cuando la humillaba, cuando tonteaba con otras mujeres o volvía a casa demasiado borracho para sostenerse en pie. Y ella lo había aguantado. Sus hijos habían visto cómo la trataba, algo que nunca debería haber permitido. Además, sospechaba que llevaba años engañándola.

—He terminado contigo, Larry. Voy a pedir el divorcio.

—No seas absurda —replicó, tratando de quitarle importancia al asunto—. En un par de horas estoy allí.

—Si te acercas a esta casa llamaré a la policía. Lo digo en serio.

Él percibió en su voz que así era. Marilyn colgó.

Bajó a prepararles el desayuno a sus hijos cuando oyó que se habían levantado. Ya había avisado al cerrajero, que cambió las cerraduras en menos de media hora y le dio un par de copias de cada llave. Después de servir el almuerzo a los chicos les entregó sus nuevas llaves y se sentó a la mesa de la cocina con ellos.

—No le deis esa llave a vuestro padre cuando le veáis. Vamos a divorciarnos.

Ninguno de los dos se sorprendió. Billy parecía triste, pero Brian se sintió aliviado. Su padre llevaba años menospreciándole porque no quería practicar deporte.

—¿Es porque no vino a cenar? —preguntó su hijo mayor en voz baja—. Puede que estuviera con un cliente importante.

Billy siempre disculpaba a su padre; era tremendamente leal con él.

—Por todas las razones que los tres conocemos: las borracheras, las otras mujeres, su forma de tratarnos a Brian y a mí, e incluso a ti a veces —respondió, mirándole—. Espero que ahora solucione su problema con la bebida, pero yo he terminado con él, tanto si lo hace como si no. —Habían sido demasiados años de malos tratos y falta de respeto. Ella lo había permitido, pero ya no podía seguir haciéndolo. El golpe de la noche anterior había sido la gota que colmaba el vaso—. No quiero que vuelva a esta casa. Podéis ir a visitarle cuando se busque un sitio donde vivir.

—¿Tengo que ir? —preguntó Brian en voz baja, y ella negó con la cabeza.

—No puedes echarle así, mamá —insistió Billy, a punto de llorar—. Esta también es su casa. No tiene adónde ir.

—Puede permitirse pagarse un hotel.

Y entonces, cuando Marilyn se volvió hacia él, Billy vio la fina marca de su mejilla y el cardenal que la rodeaba, y supo que su padre había ido demasiado lejos. Se levantó de la mesa y se fue a su habitación. No telefoneó a Gabby, sino a Izzie, que supo que pasaba algo malo en cuanto oyó su voz.

—¿Estás bien? —se apresuró a preguntarle.

Él se echó a llorar.

—Creo que mi padre le pegó a mi madre anoche, y que no era la primera vez. No vino a la cena de Acción de Gracias. Van a divorciarse. Ahora estoy igual que tú. —Lloriqueó, como un niño afligido.

Sin embargo, nadie había golpeado a nadie en casa de Izzie. Sus padres ya no se querían y el divorcio había sido sencillo y limpio. Sabía que el padre de Billy no le caía bien a nadie; era un imbécil y un borracho. Se portaba mal con su propio hijo, que lloraba por él.

—¿Cómo serán las cosas a partir de ahora? —le preguntó.

Estaba asustado y sentía que toda la responsabilidad recaía sobre sus hombros. Era el único aliado que había dejado su padre.

—Todo mejorará —le tranquilizó su amiga—. Tu madre estará más contenta en lugar de tan disgustada. Y también será bueno para Brian. —La chica había visto lo cruel que podía ser el señor Norton con su hijo menor—. No te pasará nada malo. Te lo prometo. A mí me va mejor ahora, la verdad. Tardé un tiempo en acostumbrarme a no tener a mi madre aquí, pero de todos modos nunca estaba. Y con tu padre pasa lo mismo. Siempre está por ahí, con clientes o amigos, bebiendo. Tú mismo lo dijiste.

Izzie se dio cuenta de que Billy se calmaba mientras hablaban.

—Va a ser muy extraño no tenerle aquí —reconoció con tristeza.

No le gustaba la idea de que sus padres se divorciaran, pero tampoco le agradaba cómo su padre trataba a su madre. Marilyn llevaba años siendo infeliz. Ya no tendría que fingir más.

—Sí, se te hará raro durante un tiempo —convino Izzie; no tenía sentido mentir, y ella nunca lo hacía—, pero luego será mejor.

Billy permaneció unos momentos en silencio, y luego siguieron charlando un poco más. Como siempre, la joven se mostró comprensiva y alentadora. Todos la consideraban la más sensata del grupo y la persona a la que podían acudir en busca de consuelo y apoyo emocional. Como cuando les preparó la comida el primer día de parvulario para hacer que se sintieran cómodos y en casa. Izzie estaba allí para cada uno de ellos cuando las cosas se ponían feas. Al colgar el teléfono, Billy tenía mejor aspecto y estaba más animado. Había mucho que decir, mucho de lo que preocuparse, pero lo único que Billy sabía con certeza era lo agradecido que se sentía de tener a sus amigos. No habría podido superar nada sin ellos. Eran el mejor regalo que tenía.

Al poco rato vio a su madre y comprobó que, en efecto, ya tenía mejor cara. Brian, por su parte, sonreía cuando bajó. Se preguntó si Izzie estaría en lo cierto. Normalmente acertaba. Fue a darle la noticia a Gabby, aunque ella no se extrañó. Esa mañana pasaron mucho rato hablando.

5

Un año después, cuando los Cinco Grandes estaban en tercero de secundaria, Marilyn empezó a trabajar, así que Brian y Billy pasaban mucho tiempo solos en casa, lo que en realidad no era un problema, ya que ambos eran lo bastante mayores como para cuidar de sí mismos: Billy, de dieciséis años, vigilaba a Brian, que tenía once. Billy solía tener entrenamiento de fútbol americano después de clase y su hermano se quedaba como espectador. Le encantaba ver jugar a su hermano mayor, que era el quarterback estrella del equipo. Gabby también solía ir. Billy y ella seguían siendo la única pareja auténtica de la escuela, pero lo llevaban con responsabilidad y hasta los profesores se sentían conmovidos por el cariño que se profesaban.

Gabby y los demás miembros del grupo le habían ayudado a pasar por el trance del divorcio de sus padres. Por su experiencia, Izzie era su principal consejera. Sin embargo, nadie le preparó para aceptar que su madre empezara a tener citas muy pronto. Su padre, por su parte, salía con montones de chicas, la mayoría pocos años mayores que Billy. Larry no ocultaba que se acostaba con cada cuerpo joven y atractivo que se ponía a su alcance. De hecho, se jactaba de ello ante cualquiera que estuviera dispuesto a escucharle, incluido su propio hijo. Lejos de mejorar, su afición a la bebida había empeorado. Estaba descontrolado, y Billy estaba preocupado por él.

Marilyn consiguió un empleo muy pronto, como vendedora de viviendas y locales comerciales. Había aprobado el examen para convertirse en agente inmobiliario y trabajaba en una gran empresa, donde le iba muy bien. Aún estaba poniéndose al día, aunque parecía tener un don natural para las ventas y disfrutaba mucho con su trabajo. El juez del divorcio le había asignado la casa, y después de diecisiete años de matrimonio Larry tenía que pagarle una pensión compensatoria, que podía permitirse sin problemas por más que se quejara ante Billy.

La vida de Marilyn había cambiado por completo. La sentencia definitiva de divorcio se había pronunciado seis meses atrás, y casi al mismo tiempo conoció a Jack Ellison, un atractivo cuarentón, divorciado y con dos hijos en Chicago. Jack era el dueño de un concurrido restaurante en el centro, muy popular entre los empresarios, que acudían allí a almorzar o cenar. No era elegante ni estaba de moda, pero se trataba de un negocio muy sólido. El año anterior había abierto un segundo restaurante, tan popular como el primero, en Napa Valley.

Jack se mostraba agradable con los hijos de Marilyn, y ella estaba loca por él. Brian apreciaba mucho su amabilidad y sus atenciones, mientras que Billy, pese a admitir de mala gana que era un tipo simpático, se sentía obligado a tenerle antipatía por lealtad a su padre. El chico pasaba el menor tiempo posible con Jack y su madre, y casi siempre estaba con Gabby. Larry, por su parte, estaba demasiado entretenido como para preocuparse por buscar tiempo para verle, y tampoco hacía esfuerzo alguno por ver a su hijo menor. Los fines de semana, cuando no estaba trabajando en el restaurante, Jack llevaba a Marilyn y a Brian a un rancho que tenía en Napa, y de vez en cuando, para deleite del niño, navegaban en barco por la bahía. Jack era un héroe para Brian, y Marilyn era realmente feliz por primera vez en muchos años. Un día le confesó a Connie que tenía la sensación de que se había producido un milagro en su vida. El único que se resistía era Billy, pero estaba segura de que con el tiempo se acostumbraría a Jack. Su sinceridad y simpatía eran irresistibles.

El principal problema de Billy durante el tercer curso, al margen de que su madre tuviera novio y de que su padre hubiera desaparecido de su vida, fueron sus calificaciones, que acusaron todos los cambios que había vivido. Su tutor le advirtió que con aquellas notas nunca conseguiría una beca deportiva, por muy bien que jugara. El chico no sabía qué hacer al respecto: el tercer curso era crucial para alcanzar su objetivo de ser admitido en la universidad y conseguir una beca. Para él era un año emocionante; desde el principio del curso habían ido a verle jugar varios ojeadores.

Las universidades de Florida, Alabama, Tennessee y Luisiana, así como la del Sur de California y la de Notre Dame, aspiraban a contar con Billy y deseaban que aceptara sus ofertas. Larry había colgado en internet varios vídeos con los mejores partidos de Billy, y todas los habían visto. Sin embargo, su tutor decía que no tenía ninguna posibilidad de ingresar en ellas con una media tan baja. Era fundamental que mejorara sus notas.

Su madre le buscó un profesor particular, pero solo sirvió para que a Billy se le antojara todo aún más complicado. Un día se quejó a Izzie mientras almorzaban:

—Mi padre me matará si no juego en la universidad —reconoció abatido.

Gabby había tratado de ayudarle a hacer algunos deberes, pero sus propias notas no eran ninguna maravilla. Nunca había sido buena estudiante, pero ella no aspiraba a ir a la universidad. Lo único que deseaba era marcharse a Los Ángeles después de la graduación y convertirse en actriz. Era su sueño desde primer curso, y ahora solo le faltaba un año para alcanzar su meta. Pero no podía ayudar a Billy con sus tareas escolares.

—¿De verdad quieres jugar a fútbol americano en la universidad o vas a hacerlo solamente por tu padre? —le preguntó su amiga, muy seria.

La madre de Izzie deseaba que fuera a la facultad de Derecho, pero era lo último que ella quería. Y aunque admiraba el trabajo de su padre en la Unión por las Libertades Civiles, sabía que no era lo suyo. No tenía ni idea de a qué dedicarse. Había pensado en hacerse profesora, o estudiar psicología o enfermería, o bien ingresar en el Cuerpo de Paz. Le gustaba cuidar de la gente, pero aún no sabía de qué forma hacerlo. Admiraba lo que hacía Connie O'Hara como esposa y madre. Había sido maestra y era el modelo de Izzie. Sin embargo, sabía que su madre se disgustaría si no elegía una profesión con más prestancia. Katherine quería que ingresara en una universidad de prestigio. Sus buenas calificaciones se lo habrían permitido, pero ella quería quedarse en California. Su padre, por su parte, le aconsejaba que hiciera lo que más le agradara y le decía que no tenía por qué ir a Harvard o a Yale para conseguir una buena formación. Escucharle le liberaba de la presión a la que la sometía su madre.

—Claro que quiero jugar —respondió Billy en tono decidido, tras unos instantes de sorpresa—. Es lo que siempre he querido. ¿Qué otra cosa iba a hacer? En todas esas universidades me ofrecen un trato estupendo.

Además, aquello era lo que su padre esperaba de él, y no quería fallarle.

—Bueno, pues supongo que tendremos que ayudarte —concluyó Izzie en tono práctico.

La chica tenía unos hábitos de estudio muy organizados y buenas calificaciones. Las asignaturas que mejor se le daban eran lengua e historia. Andy era el mejor alumno de ciencias de la escuela, y entre los dos podrían mejorar las notas de Billy si este estaba dispuesto a esforzarse. Él les aseguró que sí; estaba decidido a hacer lo que fuera para ingresar en una buena universidad para jugar al fútbol americano. Le organizaron un programa de estudio. Se reunía con Andy en la biblioteca cada día y este le daba clases a la hora del almuerzo, cuando tenía un rato libre. Izzie trabajaba con él después de clase. Durante el resto del curso, los dos amigos se dedicaron sin descanso a Billy, ayudándole con los trabajos, preparándole para los exámenes y pruebas y dividiendo las materias en pedazos digeribles que pudiera entender y aprender.

Al final del segundo semestre, Billy estaba entre los primeros de su clase, con una media de notable en casi todas las asignaturas y algún que otro sobresaliente en ciencias gracias a Andy. Habían hecho un extraordinario trabajo, y Billy había llegado donde tenía que estar para obtener la beca que quería. Era una gran victoria para los tres. Sean, por su parte, había empezado a ayudarle con la lengua castellana, idioma que ya dominaba. Al final del tercer curso, el tutor de Billy no podía creer cuánto había mejorado. Ignoraba cómo había llegado hasta allí. Marilyn también estaba encantada. Los dos estaban en el camino correcto para hacer realidad sus respectivos sueños. En junio, Jack Ellison le pidió que se casara con él, y ella aceptó.

No querían esperar y acordaron casarse en agosto, en el

rancho de Napa. Marilyn se lo contó a sus hijos a la mañana siguiente. Deseaba que fueran los primeros en saberlo. Brian estaba entusiasmado: quería a Jack más que a su propio padre. Billy, en cambio, se pasó dos días borracho. Le dijo a su madre que tenía gastroenteritis, pero Izzie, Gabby y los demás sabían que, en realidad, la noticia le había causado un gran disgusto. Estaba desolado. Por primera vez entendía a ciencia cierta que sus padres nunca volverían a estar juntos, que su padre jamás dejaría de beber y que, en el improbable caso de que lo hiciera, Marilyn tampoco le querría a su lado. Iba a casarse con Jack.

Ese fue el último verano de la infancia de Billy. Tan acongojado estaba por la boda de su madre que empezó a beber a escondidas y a fumar marihuana cuando estaba solo. Nadie sospechaba siquiera lo que hacía. Lo disimulaba a la perfección. En la boda se emborrachó hasta perder el sentido. Sean y Andy tuvieron que llevarlo a su habitación con la ayuda de Izzie y Gabby. Pensaron que era un exceso aislado. Marilyn estaba tan contenta e ilusionada que al cortar la tarta no se percató de su ausencia. La fiesta duró hasta las cuatro de la mañana, y Marilyn le aseguró a Connie que no había sido tan feliz en toda su vida.

—¿Dónde está Billy? —le preguntó Connie a Sean esa noche, cuando le vio hablando con Izzie en una mesa tranquila, lejos de la pista de baile que habían montado para la ocasión.

El restaurante que Jack tenía en Napa había suministrado una comida deliciosa para la celebración.

—No lo sé, mamá —contestó el chico en tono vago mientras cruzaba con su amiga una mirada de complicidad—. A lo mejor estaba cansado y se ha ido a la cama.

No le dijo que Billy se había desmayado horas antes y estaba inconsciente en su habitación.

Connie y Mike bailaron mucho esa noche. Fue una boda preciosa y a todos los asistentes les invadió un sentimiento romántico al contemplar la felicidad de los novios. Marilyn le había confiado que les gustaría tener un bebé. Tenía cuarenta y dos años y pensaba que todavía sería posible. Empezarían a intentarlo enseguida. Connie tenía la impresión de que a Billy no le gustaría, pero para cuando naciera el bebé él se iría a la universidad. Además, Marilyn tenía derecho a vivir su vida; había sido desdichada con Larry durante mucho tiempo, y Jack se portaba bien con ella. Era un hombre tranquilo, con los pies en la tierra y estaba loco por Marilyn y sus chicos. Sus propios hijos, unos jóvenes muy agradables, asistieron también a la boda.

Los O'Hara apreciaban sinceramente a Jack y disfrutaban en compañía de los recién casados. Judy y Adam, los padres de Gabby, acudieron a la fiesta acompañados de Michelle, que estaba delgadísima, aunque muy guapa. Se parecía mucho a su hermana mayor, Gabby, aunque tenía la piel más pálida, era más bajita y menos vivaz.

Los padres de Andy habían rehusado la invitación alegando que ambos trabajaban. Ella estaba de guardia y él se encontraba en Los Ángeles grabando un programa de televisión para promocionar su nuevo libro, así que Andy tuvo que ir con los O'Hara. Y Jeff Wallace, el padre de Izzie, acudió con la mujer con la que salía en ese momento, que, como Connie sabía, a su hija no le caía bien.

Ninguno de los chicos quería cambios en su vida; preferían que todo siguiera igual, pero no podía ser. Ya se habían divorciado dos parejas de padres, y quién sabía qué otros cambios les reservaba la vida. Ellos mismos también estaban cambiando. En solo un año todos se irían a la universidad.

Lo único en lo que todo el mundo estaba de acuerdo

era en que Larry nunca les había caído bien y en que Jack, que trataba a Marilyn como si fuera una reina, les gustaba mucho.

Al día siguiente, antes de que emprendieran su viaje de luna de miel, se celebró un brunch en el restaurante de Jack en Napa Valley, y todos los buenos amigos de la pareja acudieron para despedirse de ellos. Jack iba a llevar a Marilyn a Europa. Iniciarían su periplo en París y a continuación recorrerían las costas de Italia en un barco de vela. Jack invitó a los chicos a acompañarles, pero Brian se mareaba en el mar y Billy no quiso ir, así que los dos se quedarían en casa de los O'Hara y los hijos de Jack volverían a Chicago con su madre.

Los novios se marcharon después del brunch y todo el mundo volvió a la ciudad. Brian charló animadamente con Sean de camino a casa; la amabilidad y atención de su padrastro le estaban transformando. Billy, en cambio, apenas habló. Tenía demasiada resaca para decir nada. Connie pensó que solo estaba cansado y no le sorprendió que se acostara en la habitación de Sean en cuanto llegaron a casa.

Connie sonrió para sus adentros pensando en la primera vez que vio a Marilyn, el primer día del parvulario, el mismo día que nació Brian. Le asombraba pensar que Marilyn quisiera tener otro bebé y volver a empezar. Ella no podía imaginarse haciendo lo mismo. Eran amigas desde hacía doce años. Parecía increíble; el tiempo había pasado volando. Y aún era más asombroso pensar que la trayectoria escolar de los cinco amigos estaba a punto de acabar. Los doce años transcurridos desde que todos se conocieron en el parvulario habían pasado en un abrir y cerrar de ojos.

6

Marilyn y Jack regresaron de su luna de miel tres semanas después de la boda. Ya estaban a mediados de septiembre, Brian había empezado séptimo curso y los Cinco Grandes eran estudiantes de último año. Se hallaban en la recta final de su paso por el instituto.

Marilyn invitó a su amiga a almorzar para agradecerle que se hubiera ocupado de los chicos en su ausencia, aunque Connie insistió en que no había sido ninguna molestia. A Mike y a ella les encantaba tenerlos en casa, y lo mismo le ocurría a Sean.

—Con Mike, Kevin y Sean, la casa está saturada de testosterona. Créeme, dos chicos más no suponen ningún problema. No sabría qué hacer con una chica —le aseguró—. Por cierto, ¿te fijaste en Michelle, la hermana de Gabby, el día de tu boda? Cada vez que la veo está más delgada. Me preocupa. Pensé en decirle algo a Judy, pero no quise disgustarla. Solo tiene ojos para Gabby, y no creo que se dé cuenta de que Michelle parece anoréxica.

—Sí que me fijé —admitió Marilyn—. Hace algún tiempo que lo veo. No dejo de preguntarme si debería mencionárselo a Judy u ocuparme de mis propios asuntos.

—Yo tengo la misma sensación. Pero siempre agradecía

cuando Kevin se metía en líos y la gente me lo decía. A veces estás demasiado cerca para verlo, o te lo ocultan.

—Ya lo sé. Por cierto, ¿cómo está?

—Estupendamente. Sigue en el City College. Lo está consiguiendo poco a poco. Debería graduarse el año que viene. Ha tardado más de lo que esperábamos, pero sus notas son muy buenas y sigue sin beber. Está en buena forma... y eso me recuerda una cosa —añadió, muy seria—. Encontré varias botellas de cerveza bajo la cama de Billy. Creo que una noche Sean y él montaron una fiestecita. Aunque ya casi tienen dieciocho años, les eché una buena bronca y se disculparon. He pensado que debías saberlo. Me parece que Billy sigue un poco disgustado por lo de tu boda. Jack le cae bien, pero se siente dividido entre él y Larry. No quiere serle desleal a su padre. De todos modos, se alegra por ti. Jack es un tío genial, diez veces más hombre que Larry.

Marilyn lo sabía muy bien.

—Por eso me casé con él —reconoció con una sonrisa. Estaba serena y feliz, y Connie se alegraba por ella—. Creo que Larry presiona mucho a Billy para que no se encariñe con Jack. Brian no tenía ninguna relación con su padre, así que ahora se ha dejado llevar, pero para Billy es mucho más difícil. Le vendrá bien marcharse a la universidad el año que viene y alejarse de su padre. Larry es un desastre, ni siquiera me explico cómo conserva su negocio.

Por lo que Connie sabía, continuaba ganando dinero a espuertas, pero bebía más que nunca y salía con chicas a las que doblaba con creces la edad. Resultaba patético, y sabía que a Billy tampoco le gustaba: aunque pocas veces criticase a su padre, había hecho varios comentarios indirectos.

—Billy dice que sigue tratando de decidir a qué universidad ir —comentó Connie con interés. Las que tenían los mejores equipos de fútbol americano querían ficharlo desde la primavera del curso anterior, algo muy emocionante para él y para Larry—. Dice que sigue teniendo intención de jugar como profesional, y desde luego tiene madera. Mike le prometió que iríamos a todos sus partidos importantes, juegue donde juegue.

Marilyn sonrió a su fiel amiga de tantos años. Sabía que cumplirían su promesa. Jack, Brian y ella pensaban ir también.

—Creo que podría elegir la Universidad del Sur de California para poder estar cerca de Gabby. Sería un sitio fantástico para él —añadió.

El chico podía elegir, y los ojeadores habían hecho todo lo posible por conseguir que aceptase la oferta de sus respectivas universidades.

—A Jack le preocupa que solo quiera ser profesional para impresionar a su padre —reconoció Marilyn—. Es lo único que le ha importado a Larry desde el día en que nació. Trató de preguntarle si había alguna otra profesión que pudiera interesarle, pero creo que Billy ni siquiera se lo ha planteado nunca. Es una vida dura, una carrera corta, con mucha presión y muchas lesiones. Comprendo el punto de vista de Jack.

—No creo que Billy vaya a cambiar de rumbo ahora, y menos con todas esas universidades importantes detrás de él. ¿Quién podría resistirse? Además, lleva demasiado tiempo por ese camino. Habrá que ver cómo le va en la universidad y si le seleccionan, pero Mike dice que tiene lo que hace falta para ser un quarterback estrella y tener una carrera fabulosa en la Liga Nacional de Fútbol Americano. Tu hijo tiene suerte: va a vivir el sueño que tienen todos los chicos.

—Jack piensa lo mismo. Simplemente se pregunta si será feliz.

La pregunta de su marido había sido razonable, y Marilyn se alegraba de que la hubiera planteado.

—Es lo que quiere Billy —añadió Connie en voz baja—. Le brillan los ojos cada vez que habla de eso. Igual que le brillan a Sean cuando habla de la policía.

Sin embargo, el sueño de Billy era mucho más ambicioso y difícil de alcanzar, y en ocasiones el precio era muy alto. No todas las estrellas del deporte que Larry tenía como clientes eran personas felices; algunos llevaban una vida muy vacía, sobre todo cuando terminaban su carrera de forma natural o sufrían una lesión grave en el terreno de juego. Aunque ganaran mucho dinero, los riesgos eran elevados. Además, Marilyn sabía muy bien que esa vida tenía su lado sórdido, y ella no quería eso para su hijo. No obstante, la suerte estaba echada. Su padre lo había querido así desde que el niño era muy pequeño. Larry pretendía que Billy realizara sus propios sueños para poder vivir indirectamente a través de su hijo. Ahora era imposible cambiar las cosas, y menos con todas aquellas universidades importantes tratando de ficharle.

—Bueno, ¿qué tal la luna de miel? —le preguntó Connie cuando acabaron de almorzar.

Era lo que realmente quería saber, aunque tenía la respuesta delante: Marilyn estaba relajada y feliz.

—¡Genial! París es increíble, y el barco de Italia fue como una luna de miel de ensueño, de película. Jack es estupendo. Después de navegar pasamos unos días en Roma y luego fuimos en coche a Florencia. Cogimos el avión de regreso en Londres. Fue un viaje increíble. No dejó de mimarme ni un momento.

Era un hombre muy cariñoso y le hacía ilusión estar

con aquella mujer buena a la que tanto amaba. Quería a sus dos hijos, y ella quería también a los de él. Formaban una familia perfecta, a pesar de las reticencias de Billy, que esperaban que acabara superando cuando comprendiera que podía disfrutar de Jack y la familia sin sentirse desleal hacia su padre.

—Tengo que darles una noticia a mis hijos, pero no quiero hablar demasiado pronto —comentó Marilyn, radiante.

Desde que regresó se moría de ganas de contárselo a Connie.

—¿Qué clase de noticia? —inquirió esta, suspicaz.

Su amiga sonrió de oreja a oreja. Era fácil adivinarlo con solo mirarla.

—Estoy embarazada de unas tres semanas. Ayer fui a mi doctora y me dijo que todo va bien.

De forma casual, cuando su propio médico se jubiló tras el nacimiento de Brian, se había convertido en paciente de Helen Weston, la madre de Andy. Era una buena doctora y se mostraba muy atenta con sus pacientes. Aunque no le preocupó que Marilyn tuviera cuarenta y dos años, le aconsejó que esperara hasta las doce semanas para dar la noticia, dado que el riesgo de aborto, siempre existente para todas las mujeres, era más elevado a su edad. Sin embargo, no veía ningún motivo de inquietud; últimamente tenía muchas pacientes mayores que Marilyn que llevaban a buen término su embarazo.

—La semana que viene tengo que volver para hacerme una ecografía, pero cree que todo va bien —siguió explicando, muy sonriente—. Lo único que me ha advertido, aparte de la posibilidad de un aborto, es una mayor probabilidad de tener gemelos a mi edad. Si fueran niñas, Jack estaría encantado. Con cuatro chicos entre los dos, tiene muchas ganas de una niña.

—¡Vaya! —exclamó Connie, ilusionada—. No creía que fuese a ocurrir tan pronto.

—Nosotros tampoco. Sucedió en París. Salgo de cuentas en junio, la semana de la graduación de nuestros hijos —añadió tímidamente.

Connie soltó una carcajada.

—Acabarás el paso de Billy por la escuela tal como lo empezaste, dando a luz, igual que te ocurrió con Brian el primer día de clase.

—Yo también lo he pensado —reconoció, muy inquieta—. Creo que Brian estará contento porque quiere a Jack con locura, pero Billy se cabreará. Ni siquiera se ha hecho a la idea de que nos hayamos casado, y ahora vamos a tener un bebé. A nuestra edad no queríamos perder el tiempo. He tenido suerte de quedarme embarazada tan pronto, sin tener que tomar medicamentos para la fertilidad ni nada parecido. Jack está tan ilusionado como yo, pero a los dos nos preocupa un poco la reacción de Billy.

—Lo aceptará —la tranquilizó Connie—. Es un chico estupendo y te quiere. Además, se marchará a la universidad dos meses después de que nazca el bebé. Vivirá su propia vida. Después de la universidad y si todo va bien, apenas vienen por casa. Cuando Kevin se gradúe y encuentre un empleo, tampoco le veremos. Tendrás suerte si Billy vuelve el día de Acción de Gracias y en Navidad, y más si juega en la liga universitaria. Que haya un bebé en casa no le afectará demasiado, pero será fantástico para vosotros —comentó con nostalgia—. Me entran ganas de volver a empezar como tú, sobre todo porque Sean se marcha a la universidad el año que viene y Kevin también se habrá ido para entonces, en cuanto encuentre un trabajo y pueda pagarse un alquiler. Todo acaba muy deprisa, antes de que te des cuenta. Pero yo tengo tres años más que tú, y creo que a los cuarenta y cinco soy demasiado mayor para empezar de nuevo. Tendría prácticamente setenta cuando la criatura se graduara en la universidad. Además, Mike me mataría. Tiene toda clase de ideas románticas sobre perseguirme desnudo por la casa cuando los chicos se marchen y hacer viajes que lleva aplazando veinte años. Ahora podemos permitírnoslos. No creo que el futuro me depare un nuevo hijo.

—Eso mismo pensaba yo —dijo Marilyn, arrellanándose en la silla con una sonrisa feliz.

A la semana siguiente Marilyn acudió a la ecografía prevista acompañada de Jack. A ambos les hacía ilusión ver a su bebé por primera vez y comprobar que estaba sano, que tenía un latido fuerte y el número correcto de todo. Marilyn contuvo el aliento y Jack le cogió la mano mientras la especialista movía la varita metálica por su vientre y los tres miraban la pantalla. Vieron aparecer la imagen mientras la especialista continuaba moviendo el transductor a través del gel extendido sobre su abdomen sin decir nada. Al cabo de unos momentos les sonrió, dijo que enseguida volvía y abandonó el cuarto. Marilyn notó que los ojos se le llenaban de lágrimas y miró asustada a Jack.

—Algo va mal —aseguró en un ronco susurro.

Miraron la pantalla otra vez, pero solo vieron una especie de nebulosa gris. Era demasiado pronto para distinguir la forma del bebé sin explicaciones de la especialista, y esta no había dicho ni una palabra. Marilyn lloraba mientras aguardaban. Jack acarició con suavidad su cabello de color rojo vivo, que adoraba, y se inclinó para darle un beso. Estaba tan alarmado como ella, pero no quería que se le notara. Llevaba toda la vida esperando a aquella mujer y la amaba. No quería que nunca más le volviera a ocurrir nada malo.

Sabía lo desdichada que había sido con Larry y lo mal que este la trataba; le odiaba por ello, aunque nunca lo decía delante de sus hijos por respeto a la relación que mantenían con su padre, por mínima que fuese.

Jack agarraba con fuerza la mano de Marilyn, que lucía el enorme anillo de casada con diamantes que él le había regalado, cuando Helen Weston entró en la habitación. Llevaba la bata blanca de doctora con su nombre, y un estetoscopio le colgaba del bolsillo. Era la clase de aparato que permitía escuchar el latido cardíaco de un bebé. Sus labios dibujaron una gran sonrisa que les abarcó a los dos. Al verla, Marilyn se sintió alarmada y tranquilizada al mismo tiempo. Era evidente que pasaba algo grave si la especialista había llamado a la doctora para que mirara la ecografía, pero al menos Helen les diría lo que sucedía. La apreciaba mucho como ginecóloga, y además compartían el vínculo adicional de sus hijos, que eran grandes amigos.

—Vamos a ver —empezó Helen, sonriéndoles a ambos.

—¿Qué es lo que va mal? —preguntó Marilyn tristemente, sin dejar de llorar.

Estaba preparada para lo peor. Quizá fuese un bebé deforme, o tal vez lo hubiera perdido ya sin darse cuenta. Sabía que a veces ocurría al principio del embarazo: un feto empezaba a formarse, no se fijaba correctamente, dejaba de crecer y luego moría o incluso desaparecía.

—No pasa nada —le aseguró la doctora en tono afectuoso—. A veces también doy buenas noticias. —Marilyn dejó de llorar mientras apretaba con más fuerza la mano de Jack—. Elaine solo quería estar segura de que yo coincidía con su apreciación. Aún es muy pronto, pero creo que es una gran noticia. Espero que vosotros penséis lo mismo. —Apartó la vista de la pantalla y les miró con expresión amable. Aquella pareja le caía muy bien, y lamentaba no haber podido ir a su boda. Aquel día estaba de guardia, y su marido Robert, que era un psiquiatra bastante famoso, tenía que participar en un programa de televisión en Los Ángeles—. Parece que tendréis que organizar una fiesta de cumpleaños doble. Vais a tener gemelos.

Aliviada, Marilyn estalló en sollozos y abrazó a Jack. Este miró a Helen con lágrimas en los ojos. Era una noticia fantástica. Habían comentado su deseo de tener dos hijos en común en lugar de uno solo. Sin embargo, a sus cuarenta y dos años no creía que pudieran tener otro después de aquel. Era posible, aunque poco probable. Ahora su deseo iba a cumplirse. Dos bebés, gemelos, además de los cuatro hijos que tenían de sus respectivos matrimonios anteriores.

—¿Estás segura? —preguntó, encantado.

—Sí que lo estoy. —Helen le dedicó una amplia sonrisa—. Para eso me ha llamado Elaine.

—¿Hay más? —quiso saber Marilyn, esperanzada.

Helen se echó a reír.

—No seamos codiciosos. Creo que estos dos nos darán ya mucho trabajo. Podrías acabar haciendo reposo en cama hacia el final si los bebés crecen demasiado. Como no tienes antecedentes de partos prematuros y tus dos hijos fueron muy grandes al nacer, lo normal es que llegues al término del embarazo sin ningún problema. Sin embargo, ahora eres mayor que cuando esperabas a Brian. Habrá que ver cómo va todo. De todos modos, no creo que vayas a tener problemas. Estás sana, y tus bebés deberían estarlo también. ¿Saben ya tus hijos lo del embarazo?

—Queríamos esperar hasta estar seguros de que todo iba bien.

Parecía aturdida por la noticia. No había soltado la mano de Jack desde que se había tumbado en la camilla.

—Yo aguardaría unas cuantas semanas más. Dado que

esperas gemelos, será más difícil disimular el embarazo hasta las doce semanas. Lo más probable es que se te empiece a notar muy pronto. Podéis esperar hasta que llegue ese momento.

Ambos estuvieron de acuerdo. La doctora le recetó más vitaminas y le entregó unas hojas informativas con sencillos consejos, ya familiares para ella, sobre lo que debía y no debía hacer durante el embarazo, así como un libro sobre el parto de gemelos y los cambios que experimentaría su cuerpo en los primeros meses.

Veinte minutos más tarde estaban en el coche de Jack, de camino a casa. Nada más salir de la consulta, él la había besado con pasión y le había dicho cuánto la quería. Se sentían eufóricos. Les costaría mucho guardar el secreto, pero lo más sensato era esperar. Además, a Marilyn seguía preocupándole un poco la perspectiva de contárselo a sus hijos. Aunque estaba casi segura de que Brian aceptaría un bebé e incluso dos, le inquietaba la reacción de Billy. En ese momento de su vida bastante tenía con seguir sacando buenas notas y decidir a qué universidad iría. Era una época decisiva, y no quería complicar las cosas ni darle un disgusto. Jack la tranquilizó y ella telefoneó a Connie en cuanto entraron por la puerta. Su amiga se ilusionó tanto como ellos cuando supo que esperaban gemelos.

—¡Joder! ¡Es fantástico! —exclamó, entusiasmada—. ¿Estáis contentos? De todas formas, dijiste que querías otro —le recordó.

—¡Estamos encantados! La especialista ha salido del cuarto sin decir nada y he pensado que el bebé estaba muerto, que era deforme o algo así, pero entonces ha entrado Helen y nos ha dicho que eran gemelos. He pasado un susto de muerte, pero todo va bien.

Marilyn hablaba a mil por hora. Jack se detuvo en el

umbral y le lanzó un beso antes de volver al restaurante.

—¡Adiós, mamá! —gritó, y se marchó mientras ella seguía charlando con su amiga.

—Espero no tener que hacer reposo en cama, sobre todo porque coincidiría con la graduación de Billy. He de asistir como sea. A veces los gemelos se adelantan un poco, así que puede que ya hayan nacido para entonces.

—Siempre que no los tengas durante la ceremonia... ¡Estoy deseando verlos!

—Yo también.

Hablaron emocionadas unos minutos más. Marilyn reconoció que esperaba que fuesen niñas, pero que estaría contenta en cualquier caso siempre que los bebés nacieran sanos. Durante el resto del día se sintió como si flotara en una nube. Su vida entera acababa de dar un vuelco. Tras muchos años de matrimonio desgraciado, había encontrado a un hombre maravilloso y ahora iba a tener a sus bebés. Casi era demasiado bueno para creerlo. Esa tarde Jack la llamó dos veces para ver cómo se sentía, y su respuesta fue «¡Loca de alegría!». Igual que él.

A principios de noviembre ya era muy difícil ocultar su abultado vientre , aunque se pusiera blusas y jerséis holgados. Estaba embarazada de once semanas según los cálculos médicos, que siempre añadían dos a la cifra real. Helen decía que todo iba muy bien, y lo cierto era que ella se encontraba estupendamente. Tenía algunas náuseas matutinas, pero nada grave. El único cambio evidente era que sentía los pechos enormes y que no paraban de crecer. Jack estaba encantado.

Dos semanas antes del día de Acción de Gracias Billy tomó su gran decisión y aceptó la oferta de la Universidad del Sur de California. Había hablado largo y tendido sobre ello con Gabby y con su padre. Era una universidad estupenda con un excelente equipo de fútbol americano, y al quedarse en Los Ángeles estaría cerca de Gabby, que intentaría abrirse camino allí como actriz y modelo. Había estado tentado de aceptar la oferta de Florida o la de Luisiana, pero lo cierto es que prefería la USC. Además, su quarterback estrella se había lesionado recientemente, así que le necesitaban de verdad y le dejarían jugar desde el primer año. Y la presencia de Gabby suponía para él una parte importante de la ecuación. Se lo dijo a ella antes incluso que a sus padres, y la chica se mostró muy ilusionada. Los padres de ella iban a buscarle un apartamento en Los Ángeles y podrían pasar juntos las noches del fin de semana. La vida de ambos estaba empezando, y pintaba muy, pero que muy bien.

Con esa decisión a sus espaldas, la vida de Billy se convirtió en una fiesta. Era un héroe en Atwood y entre sus amigos, y Marilyn decidió que era un buen momento para decirle lo de los gemelos. Billy estaba de muy buen humor, y su padre estaba encantado y pensaba alquilar un apartamento en Los Ángeles para poder asistir a todos sus partidos.

La semana anterior al día de Acción de Gracias llevaron a los dos chicos a cenar a su restaurante. La comida estaba deliciosa y Jack pidió una botella de champán tras los postres. Sirvió a Billy media copa y a Brian un par de dedos, ya que estaban en el comedor privado del restaurante y aquella era una ocasión muy especial. Y luego, tras sonreírle a Jack, Marilyn les dio la noticia.

—Tenemos algo que contaros —anunció su madre. Los dos chicos comprendieron al instante que era importante.

—¿Vais a divorciaros? —preguntó Brian con cara de pánico.

—No puede ser eso si estoy sirviendo champán, Brian

—replicó Jack con una sonrisa—. En ese caso os daría pañuelos de papel y estaría llorando. Vosotros dos y vuestra madre sois lo mejor que me ha sucedido en la vida.

Brian respiró aliviado. Quería a Jack y no deseaba perderle.

—Es una buena noticia —continuó Marilyn. Inspiró profundamente y se lanzó de cabeza—: Vamos a tener un bebé... Bueno, en realidad dos. Vamos a tener gemelos. En junio. Queríamos que fuerais los primeros en saberlo.

Los dos chicos les miraron asombrados, y luego los labios de Brian dibujaron poco a poco una sonrisa tímida.

—¡Qué raro! —exclamó, sonriéndole a Jack; no parecía disgustado—. ¿No sois demasiado mayores?

—Parece ser que no —dijo él, devolviéndole la sonrisa.

Billy, que no había dicho una palabra, miraba impávido a su madre.

—Estáis de broma, ¿no? Es un chiste, ¿verdad?

Daba la impresión de estar a punto de llorar.

—No, Billy, no lo es. Es de verdad. Al menos no te despertarán por la noche; estarás en la universidad.

Marilyn tenía ya planes para reformar el cuarto de invitados y convertirlo en la habitación de los gemelos. Jack se había mudado a su casa porque así los chicos no tendrían que salir de su entorno conocido y todo les resultaría más fácil. La casa era lo bastante grande para acoger a dos niños más.

—Creo que eso es una tremenda estupidez. Ya tenéis bastantes hijos. ¿Y si dentro de dos años decidís que ya no os gustáis? ¿Qué pasará con ellos? ¿Os los repartiréis?

Billy dejó claro que seguía resentido por el divorcio y el nuevo matrimonio de su madre.

—Esperemos que eso no suceda nunca —respondió Jack con calma—. Creo que tu madre y yo sabíamos lo que hacíamos cuando nos casamos. Si no estuviéramos seguros, no tendríamos más hijos.

—Quizá estéis seguros ahora, pero no sabéis lo que ocurrirá después. Mira lo que pasó con los padres de Izzie, y con papá y tú —le espetó directamente a Marilyn—. Ahora papá está fatal, y tú te has casado con otro y vas a tener más niños.

No le dijo que su padre ya estaba fatal antes del divorcio. Era evidente que Billy necesitaba expresar sus sentimientos. Lo lamentaba por él, y por un momento tuvo la sensación de haberle traicionado al quedarse embarazada. Estaba en el último curso de secundaria y pronto cumpliría dieciocho años, pero continuaba siendo un niño pequeño.

—Siento que estés disgustado —comentó con suavidad.

Trató de coger su mano, pero él la apartó. y no volvió a decir nada hasta que se levantaron para marcharse. Entonces salió del restaurante a grandes zancadas y les esperó junto al coche. En ningún momento les felicitó, y corrió a ver a Gabby en cuanto llegaron a casa. Parecía una nube de tormenta. Minutos más tarde Jack encontró a Marilyn llorando en la cocina y frotándose el estómago. El final de la cena le había producido una terrible indigestión.

—¿Estás bien? —preguntó, abrazándola—. Lamento que se lo haya tomado tan mal. Ya se le pasará. Supongo que en muchos aspectos sigue siendo un crío.

Ella asintió con la cabeza y se aferró a su marido. Lo último que deseaba era disgustar a Billy. El chico ya había sufrido mucho con el divorcio y con toda la presión a que le sometía Larry.

—Lo aceptará cuando los vea —continuó—. Tiene que hacerse a la idea, y de todas formas estará en Los Ángeles.

Su marido seguía estrechándola entre sus brazos y frotándole la espalda cuando entró Brian con cara de curiosidad.

—¿Ya sabéis qué serán? ¿Niños, niñas, uno de cada?

Parecía preparado para todo. Su madre y su padrastro soltaron una carcajada y le miraron sonrientes.

—Te lo diremos en cuanto lo sepamos —prometió Marilyn, aliviada al ver que al menos uno de sus hijos se lo tomaba bien—. ¿Alguna preferencia?

—¡Pues claro! —dijo él, poniendo los ojos en blanco—. Dos chicos. Jack y yo podemos enseñarles a jugar al béisbol.

Brian, ya encantado con su papel de hermano mayor, intercambió una mirada de complicidad con Jack.

—Si son niñas también podéis enseñarles a jugar al béisbol, ¿sabes? —le recordó Marilyn.

Brian volvió a poner los ojos en blanco, cogió una galleta y se sentó a la mesa de la cocina.

—No aguanto a las niñas; son unas petardas.

—Ya cambiarás de opinión —le aseguró Jack.

Después apagaron las luces de la cocina y subieron al piso de arriba. A diferencia de su hermano mayor, Brian se había tomado la noticia muy bien. Para Billy era algo así como una afrenta personal. Cuando se enteró, Gabby intentó convencerle de que estaría bien poder jugar con los gemelos cada vez que fueran a casa de sus padres, pero a él la idea no le hizo ninguna gracia.

A la mañana siguiente, Marilyn encontró dos latas de cerveza vacías debajo de su cama. No dijo nada y decidió hacer la vista gorda. Sin embargo, le inquietaba ver que se refugiaba en el alcohol ante las situaciones estresantes. No quería que acabara como su padre, pero se convenció de que dos cervezas no eran motivo de pánico, al menos todavía. Se lo contó a Jack, y ambos estuvieron de acuerdo en que no tenían que perderlo de vista, pero sin reaccionar de forma exagerada.

El día de Acción de Gracias en casa de la nueva familia Norton-Ellison fue mucho más feliz que el año anterior. A sus miembros se añadieron los dos hijos de Jack y también Gabby, que ayudó a Marilyn a poner la mesa. Jack hizo traer toda la comida de su restaurante, además de dos camareros que les sirvieron y lo limpiaron todo al terminar. Lo único que tuvo que hacer Marilyn fue sentarse y disfrutar del delicioso menú. Era una cena tradicional de Acción de Gracias y todo el mundo estaba de buen humor, excepto Billy, que apenas abrió la boca. Los hijos de Jack intentaron conversar con él sobre sus planes de jugar al fútbol americano en la Universidad del Sur de California, pero Billy se limitó a contestarles con monosílabos y en un tono seco. Tras la cena se subió a su cuarto con Gabby, sacó una botella de tequila de uno de los cajones de la cómoda y sirvió dos chupitos. Ella, sorprendida y escandalizada, se negó a beber.

—Eso no está bien —le recriminó en voz baja—. Ya sé que estás disgustado por lo de los gemelos, pero emborracharse no va a cambiar las cosas.

Además, perdería la beca si se enteraban en la universidad.

—No voy a emborracharme por un chupito, y lo de los gemelos me trae sin cuidado. ¡Por favor, es el día de Acción de Gracias!

Billy jamás le había hablado así. Se bebió el chupito de Gabby cuando ella lo rechazó. Le había visto emborracharse con cerveza en las fiestas, pero nunca tomar bebidas de alta graduación o intentar ahogar sus penas en alcohol, ni siquiera durante el divorcio de sus padres. Había comenzado a hacerlo tras la decisión de Marilyn de casarse con Jack.

—No puedes hacer eso cuando estás entrenando —le recordó con gesto de reprobación.

—No me digas lo que puedo hacer, y no actúes como una ancianita —se quejó Billy.

Por un instante le recordó a su padre. A los pocos minutos Gabby se marchó disgustada, para sorpresa de Marilyn, que ya se había dado cuenta de que su hijo no estaba de buen humor. De no haber sido por el buen ánimo de Sean y Jack, su mala cara le habría estropeado la cena. Billy había dejado muy claro que no estaba dispuesto a compartir su felicidad. Antes de la cena les habían contado lo de los gemelos a los hijos de Jack, que se mostraron sorprendidos pero contentos y manifestaron su predilección porque fueran dos niños.

El lunes por la mañana, cuando entró en la habitación de Billy a recoger la ropa sucia, encontró los dos vasos de chupito en un cajón y, rebuscando un poco más, la botella de tequila. Se le revolvió el estómago y telefoneó enseguida a Connie para contárselo.

—¡Maldita sea, no quiero que se vuelva un alcohólico como Larry! Creo que bebe desde que Jack y yo nos casamos. Y como ahora está enfadado por lo de los gemelos, todavía más.

—Eso no es razón suficiente —respondió Connie en tono desdichado—. Este fin de semana he encontrado una botella de vodka en el armario de Kevin. No había vuelto a beber desde la rehabilitación, pero ahora es un adulto, y si le digo algo me acusará de fisgonear. Tiene veinticuatro años y ya es un hombre, aunque viva bajo nuestro techo. Pero si empieza a beber otra vez su vida se irá al garete. Mike quiere que empiece a trabajar con él ahora y que lo haga a tiempo completo cuando se gradúe, pero Kevin detesta la construcción y no le gusta estar a las órdenes de su padre. Mike es duro con él; cree que es lo que le conviene.

—La verdad, a veces pienso que intentan matarnos a disgustos. —Marilyn suspiró y Connie se echó a reír. Sin embargo, no era divertido para ninguna de las dos. Ambas sabían demasiado bien que el futuro de sus hijos corría peligro. Billy se estaba jugando mucho en ese momento, cuando todos sus sueños estaban a punto de hacerse realidad—. Esperemos que solo sea una mala época y que no tarden en ponerse las pilas. ¿Vas a decirle algo a Kevin?

—Mike va a echarle la bronca esta noche. Le dirá que si quiere vivir aquí no puede beber y que tendrá que trabajar con él en su tiempo libre. Y si no le gusta, le dirá que puede marcharse. Así que por aquí estamos muy entretenidos. ¿Le dirás tú algo a Billy?

—Está entrenando. Se supone que no puede beber. Quizá tenga «universitis». Todo el mundo dice que los chavales se vuelven locos durante un tiempo cuando los admiten en la universidad. Para Billy se acabó la presión hasta que ingrese en la USC. Siempre que no le expulsen, claro. Voy a vigilar de cerca lo de la bebida.

—Yo también —coincidió Connie, desanimada.

Hasta ese momento estaba convencida de que Kevin había pasado lo peor y de que los malos tiempos se habían terminado, pero ya no estaba tan segura. Kevin estaba jugando con fuego: si volvía a consumir drogas o fumar hierba podía perderse por el camino. Ya había estado a punto de ir a la cárcel una vez, y si volvía a producirse una situación similar no podría evitarlo. Le preocupaba menos que Billy se tomase un par de cervezas y un chupito de tequila en su dormitorio, aunque no fuese para dar saltos de alegría, pero no podía negarse que los chavales de la edad de Billy, hasta los más buenos, bebían de vez en cuando. Sin embargo, Kevin ya no era un chaval, sino un hombre hecho y derecho.

Durante las vacaciones de Navidad hubo buenas y malas noticias. Un día, Connie y Marilyn se encontraron con Michelle en el salón de manicura. Se quedaron horrorizadas ante su alarmante delgadez, que no dejaba ninguna duda de que la joven padecía anorexia. Cuando Marilyn se armó de valor y se lo mencionó a Judy, esta reconoció, muy alterada, que habían ido al médico esa semana y que Michelle acababa de iniciar un tratamiento ambulatorio en una clínica de trastornos alimentarios.

La mejor noticia fue que la víspera del comienzo de las vacaciones de Navidad Andy recibió la carta de Harvard que estaba esperando. Nadie excepto él se sorprendió al saber que había sido admitido en la escuela preparatoria para ingresar en la facultad de Medicina. El grito de júbilo de Izzie resonó por el pasillo cuando se enteró. Sean y Billy le pasearon a hombros mientras Gabby sonreía de oreja a oreja. Para ellos era un héroe, y todos sus profesores se alegraron por él, aunque tampoco se sorprendieron.

Telefoneó a su madre a la consulta para decírselo, pero tenía activado el buzón de voz, lo que significaba que estaba con una paciente o ayudando a nacer a un bebé, así que le envió un mensaje de texto para que lo leyese cuando estuviera libre. Localizó a su padre, que también estaba ocupado en su consulta.

—Me habría extrañado lo contrario —reconoció con calma después de decirle cuánto le alegraba la noticia—. No creerías realmente que iban a rechazarte, ¿verdad?

A Robert le hacía ilusión que su hijo siguiera sus pasos

y estudiara en Harvard. Con sus notas y su puntuación en los exámenes, daba por hecho su ingreso en la prestigiosa institución. El único que estaba preocupado, y mucho, era el propio Andy, que llevaba semanas sin dormir bien. Había intentado, y logrado, disimular su nerviosismo, y solo Izzie conocía su estado de ánimo. Le confesó que tenía pesadillas en las que no le admitían, ni entonces ni nunca, y su familia le rechazaba por ello. Su madre lo habría comprendido y perdonado, pero su padre jamás lo habría hecho. Siempre esperaba las matrículas de honor que Andy conseguía con facilidad, aunque a veces no fuera tan sencillo como aparentaba.

—Gracias por ayudarme con el ensayo de admisión —le susurró a Izzie, agradecido y aliviado, cuando salían de la última clase del día—. Creo que me han cogido por eso.

—¿Has perdido la cabeza? —Su amiga le miró asombrada—. Con todo lo que has trabajado, ¿crees que has entrado gracias a mi ayuda? ¡Andy Weston, despierta! Eres el genio de la clase.

—No, tonta, esa eres tú. Tienes una de las mejores mentes analíticas que he conocido. Eres aún más lógica que mis padres, y los dos son muy inteligentes; a mi padre le consideran brillante por los libros que escribe.

Izzie conocía el éxito de su padre, pero siempre le había considerado una persona fría y distante. Su madre le caía mucho mejor.

—Créeme, eres un genio, y algún día serás un médico excelente. ¿Ya sabes en qué vas a especializarte? —le preguntó mientras salían de la escuela.

—En investigación, seguramente. No soporto ver sufrir a la gente, y no quisiera cometer nunca un error que le cueste la vida a alguien. Es demasiada responsabilidad para mí.

Después de pasar doce años juntos en la escuela, la chica sabía que Andy nunca haría daño a nadie, ni de palabra ni de obra. Era un ser humano muy considerado, prudente, bondadoso y compasivo. Izzie le admiraba muchísimo. Aunque quería a todos los miembros del grupo, él era el amigo al que más respetaba. Y había entrado en Harvard al primer intento. Estaba muy emocionada por él.

Izzie tenía previsto acabar de preparar sus solicitudes durante las vacaciones de Navidad. Su primera opción continuaba siendo la Universidad de California en Los Ángeles, y le entusiasmaba saber que Gabby y Billy estarían también en la ciudad. Solo esperaba ser admitida. Casi todas sus demás opciones correspondían a universidades del este a las que en realidad no quería ir, aunque una de ellas era la de Boston y Andy estaría muy cerca, en Harvard, lo que sería un gran consuelo en caso de terminar allí. No soportaba pensar que sus caminos se separaran al cabo de solo seis meses. Esperaba que nunca se distanciaran y que volvieran a casa en vacaciones. Sabía que todos hablaban en serio al decir que eran amigos para siempre, y confiaba en que la vida no les alejase.

Pero si las noticias de Andy fueron buenas, las que recibió Izzie durante las vacaciones no lo fueron en absoluto. Su padre trajo a casa a una nueva novia, y se dio cuenta al instante de que esta era diferente a las demás y que significaba mucho para él. Desde el divorcio, eso no había ocurrido con ninguna otra mujer. Se llamaba Jennifer y era una trabajadora social que conocía de la oficina. Había estudiado en Columbia y había llegado a San Francisco dos años antes de que Jeff y ella se conocieran. Tenía treinta y ocho años, mientras que su padre había cumplido cincuenta y cinco. Se llevaban diecisiete años, una diferencia de edad que Izzie encontraba ridícula. Jennifer era una mujer simpática, y no le costó entender por qué le gustaba a su padre. Era inteligente y guapa, tenía un cuerpo fantástico y mucho sentido del humor. Además, no aparentaba más de veinticinco. Jeff las llevó a las dos a cenar a un restaurante mexicano de Mission District. La mujer hablaba español con fluidez; había crecido en México, donde su padre era diplomático, así que poseía cierto toque exótico que la hacía aún más atractiva. Era más inteligente y sofisticada que ninguna de las mujeres con las que Jeff había salido. Izzie comprendió enseguida que suponía una seria amenaza para la serena existencia que había compartido con su padre durante los últimos cinco años. Veía a su madre de vez en cuando, pero Katherine pasaba ahora la mayor parte del tiempo en Nueva York y había abandonado toda pretensión de mantener la custodia compartida. Le gustaba la vida con su padre exactamente tal como era.

Después de cenar, Jeff acompañó a Jennifer a su casa, y al volver entró en la habitación de Izzie, que hablaba con Gabby por teléfono.

—Bueno, ¿qué te parece? —le preguntó cuando colgó, refiriéndose a Jennifer.

Izzie vaciló antes de hablar. No quería herir los sentimientos de su padre, pero pensaba que su nueva novia era demasiado joven para él. Había estado a punto de atragantarse en la cena al oírle decir que quería tener hijos. En su opinión, su padre era muy mayor para fundar otra familia.

—¿No te parece un poco joven, papá?

—La verdad es que no. Nos llevamos muy bien —contestó en tono de despreocupación.

—¿Cuánto hace que la conoces?

Su padre nunca la había mencionado hasta que apareció en la puerta de casa. Sin embargo, le brillaban los ojos cada vez que la miraba durante la cena.

—Desde hace unos tres meses. Trabajamos juntos en un caso de discriminación en una guardería infantil. Jennifer es muy buena en lo suyo.

—Qué bien —respondió, aparentando más calma de la que sentía—. Es muy simpática y entiendo por qué te gusta, pero creo que cualquier día de estos querrá casarse y tener hijos, y no quiero que te haga daño.

—No soy demasiado viejo para tener hijos —replicó, ofendido, y su hija notó que un escalofrío le recorría la columna vertebral. Izzie sintió una compasión nueva hacia Billy—. ¡Por el amor de Dios! Marilyn va a tener gemelos con su nuevo marido, y Billy tiene la misma edad que tú.

—Sí, pero ellos tienen cuarenta y pico. Tú tienes cincuenta y cinco. ¿Te gustaría tener más hijos, papá? —preguntó con voz temblorosa.

—Nunca lo he pensado. A lo mejor sí, con la persona adecuada. No lo sé. Tú vas a irte muy pronto y yo me quedaré muy solo.

Lo dijo como si se compadeciera de sí mismo. Izzie notó que el terror invadía su corazón.

—¡Por favor, papá! Cómprate un perro, no tengas un hijo. Eso es un compromiso para toda la vida, y apenas conoces a esa mujer.

—Me gusta mucho —respondió, terco.

—Pues sal con ella, pero no te cases ni tengas hijos. Solo pienso que es un poco joven para ti, eso es todo.

—Es muy madura para su edad. Piensa como si tuviera mis años.

—No es verdad —le corrigió—. Piensa como si tuviera los míos. Me he pasado toda la cena con la sensación de que hablaba con una cría.

—Se adapta a las circunstancias y se le da bien tratar con la gente —insistió.

Izzie se rindió, y al día siguiente compartió con Sean su preocupación:

—Me parece que mi padre ha conocido a una persona que le interesa de verdad. Tiene diecisiete años menos que él. Solo falta que se case con una niña mona mientras yo estoy fuera.

—¿Es una niña mona?

Sean estaba sorprendido. Tenía al padre de Izzie por una persona muy sensata, como sus propios padres. No se lo imaginaba yendo por ahí con una chica de discoteca.

—Lo cierto es que no, y ahí está el problema —reconoció, suspirando—. Hasta a mí me cae bien. La cuestión es que no quiero que cambie nada. Ya es bastante difícil marcharse sin tener que preocuparse además porque todo sea diferente al volver.

—No será diferente —la tranquilizó él—. Tu padre te quiere y es un tío genial. No va a cometer ninguna estupidez mientras tú estás fuera. Seguramente solo piensa salir con ella.

—Es posible...

Sin embargo, no estaba tan segura. Sabía lo solo que se había sentido su padre en los últimos cinco años, sin nadie realmente importante en su vida aparte de ella misma.

—Relájate, todo irá bien. Quizá rompan la semana que viene —la consoló Sean cuando ella volvió a quejarse de su padre y la nueva mujer.

—Lo que tú digas —contestó.

Era duro preocuparse por todo y era imposible controlar las vidas de sus padres. Marilyn era la prueba. Divorciada, casada de nuevo y embarazada de gemelos, todo en un año. Las cosas habían avanzado con mucha rapidez en la vida de Billy, y ambos sabían lo disgustado que estaba.

—Por cierto, ¿cómo está tu hermano? —le preguntó.

Sean no hablaba a menudo de él, pero Izzie sabía que seguía preocupado, más incluso de lo que reconocía.

—No lo sé —contestó con franqueza—. Tengo una sensación rara. Parece que está bien, pero creo que no es verdad. Me da la impresión de que actúa a escondidas, y está siempre de tan buen humor que tengo la sensación de que vuelve a consumir drogas. Espero que no. Ahora está trabajando con mi padre. Como Kevin la jorobe, papá va a cabrearse mucho.

Izzie asintió con la cabeza y cambiaron de tema. Querían ir a esquiar a Tahoe durante las vacaciones de invierno y los O'Hara les habían ofrecido su casa para pasar unos días. Además, Izzie tenía que acabar de preparar sus solicitudes de ingreso. Las vacaciones pasarían en un suspiro. Faltaban seis meses para la graduación, y no había nada que les asustase más.

7

Los O'Hara organizaron una barbacoa de graduación en el jardín trasero de su casa a la que invitaron a todos los alumnos de la clase. Fue un gran acontecimiento. Contrataron a un chef del restaurante que Jack tenía en San Francisco para que preparara filetes, perritos calientes, hamburguesas, costillas y todo tipo de guarniciones. Fue una fiesta estupenda y todo el mundo se lo pasó en grande. Formaban un grupo sano y feliz, y los O'Hara velaron por que así fuera: a los pocos que llegaron borrachos les prohibieron la entrada y les enviaron a su casa en taxi. Habían encargado camisetas con el nombre de todos los alumnos de la clase y cada cual se puso la suya nada más llegar. Los Cinco Grandes permanecieron juntos comiendo, hablando y riendo. A Sean le pareció que Billy estaba bebido, pero este lo negó. Sean le preguntó a Izzie cómo veía a Billy y esta le dijo que bien, lo que le dejó más tranquilo.

Marilyn y Jack se pasaron un rato por la fiesta. Ella llevaba un mes haciendo reposo en cama, pero ya solo le faltaban cinco días para salir de cuentas y Helen le había dado permiso para levantarse y asistir a la graduación y las fiestas posteriores. Sabían que los dos bebés eran niñas, y Marilyn decía que nunca en su vida había estado tan preparada para algo como en esos momentos. El embarazo de Brian había sido un camino de rosas al lado de este, pero no se arrepentía. Estaban entusiasmados. Jack vivía pendiente de ella, lo cual era una suerte, ya que no se veía los pies desde Navidad y el vientre había crecido tanto que no podía levantarse de la cama sin ayuda. Su marido era maravilloso y, además, Billy había dejado de quejarse. Estaba concentrado en sus estudios y se marcharía de casa un mes antes del comienzo de las clases para empezar a entrenar con el equipo de la universidad.

Connie y Marilyn vieron a Michelle charlando con el grupo de Gabby. Su aspecto había mejorado un poco después del tratamiento en la clínica, y Judy les había comentado que estaba mejor: aunque no había ganado mucho peso, parecía más feliz y relajada. Judy tenía previsto llevar a Gabby a Los Ángeles en agosto para ayudarla a buscar un apartamento y prepararlo todo. Mientras estuvieran allí, Michelle se quedaría a dormir en casa de una amiga.

Izzie había sido admitida en la universidad de California en Los Ángeles y en todas las demás universidades en las que había presentado solicitud, así que pudo escoger. Sin embargo, la UCLA era su universidad favorita, y Gabby y Billy, que estarían cerca, habían prometido que se verían siempre que pudieran. Sean, por su parte, se había decidido por la Universidad George Washington, en Washington D.C. Quería especializarse en ciencias políticas y relaciones internacionales, con una subespecialidad en español. Los idiomas se le daban muy bien y había ganado el premio de español de su clase. Solo se lo había contado a Izzie, pero lo cierto era que intentaba adaptar su especialidad a los requerimientos necesarios para solicitar el ingreso en el FBI. Había analizado meticulosamente las titulaciones que buscaban y se había informado en internet.

Connie y Mike pensaban que había escogido un programa ambicioso y les entristecía que se fuese tan lejos, pero era una oportunidad maravillosa para que su hijo viera mundo. Había rehusado el ingreso en Georgetown, Columbia y el Instituto Tecnológico de Massachusetts, convencido de que la GW era la universidad adecuada para él. Era un chico muy inteligente.

Kevin se presentó en la fiesta de graduación diciendo que tenía planes y que había quedado con unos amigos. Era mucho mayor que su hermano y los demás, y un puñado de chavales de secundaria celebrando el fin de curso no era la compañía que más le apetecía, así que se marchó muy pronto.

La fiesta en el jardín de los O'Hara duró hasta las tres de la madrugada, aunque a las dos tuvieron que bajar el volumen de la música. No pararon de servir comida y, aunque no hubo alcohol, ya que ninguno de los chicos tenía la edad legal necesaria para beber, el ambiente fue divertido y agradable, e incluso Marilyn y Jack se quedaron hasta medianoche para hacer compañía a los O'Hara. Izzie no se alegró demasiado cuando su padre apareció con su novia, Jennifer, aunque se mostró educada con ella, como siempre. También acudió Helen Weston, que tuvo que marcharse al cabo de pocos minutos para atender un parto. El padre de Andy no asistió; nunca iba a esa clase de eventos. Estaba demasiado ocupado con su consulta o sus libros. Al salir, Helen vio a Marilyn sentada y a Jack de pie a su lado, apoyándole el brazo en los hombros, y se detuvo a saludarla.

—¿Qué estás haciendo aquí? —le preguntó Marilyn, sorprendida.

Raramente iba a las fiestas relacionadas con la escuela. No tenía tiempo; siempre estaba trabajando.

—He querido pasarme a ver cómo estabas. Pensaba que

podría aprovechar la ocasión para atender tu parto entre perritos calientes y hamburguesas —bromeó—. ¿Cómo te encuentras? —le preguntó, más seria.

—Como si fuera a explotar en cualquier momento —reconoció la futura mamá con una gran sonrisa. Estaba guapa, pero tenía los pies y los tobillos muy hinchados.

—Pues mantén cruzadas las piernas hasta mañana por la tarde. Todos queremos ir a la graduación mañana. Si hace falta, te ayudaré a parir en el aparcamiento.

—Por mí está bien —respondió, relajada.

Su cuerpo se preparaba para el gran acontecimiento y tenía contracciones constantes, aunque no especialmente preocupantes. Eran frecuentes, pero no fuertes, simples prácticas, aunque Jack la vigilaba como un halcón. Pese a los intentos de Helen por tranquilizarle, tenía miedo de no llevarla al hospital a tiempo. Llegaron a casa justo después de las doce, y esa noche Marilyn durmió bien, a pesar de la incomodidad. Ya se había acostumbrado. Tenía la sensación de que su cuerpo había sido tomado por unos extraños. Sin embargo, estaba deseando ver a sus niñas. Ya les habían puesto nombre: Dana y Daphne.

Cuando se fueron todos los padres salvo Connie y Mike, que vigilaban discretamente el comportamiento de los jóvenes, los Cinco Grandes desaparecieron uno a uno y se deslizaron en la habitación de Sean. Habían barajado la posibilidad de hacer algo espectacular, como tatuarse la frase SIEMPRE AMIGOS que durante años habían grabado en los pupitres del colegio, pero Izzie no quería un tatuaje y Gabby aseguró que su madre la mataría. Los chicos estaban más entusiasmados con la idea. Una vez más, a Izzie se le ocurrió una solución de compromiso que les gustó a todos. Era menos impresionante que un tatuaje, pero serviría para celebrar la ocasión y sellar el pacto entre ellos. Izzie, tan previsora como siempre, había traído lo necesario. En cuanto Sean corrió el cerrojo de su puerta, sacó un tubo de agujas de coser y les dio una a cada uno junto con un trozo de algodón impregnado en alcohol. Adoptaron una actitud solemne mientras Izzie pronunciaba un breve discurso. Había sido idea suya y todos habían estado de acuerdo, aunque al principio a los chicos, que habrían preferido el tatuaje, les pareció algo un poco tonto.

Izzie habló en tono ceremonioso:

—Nos hemos reunido aquí para hacer la solemne promesa de no olvidarnos nunca, no perdernos nunca y ayudarnos siempre mutuamente, estemos donde estemos. Prometemos querernos hasta la muerte y ser los mejores amigos para siempre. —Hizo una pausa y les miró a todos, uno tras otro; ellos le devolvieron la mirada muy serios—. Ahora todos diremos: «Lo prometo».

La promesa pronunciada por todos a coro llenó la habitación. Acto seguido, Izzie señaló las agujas de coser. Sabían lo que tenían que hacer. Solo Gabby y ella utilizaron los algodones empapados en alcohol; los chicos no se molestaron en hacerlo. Cada uno de ellos se pinchó el dedo, y cuando apareció una gota brillante de sangre unieron y apretaron los dedos, repitiendo el mantra en voz alta:

—¡Siempre amigos!

A continuación, Izzie repartió tiritas de superhéroes y les ayudó a ponérselas. Trece años después del parvulario seguía cuidando de ellos. Puso una tirita de la Mujer Maravilla en el dedo de Gabby y una de Batman en el de cada chico. Se echaron a reír y se abrazaron todos. El pacto de sangre que llevaban meses planeando estaba sellado.

—Vale, chicos, ya estamos. Ya es oficial —dijo Izzie, satisfecha con el resultado.

Salieron del dormitorio en grupo y bajaron hablando y riendo. Connie les vio al salir de la cocina.

—Pero ¡bueno! ¿Qué habéis estado haciendo?

Parecían victoriosos y eufóricos, y Connie comprobó con satisfacción que todos estaban sobrios.

—Nada. Estaban firmando mi anuario —se apresuró a contestar Sean.

—¿Por qué será que no te creo? —respondió ella con una sonrisa.

Aunque ignorara lo que habían hecho, debía de tratarse de una diversión inocente. Todos eran buenos chicos. Cuando llegara el otoño les echaría muchísimo de menos, casi tanto como se añorarían los unos a los otros.

—Acabo de sacar a la mesa de los postres vuestro pastel de queso favorito y unas cuantas tartas —les dijo.

Los cinco salieron al exterior muy satisfechos de sí mismos. Al cabo de unos minutos, mientras se servían los dulces, intercambiaron una larga y misteriosa sonrisa. Siempre amigos. El pacto era real, pues había sido sellado con sangre.

Al día siguiente, a las diez de la mañana, todos estaban sentados en las sillas colocadas en hileras. Habían acordonado una zona del parque Golden Gate, cerca del museo, para la graduación. Era el día que llevaban trece años esperando, desde el parvulario hasta duodécimo curso. Todo el mundo estaba allí: padres, abuelos, viejos y nuevos amigos. El padre de Izzie había invitado a Jennifer, cosa que enfureció a la chica porque lo había hecho sin consultarle; su madre también estaba allí, y no pareció importarle que Jeff estuviese acompañado de una mujer. Habían pasado cinco años desde el divorcio y ella tenía su propia vida. Katherine abrazó a Izzie y le dijo lo orgullosa que estaba de ella. Larry Norton acudió a ver a Billy y trajo consigo a una chica mona que más bien parecía una furcia pagada para la ocasión. Billy la miró con ojos vidriosos; sabía que era el tipo de mujer que le gustaba a su padre. Brian estaba allí, sentado con su madre y con Jack, cuatro filas por delante de Larry y su acompañante. Kevin se había sentado con sus padres. Michelle llevaba un bonito vestido de manga larga con un estampado de flores que ocultaba sus delgados brazos. Seguía luchando con su peso, pero tenía mejor aspecto. Por una vez, los dos progenitores de Andy estaban allí. Robert había llegado en avión la noche anterior, procedente de un importante congreso de psiquiatras que se celebraba en Chicago, y Helen le hizo saber a Marilyn dónde estaba sentada por si se precipitaban los acontecimientos. Estaban allí los padres que les habían animado durante trece años y los profesores con los que habían crecido.

Los alumnos aguardaban para entrar en fila mientras el director de la escuela y el presidente del consejo les esperaban en el escenario para entregarles los diplomas. Todos llevaban la toga y el birrete, que lanzarían al aire en cuanto acabara la ceremonia. Entonces empezó la música. Los profesores entraron de forma ordenada y ocuparon sus asientos en las primeras filas. Doscientas cámaras se prepararon para el paso del desfile, y a los compases de *Pomp and Circumstance* avanzaron los estudiantes del último curso, maduros y dignos, y ocuparon sus lugares en el escenario.

Andy fue el encargado de pronunciar el discurso en nombre de todos sus compañeros. La elocuencia de sus palabras conmovió a todos los estudiantes, que le vitorearon cuando terminó. Fueron muchos los padres que lloraron de emoción. Era un día muy esperado, el comienzo de la etapa adulta. Tal como Andy acababa de decir en su discurso, la vida jamás volvería a ser igual para ellos.

Izzie, como delegada de la clase, pronunció unas breves palabras en las que les pidió a todos que recordasen lo importantes que eran unos para otros y lo mucho que habían compartido a medida que crecían. Les deseó un buen viaje y les animó a volver a casa a menudo. Prometió a cada uno de ellos que nunca les olvidaría, y al decirlo miró a sus cuatro amigos especiales:

—Os he querido desde el parvulario y no pienso dejar de hacerlo ahora. Salid al mundo, haced algo con vuestra vida, sed personas importantes. ¡Billy Norton, más te vale que seas el mejor quarterback universitario! —Esperó a que se apagaran las risas y volvió a dirigirse a la clase—: Pero por muy importantes que os hagáis, por muy lejos que lleguéis, aunque os convirtáis en peces gordos o creáis serlo, recordad siempre cuánto os queremos.

Luego volvió a su asiento junto a Andy; se apellidaban Wallace y Weston, los dos últimos de la lista de su clase. La ceremonia terminó con la entrega de diplomas, los birretes volando por los aires y los estudiantes abrazándose entre lágrimas. Se desató en el parque un caos feliz. Izzie no podía creer que todo hubiera acabado. Trece años en Atwood habían llegado a su fin.

Todos tenían planes para comer con sus familias y quedaron en verse esa noche. Corría el rumor de que alguien organizaba una fiesta. Se despidieron con la mano al alejarse en los respectivos coches. Brian y Billy irían con su madre y su padrastro al restaurante de Jack. Larry, que estaba invitado, junto con su chica, pidió un whisky escocés con hielo en cuanto llegaron al restaurante, y una botella de uno de los vinos más caros con la comida. Su acompañante, que tenía veintiún años y no había ido a la universidad, se bebió ella sola una botella entera de champán. Se levantaron pronto de la mesa con la excusa de que tenían que ir a algún sitio, pero al menos Larry se acordó de decirle a su hijo que estaba muy orgulloso de él y que tenía ganas de verle jugar su primer partido universitario, algo que a Billy le hacía mucha ilusión. El chico habría preferido que Gabby fuese a comer con ellos, pero ese día tenía que estar con su propia familia y se reunirían más tarde.

Tras la marcha de Larry, el cocinero sacó la tarta de graduación; sobre ella había un jugador de fútbol americano con el uniforme escarlata y oro de los Trojans de la USC. Cuando terminaron de comer y salieron del restaurante, Billy se marchó a ver a su novia, Brian a casa de unos vecinos a jugar con un amigo y Marilyn subió las escaleras de su casa hasta el dormitorio. Tenía la sensación de que no sería capaz de dar ni un paso más. Se dejó caer sobre la cama y miró a su marido.

—¡Menos mal que no son trillizas! Casi no puedo con estas dos...

Helen le había dicho que las niñas eran grandes y no parecían tener prisa por nacer. Jack se sentó en la cama y le sonrió mientras le frotaba los tobillos.

—¿Por qué no te quedas en la cama el resto del día? —sugirió.

Se había levantado muy temprano para ayudarles a todos a prepararse para la graduación y durante la ceremonia había hecho un montón de fotos. Estaba muy orgullosa de su hijo y lloró cuando le entregaron el diploma. Cerró los ojos para echar una siesta. Cuando despertó ya era casi la hora de cenar. Parecía que se había desatado una guerra en su interior; las gemelas no paraban de moverse. Con un gran esfuerzo, bajó las escaleras en busca de Jack. Le encontró preparándose un cuenco de sopa en la cocina. Sus hijos seguían fuera. Brian cenaría en casa de su vecino y luego se iría al cine, y Billy estaba con Gabby y había telefoneado para decir que se quedaba a cenar allí. Últimamente la casa estaba muy tranquila, ya que Marilyn apenas podía moverse. Resultaba agradable para Jack y ella estar juntos en aquella silenciosa casa.

—¿Vamos a conocer a nuestras chicas esta noche? —le preguntó Jack con expresión esperanzada.

Ella se echó a reír y negó con la cabeza.

—Creo que están celebrando una especie de fiesta, pero no creo que vayan a ninguna parte. Casi no tengo contracciones. Quizá debería dar la vuelta a la manzana corriendo o algo así.

—Me parece que no —respondió Jack.

Se ofreció a prepararle algo de cena, pero no tenía hambre. No había espacio para la comida en su cuerpo. Se llenaba con solo dos bocados y el simple hecho de ver comida le producía ardor de estómago. Tenía muchas ganas de que todo terminara. No paraba de decir que estaba preparada, pero al parecer las gemelas no opinaban lo mismo.

Hizo compañía a su marido mientras se tomaba la sopa y después volvió a subir las escaleras sintiéndose como un elefante. Jack puso una película en el televisor del dormitorio, pero Marilyn tuvo que ir al baño antes de que empezara. Iba a decir algo sobre la película cuando notó como si se hubiera producido una explosión y un maremoto la golpeara de lleno. Tuvo la sensación de que había agua por todas partes. Por un instante no supo qué sucedía, pero entonces se acordó.

—Jack... —llamó aturdida, con una vocecita tan débil que al principio su marido no la oyó—. Jack... oye... acabo de romper aguas...

Él entró en el baño para oír lo que decía.

—¿Qué? ¡Oh, Dios mío!

Toda la ropa que llevaba de cintura para abajo estaba tan mojada como si se hubiera dado una ducha.

—¿Qué ha pasado? —preguntó.

Lo comprendió enseguida, aunque no sabía qué hacer a continuación. Marilyn empezó a reírse.

—Parece que venga de nadar.

—Acuéstate o algo así —dijo Jack, nervioso, y le dio un montón de toallas.

Ella se quitó la ropa empapada, se puso un albornoz, volvió al dormitorio y se tumbó sobre las toallas. Notaba que el fluido seguía saliendo de su cuerpo, pero daba la impresión de que ya quedaba poco. Jack, que estaba limpiando el cuarto de baño, se acercó a ver cómo estaba.

—¿Tienes contracciones?

—Ni una, pero las niñas se han quedado muy quietas. No se mueven.

Media hora antes parecía que bailasen. Quizá supieran lo que se avecinaba y estuvieran descansando.

—Creo que deberíamos telefonear a Helen.

—Estará cenando. Además, no tengo contracciones. ¿Y si esperamos un rato y la llamamos más tarde? No querrá que vaya al hospital si no tengo contracciones.

—Me parece que los gemelos son diferentes —comentó él, un tanto nervioso.

—Sí, porque tardan más —le recordó—. Vamos a ver la película.

Jack había perdido interés en la película, pero la puso para ayudar a su mujer a relajarse y se tumbó junto a ella, vigilándola con atención.

—Deja de mirarme, estoy perfectamente.

Se inclinó y le dio un beso, y en ese momento tuvo la sensación de que le había caído una bomba encima. Sufrió la peor contracción que recordaba haber tenido jamás. Se agarró al hombro de Jack y estuvo cinco minutos sin poder hablar. En cuanto terminó la contracción, Jack saltó de la cama y agarró su BlackBerry.

—Ya está, nos vamos. Estoy teletoneando a Helen.

En ese momento tuvo otra contracción, volvió a alargar el brazo hacia Jack y le apretó la mano con fuerza mientras él hacía la llamada. Helen respondió en cuanto vio aparecer su nombre en la pantalla de su móvil.

—¡Hola! ¿Qué pasa? ¿Ha empezado la acción? —preguntó, serena y alegre.

—Sí, de repente. Ha roto aguas hace unos diez minutos y acaba de empezar a tener contracciones muy fuertes y largas, más o menos cada dos minutos. Duran unos cinco minutos.

Helen frunció el ceño al escucharle.

—Me parece que vuestras dos señoritas tienen prisa. —Pensó durante un par de segundos y tomó una decisión—: Deja a Marilyn ahí tumbada. No hagas nada. Os enviaré una ambulancia. Pueden bajarla en una camilla. Estoy segura de que no pasará nada, pero me sentiré mejor si os llevo al hospital en ambulancia por si tienen más prisa de la que creemos. Nos veremos allí.

Helen cortó la comunicación y llamó a una ambulancia. La siguiente contracción le arrancó a Marilyn un grito. Aunque no lo habría reconocido ante ella, Jack estaba asustado. Todo estaba ocurriendo mucho más deprisa de lo que esperaban.

La ambulancia llegó al cabo de cinco minutos. Mientras les seguía escaleras arriba, Jack informó a los sanitarios de que su mujer esperaba gemelas, pero Helen ya se lo había dicho. La tendieron sobre la camilla y en menos de tres minutos la ambulancia arrancaba con la pareja a bordo.

Marilyn, aferrada al brazo de Jack, gritaba con cada

nueva contracción, que se sucedían una tras otra. Habían encendido la sirena y recorrían a toda velocidad las calles hacia el centro médico California Pacific, donde Helen había prometido reunirse con ellos.

—No voy a poder —anunció jadeando.

—Claro que podrás —la animó Jack en voz baja—. Yo estoy aquí. Vas a tenerlas muy pronto, nena... Pronto acabará todo.

—No puedo —insistió ella—. Es demasiado.

Gritó otra vez, y cuando volvió a apoyar la cabeza en la camilla se le pusieron los ojos en blanco. Jack se asustó mucho. El enfermero le dio oxígeno y los ojos de Marilyn recuperaron la normalidad. Tenía la tensión baja, pero no corría ningún peligro.

—Todo va bien —dijo el sanitario para tranquilizarles.

Helen ya les esperaba en el hospital cuando llegaron. Abarcó la escena con mirada experimentada y les sonrió.

—Bueno, ya veo que no has perdido el tiempo. —Con solo mirarla comprendió que seguramente debía tener ya una dilatación de diez centímetros o casi—. Si no te importa, quisiera llevarte a la sala de partos, así que no empujes —le ordenó con voz firme a Marilyn, cuyo rostro sufrió una contorsión mientras volvía a gritar.

—¡Deprisa! —pidió a los hombres que sacaron la camilla de la ambulancia.

Helen echó a correr y los demás la siguieron. Jack no soltaba la mano de su mujer, que no paró de gritar en el trayecto entre la ambulancia y la sala de partos, donde les esperaba el equipo de Helen. Le quitaron el albornoz a toda prisa, le pusieron una bata y la tendieron en la mesa de partos. En ese momento, lanzó un alarido tan penetrante que Jack creyó que iba a morir.

Segundos después se oyó un largo grito en sustitución

del de ella; había aparecido entre sus piernas una cabecita de melena roja. Acababa de nacer su primera hija. Marilyn le sonreía a través de las lágrimas mientras Jack lloraba sin soltar su mano. Helen cortó el cordón umbilical y depositó al bebé entre los brazos de una enfermera. Todavía quedaba mucho por hacer, y unos instantes después empezó todo otra vez: las horribles contracciones, el dolor atroz, los gritos de Marilyn, esta vez mientras Helen la ayudaba con unos fórceps, y luego otro lamento. Los dos bebés habían nacido en menos de diez minutos, cuarenta y cinco minutos después de que todo empezara. Helen le aseguró que era el parto de gemelos más rápido que había visto en su vida, pero también sabía lo duro que era cuando iba tan deprisa.

Marilyn temblaba violentamente; tan pronto lloraba como sonreía agarrada a su marido, que no sabía si mirarla a ella o a sus preciosos bebés. Una de las niñas tenía el pelo rojo como su madre, y la otra oscuro como él. Eran gemelas no idénticas, y sus padres decidieron enseguida quién era Dana y quién era Daphne. Jack seguía atónito. Nunca había visto sufrir tanto a nadie, pero todo había acabado muy deprisa.

—¡Menos mal que has enviado la ambulancia! —le agradeció a Helen—. Las habría tenido en casa.

—Eso creo —contestó Helen con una sonrisa—. Desde luego, Marilyn, me lo has puesto muy fácil. Has hecho todo el trabajo tú solita.

La reciente madre seguía conmocionada, pero su rostro se animó al instante cuando le entregaron a sus hijas ante la orgullosa mirada de Jack.

Permaneció en la sala de partos otras dos horas, mientras los bebés recibían calor en una incubadora. Cada niña pesaba tres kilos y medio; eran unos bebés robustos. Entonces Jack llamó a los hijos de ambos y les anunció la llegada de sus hermanas. Billy le dio las gracias con cierta sequedad después de preguntar si su madre estaba bien, y Brian quiso saber cuándo podría verlas. Permanecería en el hospital dos o tres días más.

Eran las diez de la noche cuando la trasladaron a una habitación con sus niñas, cada una en un pequeño moisés de plástico con ruedas. Una enfermera empujaba uno de ellos y Jack el otro mientras miraba a su mujer con franca adoración. Jamás olvidaría ese momento, y la mirada de amor que cruzaron entre ellos conmovió a Helen. Siempre le ocurría. Se había quedado después del parto para asegurarse de que estaba bien y no se producían complicaciones posteriores, pero todo iba como la seda.

Se marchó poco después, tras darle a una medicación para el dolor. Lo había pasado muy mal. Brian iba a quedarse a dormir con los vecinos, Billy había dicho que dormiría en casa de Gabby y Jack pasaría la noche en el hospital.

Al cabo de un rato, el reciente padre contempló a su mujer mientras se dormía y miró a las niñas, también dormidas. Eran espléndidas, rosadas y preciosas. Fue una de las noches más perfectas de su vida.

8

Todo el mundo acudió a visitar a Marilyn y a sus hijas mientras estaban en el hospital. Brian fue el primero, a primera hora de la mañana. Le llevó la vecina, que les dijo que nunca había visto unas gemelas tan bonitas y tan distintas entre sí.

Brian las cogió en brazos a las dos, una tras otra, mientras Jack hacía fotos. Billy llegó a la hora de comer acompañado de Gabby, que no podía dejar de mirarlas y tocarles los deditos de los pies y de las manos. Marilyn le preguntó si quería cogerlas, pero él dijo que no, que eran demasiado pequeñas. Connie y Mike se pasaron por el hospital acompañados de Sean y trajeron unos jerséis y unos patucos que su amiga llevaba meses tejiendo para las niñas. Cuando Connie le comentó que Kevin había ido a pasar el fin de semana con unos amigos, Marilyn vio cruzar una nube por sus ojos y la miró inquieta.

—¿Va todo bien? —preguntó en voz baja.

En la barbacoa de la graduación Kevin le había parecido distante y distraído, pero como se había marchado enseguida no había podido verle bien. Sabía que su amiga llevaba algún tiempo preocupada.

—Eso creo —murmuró esta, y se volvió para admirar a las recién nacidas.

Mientras estaban allí entró Izzie, y justo cuando se marchaban llegó Andy. A la hora de cenar apareció Judy con un montón de regalos, acompañada de Michelle y Gabby. Todos dijeron que nunca habían visto nada más bonito que las gemelas. Durante dos días las visitas fueron constantes. Los hijos de Jack estaban con su madre, así que no habían visto a las niñas, pero él les envió decenas de fotos con el móvil.

Al cabo de dos días Marilyn quiso volver a casa y acabar de recuperarse allí. A Helen le pareció buena idea, pues la evolución de madre e hijas era satisfactoria. Les dio el alta al día siguiente, a las nueve de la mañana. Marilyn intentaría dar el pecho a las dos niñas con ayuda, aunque todavía no le había subido la leche. La doctora pensó que sería preferible que estuviera en su casa cuando eso ocurriera, ya que en el hospital tenía demasiadas visitas para poder acostumbrarse tranquilamente a sus bebés. Jack se portó muy bien, como siempre, y cuando llegaron a casa ayudó a Marilyn a instalarse. Brian, por su parte, también quería hacer todo lo que pudiera por sus hermanas.

Marilyn exhaló un suspiro de alivio al meterse en su cama.

—¡Vaya! Todo pasó tan deprisa que aún no parece real.

—Es real —le aseguró Jack.

Los dos bebés empezaron a llorar al mismo tiempo y ambos se rieron. Durante algún tiempo su vida sería una locura. La madre de Marilyn, que tenía más de setenta años y no gozaba de muy buena salud, se había ofrecido a instalarse en su casa para ayudarles. Sin embargo, solo sería una persona más de la que habría que ocuparse, así que le pidió que viniese en verano. Por el momento, Jack y ella intentarían arreglárselas solos, con un poco de ayuda por parte de Brian. Ella insistía en que no quería niñera. Jack podía permitirse contratar una y se había ofrecido a hacerlo, pero ella sabía que serían sus últimos bebés y no quería perderse ni un minuto de sus vidas. Por eso estaba decidida a hacerlo todo ella misma, con ayuda de Jack, que no podía más que estar de acuerdo. Sin embargo, le sorprendía lo agotada que se sentía. El simple hecho de cruzar la habitación hasta las cunitas donde dormían las niñas le suponía un gran esfuerzo, y ni siquiera estaba amamantando todavía. Las gemelas y ella solo se estaban acostumbrando unas a otras.

Esa tarde, Brian había salido con unos amigos y ella acababa de tumbarse en la cama para echar una siesta después de acostar a los bebés cuando sonó el teléfono. Marilyn vio que se trataba de Connie, pero al responder a la llamada no oyó sonido alguno. Pensó que se había desconectado el aparato, y estaba a punto de colgar cuando oyó un aullido largo y grave, más propio de un animal que de un ser humano. Al principio no supo qué era, pero cuando escuchó la voz de su amiga se le heló la sangre en las venas.

—Kevin —fue la única palabra que Connie pudo decirle.

Durante los siguientes minutos solo sollozó. Marilyn no sabía si estaba herido, si había tenido un accidente, si se había peleado con ellos o si le habían vuelto a detener. Lo único que podía hacer era esperar hasta que Connie recuperara el aliento.

—Tranquila, estoy aquí... ¿Quieres que vaya? —preguntó olvidando por un instante que había dado a luz tres días antes, aunque habría ido de todos modos—. Connie... Dime qué ha pasado.

Esperó mientras Jack entraba en la habitación. Al ver la cara de su esposa comprendió que había ocurrido algo horrible.

—¿Quién es? —susurró.

Ella pronunció el nombre de Connie sin hacer ruido. Su amiga continuaba sollozando al otro lado.

—Voy para allá —decidió, incapaz de seguir soportándolo. Sabía que podía llegar a su casa antes de que esta pudiera decirle a través del teléfono lo que sucedía.

—Ha muerto —dijo, y luego emitió el mismo sonido angustioso que Marilyn había oído al coger el teléfono.

—¡Oh, Dios mío! ¡Oh, Dios mío! Voy para allá. ¿Estás sola?

A Connie le fallaban las palabras y Marilyn saltó de la cama tan rápido que la cabeza le dio vueltas por un instante. Luego echó a correr hacia el cuarto de baño sin soltar el teléfono, ante la mirada asombrada de Jack.

—¿Dónde está Mike? —le preguntó.

—Está aquí. Acaban de llamarnos —consiguió decir Connie entre sollozos.

—Espérame ahí. Llegaré en cinco minutos. —Cortó la llamada con mano temblorosa y miró incrédula a Jack—. Kevin O'Hara acaba de morir. No sé cómo ha pasado. Tengo que ir allí. Quédate con las niñas. Si se despiertan, dales uno de los biberones de agua que nos han dado en el hospital. Se quedarán tranquilas.

—No puedes conducir —respondió él, frenético—. Acabas de parir.

Marilyn ya estaba telefoneando a Billy, que respondió enseguida.

—¿Dónde estás? —preguntó a bocajarro.

—Estoy en casa de Gabby. ¿Qué pasa?

Notaba que su madre estaba alterada por algo, pero ignoraba de qué se trataba.

—Necesito que vengas a casa ahora mismo.

—¿Por qué? —preguntó, molesto y suspicaz.

—Necesito que me lleves a casa de los O'Hara. Algo le ha pasado a Kevin.

—Ahora voy —dijo de inmediato, y colgó.

Cuando Marilyn se vistió y bajó las escaleras, Billy ya la estaba esperando. Jack se despidió de ella con un beso y le pidió que fuera prudente. Estaba pálida y trastornada, pero quería ver a su amiga. Había sucedido lo impensable.

Billy la llevó a casa de los O'Hara en menos de cinco minutos. Al llegar, Marilyn echó a andar hacia la puerta tan deprisa como pudo, seguida de Billy. Sean estaba de pie en el recibidor, mirándoles fijamente, y se deshizo en sollozos entre los brazos de Billy mientras Marilyn subía corriendo las escaleras en busca de Connie. La encontró con Mike en el dormitorio, donde sollozaban abrazados y temblorosos. En cuanto les vio, se echó a llorar, se sentó en la cama con ellos y les estrechó entre sus brazos.

—Le han disparado mientras compraba droga en Tenderloin —le contó Connie con una voz cargada de angustia—. Dicen que estaba comprando para vender y que le debía dinero al traficante. Han tenido una discusión y el traficante le ha pegado un tiro... Mi niño... mi niño... Han matado a mi niño.

Los dos estaban desconsolados. Marilyn no sabía qué decir o qué hacer por sus amigos, salvo estar allí. Abrazó a Connie y la meció entre sus brazos. Al poco rato se levantó y bajó a buscar agua y té. Al volver, se ofreció a telefonear a su médico, pero ambos negaron con la cabeza.

—Tenemos que ir a identificar el cadáver —murmuró ella, deshaciéndose de nuevo en sollozos—. Tengo miedo de verle... No puedo...

El dolor no la dejaba hablar. Marilyn la obligó a beber un sorbo de agua y apretó con fuerza la mano de Mike. Entonces entraron Billy y Sean, y comprendió conmocionada que Sean era ahora hijo único. Aunque habían intentado salvar a Kevin de sí mismo y le habían querido con todo su corazón, al final él no les dejó opción. No pudieron detenerle. Sean estaba tan destrozado como sus padres, y Billy, a su lado, se sentía desolado por su amigo. De pequeño, Sean admiraba a Kevin, y este había sido asesinado por traficar con drogas. Connie tenía razón: había vuelto a caer en los malos hábitos. Kevin había sido incapaz de resistir la tentación durante mucho tiempo, a pesar de que aparentara estar bien. Era aterrador percatarse de lo deprisa que podía torcerse todo y de lo terribles que eran las consecuencias: unos padres de luto y la muerte del hijo al que tanto quisieron. Padres e hijos eran mucho más vulnerables de lo que creían.

Mike se levantó y deambuló de un lado para otro arrastrando los pies. Las dos mujeres le miraron. Tenían que ir al depósito de cadáveres, y Marilyn ni siquiera podía imaginárselo.

—¿Quieres que te acompañe Jack? —preguntó.

Mike negó con la cabeza y la miró; parecía que el alma le sangrase a través de los ojos.

—No hace falta —respondió en voz baja.

Sean se le acercó.

—Yo iré contigo, papá —se ofreció, temblando.

Parecía pequeño al lado de Billy, aunque no lo era en realidad. En sus ojos había una impactante madurez. No era un chico, sino un hombre. Connie se tumbó en la cama y gimió con suavidad al pensar que iban a identificar a su hijo.

—No quiero verle así —se lamentó—. No puedo. Me moriré.

Mike cogió las llaves de su coche y salió con Sean de la habitación. Marilyn miró a Connie.

—¿Por qué no vienes a casa conmigo hasta que vuelvan? —No soportaba pensar adónde iban y lo que iban a hacer—. Puedes ayudarme con los bebés.

Connie asintió con la cabeza y se puso de pie. Salió de la habitación y bajó las escaleras moviéndose como si fuera un robot. Marilyn se alegró de que se mostrara tan dócil y dispuesta a irse con ella. Su amiga estaba destrozada. La ayudó a acomodarse en el asiento del copiloto y subió detrás. Billy las llevó a casa. Nada más entrar, oyeron llorar a las niñas. Jack apareció en la parte superior de las escaleras, muy nervioso, con un bebé en cada brazo.

—No han parado de llorar desde que te has marchado.

Entonces vio a Connie. Marilyn se apresuró a subir las escaleras y se dio cuenta de que le había subido la leche y tenía mojada la pechera de la blusa. Connie subió despacio detrás de ella y les siguió al dormitorio mientras Billy telefoneaba a los demás para contarles lo ocurrido. Era la noticia más impactante que habían oído en su vida. Marilyn se alegró de que Brian no hubiera vuelto todavía y le pidió a Jack que llamara a los padres del chico con el que estaba para que se quedaran con él un rato más, al menos hasta la hora de la cena. Jack estuvo de acuerdo. Querían hacer todo lo que pudiesen para ayudar a Connie, Mike y Sean.

Connie se sentó en una mecedora con expresión desolada. Marilyn se sentó en la cama, se abrió la blusa y se desabrochó el sujetador de lactancia mientas Jack le entregaba a las niñas, que no dejaban de llorar. Todavía no tenía práctica con las dos, pero había que alimentarlas y ella era la única que tenía lo que querían. Los bebés evolucionaban tal como estaba previsto, pero nadie esperaba que se produjera aquella tragedia. Kevin O'Hara había muerto a los veinticinco años.

Con un gesto lleno de ternura, Jack cubrió a Marilyn con una manta por si entraba Billy. Connie la contempló, llorando en silencio. Recordaba haberle dado el pecho a Kevin como si fuera ayer, y ahora se había marchado. Se quedó allí, sollozando, hasta que Marilyn la invitó a sentarse en la cama junto a ella mientras amamantaba a sus bebés. Connie, para quien resultaba reconfortante el simple hecho de estar allí, acarició tiernamente la cabeza de Daphne, que se había dormido al pecho de su madre. Jack se llevó a las niñas cuando acabaron de mamar, les ayudó a soltar los gases y las acostó en sus cunitas. Acto seguido se sentó a los pies de la cama.

—Lo siento mucho, Connie.

Ella asintió con la cabeza y continuó llorando. Marilyn volvió a abrazarla. Estuvieron allí sentados hasta que llegaron Mike y Sean para recogerla. Mike estaba muy pálido. Sean no había visto el cadáver, pero padre e hijo no habían parado de sollozar durante todo el trayecto. Hablaron un momento, mientras Sean estaba con Billy, y después se marcharon a casa. Marilyn les pidió que telefonearan si necesitaban algo y prometió ir a verles por la mañana. Ayudaría a Connie con los preparativos para el funeral. No podía imaginarse viviendo algo parecido ni lo destrozada que debía sentirse su amiga. Por un momento, que reconoció avergonzada más tarde ante Jack, mientras amamantaba de nuevo a los bebés, se había alegrado de que no fuera uno de sus hijos. No podía ni siquiera pensar lo que sería perderlos.

Brian volvió después de cenar y se quedó conmocionado cuando se enteró de lo sucedido. Esa noche los dos chicos estuvieron tristes y silenciosos. Ninguno de sus amigos podía creerlo, ni tampoco Marilyn o Jack. Ella llamó de nuevo a Connie esa noche para saber cómo estaba. Seguía llorando. Había estado en la habitación de Kevin tratando de elegir el traje con el que enterrarlo, y volvió a estallar en sollozos mientras intentaba contárselo a su amiga. Marilyn se sentía fatal por no estar con ellos esa noche, pero no podía dejar a Jack solo con las gemelas cuando había que amamantarlas. En las pocas horas transcurridas desde la subida de la leche no habían dejado de reclamar alimento, y no era justo dejarle con unos bebés hambrientos que no estarían satisfechos con nada que él les diera. Aquello no habría podido ocurrir en un momento peor, pero Marilyn estaba decidida a arreglárselas de algún modo. Telefoneó a Judy, que acababa de enterarse por Gabby de la noticia y estaba igual de consternada, y le pidió que la acompañara a casa de Connie al día siguiente.

El teléfono de Billy no paró de sonar en toda la noche. Todos sus amigos le llamaron, y al cabo de un rato volvió a casa de los O'Hara para quedarse a dormir con Sean. Izzie fue también a llorar con ellos, y luego se pasó Andy, quien la acompañó a su casa.

Cuando Marilyn llegó a casa de los O'Hara por la mañana, Billy seguía allí. Judy había ido a recogerla y la había ayudado con los bebés. Ambas hicieron turnos atendiendo los teléfonos y ayudando a Connie en todo lo que podían. Mike y ella tenían que ir al tanatorio para elegir un féretro y disponerlo todo. Había mucho que hacer y muchos sitios a los que llamar, como la floristería, la parroquia y el periódico para publicar la nota necrológica, que aún había que redactar. Connie hizo lo que pudo mientras estaban fuera. El funeral, antes del cual se rezaría un rosario público, se celebraría en St. Dominic, que era su parroquia y el lugar donde Kevin había recibido su primera comunión y la confirmación. Era impensable para todos que estuvieran hablando del entierro de Kevin, y cuando Marilyn miró a Mike supo que tenía ante sí a un hombre destrozado.

Sean estaba sentado en los peldaños de la entrada con Billy, que tenía una expresión desconsolada. También había venido Gabby, Izzie apareció un poco más tarde y Andy telefoneó varias veces. Nadie sabía qué hacer para ayudar a los O'Hara. No podían traer a Kevin de vuelta; lo único que estaba en su mano era apoyar a sus amigos. Marilyn no podía ni imaginarse lo que sería pasar por aquello. Sin embargo, Connie era una mujer fuerte, y para cuando salieron hacia el tanatorio fue capaz de controlar el llanto durante unos minutos. Llevaba una percha con el traje de Kevin, una camisa blanca y una corbata, y calcetines y zapatos de vestir en una bolsa de la compra. Miró con tristeza a Marilyn al subirse al coche con su marido y las dos mujeres se dieron un largo abrazo.

—Gracias —fue lo único que pudo decir sin volver a sollozar.

—Te quiero —respondió simplemente Marilyn, y lo decía desde el fondo de su corazón—. Lo siento mucho.

Connie asintió con la cabeza y la miró.

—Lo sé.

Mike arrancó el coche y se alejaron en dirección al tanatorio, donde lavarían, vestirían y peinarían a su querido hijo mayor por última vez.

9

El funeral de Kevin O'Hara fue insoportable, inconcebible e intolerable para todo el mundo. Los adultos escucharon el panegírico con un sentimiento mezclado de horror por lo sucedido y agradecimiento por que aquello no les hubiera ocurrido a sus propios hijos. Los amigos con los que había crecido acudieron a llorarle y recordaron al muchacho cariñoso que había sido. Connie, Mike y Sean se sentaron en el primer banco de la iglesia, tan heridos y abatidos como si les hubiera alcanzado un rayo, delante de un féretro cerrado que parecía lanzar un mensaje de advertencia que, sin embargo, nadie quería oír: «Tened cuidado. Estad atentos. Sed inteligentes. Podría ocurriros a vosotros». Les había sucedido a ellos, y ninguno de los presentes podía hacerse a la idea.

Era fácil decir que Kevin se había torcido en algún momento, que había sido detenido, había acabado en rehabilitación y había pasado dos años en libertad condicional, pero hubo un tiempo en el que fue un niño, una criatura inocente con las mismas oportunidades en la vida que todos los demás. ¿Fue suya la culpa? ¿Fue de sus padres? ¿Del destino? ¿De la vida? ¿Qué advertencia no habían atendido? ¿Qué señales de peligro habían pasado por alto? ¿Por qué era Kevin y no otro el que estaba en el ataúd? Otros habían corrido los mismos riesgos y no habían muerto. Sentada en el primer banco, repasando cada minuto de la vida de su hijo, Connie ya no estaba segura de nada. Solo sabía que Kevin había muerto y su agonía iba más allá de cualquier pensamiento. La pena que la embargaba era tan inmensa y el dolor tan agudo que parecía que sus globos oculares se iban a fundir y que su corazón ardería en cualquier momento pese al frío gélido que la envolvía.

Connie experimentó un dolor sin límites al contemplar a su marido, a su hijo menor y a seis compañeros de clase de Kevin mientras sacaban el féretro de la iglesia y lo colocaban con suavidad en el coche fúnebre que lo llevaría al cementerio, donde lo meterían en un hoyo y lo cubrirían de tierra. Sintió deseos de arrojarse con él allí dentro; le quiso tanto cuando nació... Pero no podía hacerles eso a Mike y Sean. Tenía que seguir allí y ser fuerte por ellos. Ignoraba cómo hacerlo; solo sabía que no le quedaba otra opción. Kevin la había dejado sola para apoyar a su hermano y a su padre, y ella ya no tenía respuestas. Un pedazo de su propia carne había muerto comprando droga en Tenderloin. Era absolutamente inconcebible. Y no sabían quién era el culpable, solo que Kevin estaba muerto y que en ese momento llevaba droga encima. No había nadie a quien castigar, nadie de quien vengarse, pero aunque encontrasen al asesino, su hijo ya no volvería.

Se trasladaron hasta el cementerio en la limusina que habían alquilado y permanecieron junto a la tumba mientras el sacerdote pronunciaba unas pocas palabras. Connie acarició por última vez el féretro de su hijo, el que habían elegido, forrado de satén blanco. Kevin llevaba su traje, su corbata y sus mejores zapatos, y se quedaría allí junto a una parte del corazón de su madre. En el trayecto de regreso a casa estaba demasiado desolada incluso para llorar, y cuando llegaron les estaban esperando todos los asistentes al funeral.

Marilyn se encargó de recibir a los invitados y el restaurante de Jack había traído comida como si se tratara de un bar mitzvá o una boda. Pero no lo era; era un funeral.

Más tarde, Connie no recordaba quién había acudido a la casa. Solo se acordaba de que Marilyn había colocado fotos de Kevin por todo el salón y en el vestíbulo. Cuando todo acabó, Mike y Sean se quedaron sentados en el estudio; parecían los supervivientes de un naufragio. Los amigos de Sean se habían quedado para prestarle su apoyo y subieron con él a su habitación. Connie y Mike, Marilyn y Jack, y Judy y Adam se miraron unos a otros, incapaces todavía de creer lo que había ocurrido. Solo sabían que Kevin estaba muerto, pero ¿qué significaba eso? ¿Cómo entender que nunca volverías a ver a un hijo al que amabas? Era algo inconcebible. Connie esperaba que bajara las escaleras en cualquier momento con su traje, su corbata y sus zapatos de vestir y les dijera que todo era una broma. Pero no lo era. Era demasiado real. Su habitación permanecería vacía para siempre. Sus trofeos acumularían polvo y no significarían nada. Su ropa estaría colgada en el armario hasta que reuniera el valor necesario para donarla. Lo único que entendía era que Mike y ella nunca volverían a ser los mismos.

—Tenéis que descansar un poco —sugirió Marilyn en voz baja.

Los dos parecían exhaustos, y Connie reconoció que no habían dormido desde que sucedió.

El personal de Jack había dejado impecable la cocina, y había comida en el frigorífico por si tenían hambre, aunque Connie no podía imaginarse que alguna vez quisieran volver a comer. A pesar de los pocos días transcurridos, la ropa ya le colgaba sobre el cuerpo.

Marilyn y Jack abandonaron la casa de los O'Hara a la hora de cenar. Los demás se habían marchado hacía mucho rato. Sean seguía arriba con sus mejores amigos. Los jóvenes habían jugado un rato con unos videojuegos y después Billy sacó una petaca que se fueron pasando. Contenía el bourbon que había podido sacar del mueble bar de sus padres sin que nadie le viera. Tanto Gabby como Izzie rechazaron la petaca después de dar un sorbo, pero Billy, Sean y Andy dieron largos tragos hasta vaciarla.

—Eso no va a servir para nada —murmuró Izzie, siempre la voz de la conciencia en el grupo—. Solo hará que os sintáis peor.

Andy pareció intimidado, Billy se encogió de hombros y Sean se tumbó en la cama. No tenía nada que decir, y estaba cansado de que le dieran el pésame. Ni siquiera sabían de qué hablaban. ¿Cómo iban a saber lo que sentía? Ni siquiera sus amigos. Nunca volvería a ver a su hermano. De pronto era hijo único.

—¿Quieres venir a dormir a mi casa? —le preguntó Billy. Se imaginaba lo que sufría su amigo. Lo veía en sus ojos.

—Creo que debería quedarme aquí —respondió Sean con un suspiro. Había sido un día agotador—. Mis padres están fatal —añadió como si tal cosa.

El contenido de la petaca había contribuido a calmar su pena. Ya no se sentía tan mal como si un alambre de espinos le hubiese estado desgarrando la piel durante todo el día. Gracias al bourbon, ya no notaba el dolor. Era agradable estar aletargado.

Andy fue el primero en marcharse; había prometido a sus padres que cenaría con ellos. Luego se marcharon Gabby y Billy, y solo se quedó Izzie. Se tumbaron en la cama uno al lado del otro, mirando al techo. En ocasiones pensaba que ella era su mejor amiga, según el día.

—Te recuperarás, ya lo verás. Aunque no tenga hermanos, sé que debe ser horrible, pero lo superarás. Te recuperarás.

Si Izzie no hubiera sido una chica, a Sean le habrían entrado ganas de pegarle, pero el simple hecho de pensarlo le daba ganas de llorar.

—Algún día acabaré con esta clase de cosas —aseguró Sean en voz baja.

—¿Cómo vas a hacerlo? —quiso saber ella.

Sentía curiosidad, como si volvieran a ser niños y le preguntara cómo pescar un pez, cómo funcionaba un submarino o de dónde venía la niebla.

—Cuando acabe de estudiar trabajaré en el FBI y detendré a gilipollas como el que mató a mi hermano.

Ninguno de los dos mencionó que Kevin no debía estar allí. Ya no tenía sentido; estaba muerto.

—Cuando eras pequeño siempre lo decías —comentó su amiga con una sonrisa.

—Pues ahora lo haré —replicó él en tono decidido.

Izzie estuvo a punto de creerle. Sabía que en ese momento hablaba en serio.

—Puede que cambies de opinión cuando acabes de estudiar. Quizá quieras dedicarte a otra cosa —sugirió ella, razonable y práctica como siempre.

—No lo haré. Siempre he querido dedicarme a eso, pero no sabía cómo. Ahora lo sé.

Sean se volvió hacia ella y la miró. Se preguntó cómo sería besarla, aunque en realidad no quería hacerlo; era su amiga.

—Te echaré de menos cuando estés en la universidad —dijo Izzie con sencillez.

Él asintió con la cabeza.

—Yo también te echaré de menos —reconoció tristemente.

La pérdida de Kevin haría aún más difícil de soportar la ausencia de sus amigos. Además, detestaba separarse de sus padres después de aquello.

—¡Ojalá vinieras a Los Ángeles! —exclamó, melancólica.

—Nos veremos en Acción de Gracias y en Navidad —le recordó, y se levantó despacio de la cama—. Vamos, te acompañaré a casa.

Apenas cruzaron un par de palabras en el coche; se limitaron a disfrutar de su mutua compañía. Izzie trataba de no pensar en lo que habría sentido si el funeral hubiera sido por uno de ellos. No podía ni quería imaginarlo. Se preguntó si Sean ingresaría algún día en el FBI. Seguía pareciéndole una idea peligrosa. Además, ahora, como hijo único, tenía nuevas responsabilidades hacia sus padres.

La dejó en casa, ella le prometió que pasaría a verle al día siguiente y regresó a su propia casa, que parecía tan muerta como su hermano. Todo estaba a oscuras y sus padres habían cerrado la puerta del dormitorio. De camino a su cuarto pasó por delante del de Kevin y sintió la tentación de entrar. En cambio, fue hasta su propia habitación y cerró la puerta, se tumbó en la cama y empezó a llorar.

Izzie y los demás visitaban a Sean a diario, y casi siempre Billy aparecía con la petaca llena de cualquier bebida alcohólica que hubiera podido robar del mueble bar cuando su madre estaba ocupada con las gemelas. La presencia de las niñas seguía molestándole, pero una vez que empezaron a sonreír un poco hubo de reconocer que eran monas. Incluso las cogió en brazos un par de veces. Brian, por su parte, se comportaba como si estuviera enamorado de ellas. Había aprendido a cambiarles los pañales y ayudaba a su madre a acostarlas, algo que él no tenía ningún deseo de hacer. Sin embargo, Gabby también las encontraba encantadoras. Se alegraba de que tomara la píldora y no pudiera quedarse embarazada. No habría podido asumir un accidente de esa clase y sabía que no estaría preparado para tener hijos hasta que no transcurrieran diez o quince años más.

El único día que no pudo robar bebida del mueble bar de sus padres para rellenar la petaca consiguió que un sin techo le comprara dos paquetes de seis latas de cerveza cada uno. Sean y Billy se las arreglaron para emborracharse cada día de lo que quedaba del mes de junio. Al principio lo hacían en honor de Kevin, y al cabo de un tiempo simplemente se convirtió en algo que hacer. Se aburrían, a pesar de que algunos tenían que trabajar durante el verano. Sean ayudaba a su padre varias horas al día e Izzie era monitora en un centro de actividades infantiles. Ni Gabby ni Billy tenían un empleo ese año, ella porque estaba preparando su marcha y él por decisión de Jack y su madre, que querían darle un respiro. También Andy tenía un empleo de verano que le obligaba a trabajar por las mañanas, pero a la hora de comer se pasaba a ver a sus amigos. Su madre le había colocado en un laboratorio en el que nunca le dejaban hacer nada interesante, aunque les impresionaba que fuera a estudiar en la escuela preparatoria para ingresar en la facultad de Medicina, nada menos que en Harvard. A pesar de eso, solo le dejaban sacar la basura o entregar formularios y portapapeles a los pacientes cuando entraban. No bebía tanto como sus dos amigos, que se pasaban la tarde echando un trago tras otro, pero de vez en cuando también lo hacía.

Fue Izzie quien finalmente les llamó al orden a mediados de julio, tildándoles de «panda de fracasados».

—¿Qué haréis cuando estéis en la universidad? ¿Apuntaros a Alcohólicos Anónimos? Os estáis convirtiendo en una panda de borrachos. Estar con vosotros es un rollazo. Solo os dedicáis a beber, a jugar con videojuegos y a compadeceros de vosotros mismos. Me ponéis enferma.

Al decirlo miró directamente a Sean, que bajó la cabeza. Su hermano solo llevaba muerto cinco semanas y todos los demás se mostraban indulgentes con él. Todos excepto Izzie, y Sean sabía que tenía razón. Le devolvió la petaca a Billy sin dar ni un trago por primera vez desde hacía semanas.

—¿Y qué se supone que podemos hacer? —le preguntó este.

—Podríamos ir a la playa —sugirió ella.

—Hace un frío que pela —replicó Billy en tono práctico.

Llevaban varios días con niebla por todas partes. En San Francisco hacía siempre mucho frío en julio y el tiempo solía ser deprimente y gris, lo cual no ayudaba a mejorar los ánimos.

—¿Y qué? Es algo que hacer. Mejor que estar sentados aquí bebiendo sin hacer nada.

Así que al día siguiente, cuando acabaron de trabajar a mediodía, cruzaron el puente de Golden Gate y fueron a Marin. En la playa pública de Stinson comieron hamburguesas y se sentaron en la arena a pesar del viento gélido que soplaba. Sin embargo, al llegar a casa reconocieron que se sentían mejor.

Cuando los demás se marcharon, Izzie se quedó para hablar con Sean:

—¿Estarás bien cuando te vayas a la universidad?

Estaba preocupada por él, más de lo que estaba dispuesta a admitir. Sus padres tenían un aspecto horrible, pero en cierto modo el de Sean era peor. Tenía ojeras y decía que no podía dormir. No paraba de pensar en su hermano y en lo que debió suceder cuando murió. Se estaba volviendo loco.

—Supongo —contestó, aunque no parecía muy convencido.

—Tienes que recuperarte por tus padres —le hizo notar—. Eres lo único que les queda.

Era una pesada carga. Andy y ella habían sido siempre hijos únicos, pero lo eran por decisión de sus padres. En cambio, Sean era el único hijo superviviente, lo cual era mucho peor y más complicado. Sus padres echarían de menos a Kevin el resto de su vida, y Sean quería compensarles. La idea le impedía dormir por las noches.

—¿Estás seguro de que sigues queriendo irte al este? Podrías pedir el traslado a la UCLA y así estarías más cerca de ellos.

Él negó con la cabeza. Ahora tenía más ganas que nunca de marcharse. Ya no soportaba estar en aquella casa, sabiendo que Kevin no estaba en su habitación y nunca volvería a estarlo y oyendo a sus padres llorar constantemente. Estaba deseando dejar aquello atrás. Izzie lo comprendió. Incluso para ella resultaba duro estar entre aquellas cuatro paredes, y eso que no tenía que vivir allí.

Durante las dos semanas siguientes se reunieron a diario después del trabajo. Sean ya no bebía, e incluso Billy, que seguía llevando la petaca llena, se había moderado. Sabía que debía tomarse en serio la universidad.

Él iba a ser el primero en marcharse, a principios de agosto. Tenía que comenzar a entrenar tres semanas antes del inicio de las clases. Gabby iba a abandonar San Francisco el fin de semana siguiente para buscar un apartamento en

Los Ángeles con su madre. Antes de separarse, los cinco amigos cenaron juntos una noche y fueron a la playa. Prometieron telefonearse a menudo e ir a ver jugar a Billy en la Universidad del Sur de California. Volverían a casa para Acción de Gracias, pero después de estar juntos a diario durante trece años parecía que faltasen siglos para entonces.

El día de la marcha de Gabby, Izzie fue a desayunar a su casa. Se dio cuenta de que Michelle había vuelto a adelgazar, pero no dijo nada. Supuso que todo el mundo estaría al tanto: estaba claro que la joven no había superado aún el trastorno alimenticio que padecía, y se preguntó si la ausencia de Gabby mejoraría o empeoraría el problema. Aunque las dos hermanas se llevaban muy bien, era difícil vivir a la sombra de Gabby.

Michelle y ella salieron a la acera y se despidieron entre lágrimas de Gabby y su madre, que conducía una furgoneta. Gabby quería alquilar un piso en West Hollywood y se llevaba la mitad de su ropa y sus posesiones más preciadas. Habían estado buscando en internet apartamentos amueblados de alquiler y querían ver tres de ellos. Una mezcla de tristeza e ilusión la embargó mientras la furgoneta se alejaba. Izzie y Michelle entraron en la casa y charlaron un rato. La joven iba a empezar la secundaria y estaba nerviosa. Después, Izzie se marchó a ver a Andy y, más tarde, se dirigió a casa de Sean. Quería aprovechar el tiempo para estar con sus amigos antes de que también se marcharan.

La madre de Sean estaba vaciando los armarios y lloraba cada vez que encontraba alguna pertenencia de Kevin. Solo habían transcurrido dos meses desde su muerte y la casa parecía una tumba. Connie trataba la habitación de Kevin como si fuera un templo. Nadie había tocado nada de lo que había en ella.

Andy fue el siguiente en marcharse. Su padre volaría

con él a Boston y le ayudaría a instalarse en la residencia de estudiantes en la que iba a vivir. La víspera de su marcha se reunió con Sean y con Izzie, y justo antes de subir al avión le envió a esta un mensaje de texto que decía: «Pórtate bien. Te echaré de menos. Con cariño, A».

Por suerte, Izzie y Sean abandonarían San Francisco el mismo día. Ninguno de los dos quería quedarse atrás. Habría sido demasiado duro.

Izzie cenó con su padre la víspera de su marcha y después fue a despedirse de Sean. Su madre la abrazó con fuerza.

—Cuídate mucho en Los Ángeles —le pidió, muy seria—. En Acción de Gracias quiero veros a todos aquí de una pieza. Y no te enamores el primer día.

—Eso es imposible —respondió Izzie entre risas—. Estaré demasiado ocupada con los estudios.

—Si tienen ojos en la cara, tendrás a todos los chicos de Los Ángeles coladitos por ti.

Nunca se había sentido tan guapa como Gabby, y ninguno de los chicos había mencionado jamás su apariencia. Ni la propia Izzie pensaba en ello. Solo eran amigos. Su madre no le había enseñado los trucos que Judy le explicaba a Gabby para resultar atractiva. Hacía años que nadie la llevaba de compras, por lo que su maleta para Los Ángeles estaba llena de toda su vieja ropa del instituto. A su padre ni siquiera se le había ocurrido renovarla y ella no quería pedir nada. Tenía suficiente.

Connie, sin embargo, llevaba semanas enviando cosas a la residencia de Sean: sábanas, toallas, una almohada, artículos de aseo, dos carteles decorativos, una colcha, una alfombra... Todo era nuevo, igual que había hecho para Kevin cuando se fue a Santa Cruz. Y esta vez hacían falta muchas más cosas, ya que Sean se iba muy lejos. Sus padres temían el momento de su marcha. Le había dicho a su marido unos días antes que tenían que hacer como si los dos chicos estuvieran en la universidad. Le había prometido a Marilyn ayudarla con las gemelas. Daban una cantidad de trabajo increíble, así que eso la mantendría ocupada y entretenida. Marilyn reconocía que se le había olvidado el montón de energía que hacía falta para cuidar de un bebé. Empezaba a sentirse vieja y pensaba que nunca estaría a la altura. Y para colmo, tenía que hacerlo todo por duplicado.

Connie y Mike volaron a Washington con Sean para ayudarle a instalarse. Los O'Hara tomaron el último vuelo de regreso del día siguiente. Temían entrar en la casa silenciosa.

Jeff llevó a Izzie a Los Ángeles y se pasó un día entero instalando en su habitación de la residencia el equipo de sonido, el ordenador y una pequeña nevera. Su compañera de cuarto parecía simpática y ya le había enviado un correo electrónico antes de que se conocieran en persona. Sus padres también estaban allí, y cuando Jeff se marchó las dos chicas fueron a buscar juntas la cafetería, ya que tenían el mismo turno de comidas. Lo siguiente que hizo fue llamar a Gabby, que estaba encantada con su nuevo apartamento en Alta Loma, cerca de Sunset. Izzie fue a verlo ese fin de semana y le pareció demasiado serio para ella. Estaba en un edificio con portero y piscina. El mobiliario era sencillo, pero Gabby había colocado algunas de sus cosas y varios artículos que acababan de comprar.

—¡Pero si ya vives como una estrella de cine! —bromeó Izzie.

Gabby le contó que Billy venía a verla cada noche y que el curso siguiente se iría a vivir con ella. A Judy y Adam les parecía bien. El piso de Gabby era diez veces más grande que la habitación que Izzie ocupaba en la residencia.

Su padre le había regalado un coche nuevo, un precioso Land Rover negro de su concesionario, de donde salían los bonitos coches que siempre conducían Judy y sus hijas. Lo único que Izzie se había llevado a la UCLA era una bicicleta. Su padre no le había regalado un coche; no habría podido permitírselo. Su madre, por su parte, pensaba que era demasiado joven para tenerlo, así que cuando saliera del campus tendría que moverse en taxi y transporte público. También Michelle había recibido un Land Rover ese mismo año, al cumplir los dieciséis. De no haberla querido tanto, Izzie habría envidiado el coche nuevo de Gabby.

La visitó de nuevo al día siguiente, aprovechando que aún no habían empezado las clases. Su compañera de habitación había quedado con unas amigas en la universidad, y el piso de Gabby sería un lugar genial para pasar el rato cuando no tuviera otras obligaciones, e incluso podría hacer allí los deberes. Billy pasaría mucho tiempo entrenando y no podría salir cada noche durante la temporada de fútbol americano, de modo que las chicas tenían previsto pasar tiempo juntas siempre que Gabby estuviera libre. Resultaba emocionante estar lejos de los padres y de las normas de los demás. Se sentían muy mayores.

Esa noche Sean le envió un mensaje de texto desde Washington D.C. Decía que el campus de la universidad George Washington era genial y que ya habían empezado las clases. No había tenido noticias de Andy; tampoco Izzie sabía nada de él. Estaba ocupado con el traslado a la residencia y la adaptación, como todos ellos. Gabby ya había quedado con varios agentes. Si la aceptaban, se inscribiría en una agencia de modelos. Izzie estaba segura de que le dirían que sí: era una chica preciosa. Además, daría clases de interpretación para poder hacer anuncios y quizá incluso una prueba de pantalla para el cine.

Izzie, que había acudido a la universidad un poco antes de lo necesario para consultar con su orientador las materias que le convenía cursar, pasó al día siguiente por el largo proceso de inscribirse en las asignaturas elegidas. Se matriculó en filosofía, psicología y matemáticas básicas, que eran obligatorias, e introducción a la historia del arte. Tras leer los programas de lo que había escogido, comprendió que iba a tener mucho trabajo.

Le gustaba lo que veía mientras paseaba por el campus y miraba a su alrededor. La gente era simpática y los estudiantes le parecían cercanos. La universidad poseía un ambiente de gran ciudad, a diferencia de San Francisco, que era una población pequeña. En algunos momentos se sentía sola sin sus viejos amigos; sería la primera vez desde el parvulario que fuera a clase sin ellos. Pero al menos estaba cerca de Gabby y Billy. Mientras se familiarizaba con su nuevo entorno, la embargó una seguridad en sí misma desconocida hasta entonces y pensó para sus adentros: «¡Muy bien, mundo! ¡Aquí estoy!». Izzie estaba en marcha.

10

El silencio en la casa era mucho peor de lo que Connie esperaba. Mike y ella pasaban las noches solos y deprimidos, sin nada que decirse. No había otras voces, nadie entraba ni salía en todo el día. Los padres del resto de los chicos que se habían marchado también notaban el vacío, pero tras la muerte de Kevin era mucho peor. Seguían sin encontrar al asesino. Hubo una investigación, pero la policía reconoció que ignoraban por completo quién era el culpable. No habían aparecido testigos, así que no habría justicia en la muerte de Kevin O'Hara, lo cual hacía que resultara aún más terrible. Se le partía el corazón al ver a su marido regresar cada noche a casa con la mirada perdida. Mike O'Hara parecía un hombre derrotado, y Connie también se sentía así. Pasaban los días sin vivirlos. Cada hora era una lucha.

Visitaba a Marilyn a menudo. Le encantaba jugar con las gemelas, que ya tenían tres meses y eran unas niñas muy despiertas. Sonreían, se reían y hacían monerías. Sin embargo, por más que se divirtiese cogiéndolas en brazos o ayudando a Marilyn a cuidar de ellas, tarde o temprano tenía que volver a su casa vacía. Aquello la estaba matando, y no tenía la menor idea de cómo arreglarlo. No había una hoja de ruta para lo sucedido ni un manual para aprender a superarlo. Lo único que Mike y ella podían hacer era vivirlo día a día, hora tras hora.

Hablar con Sean a menudo la animaba un poco. El chico percibía desde Washington la tristeza de su madre a través del teléfono. También se comunicaban por correo electrónico, pero ella se inventaba cualquier excusa para llamarle, hasta que un día Sean le pidió que no lo hiciera tan a menudo: siempre le cogía en mal momento, por lo que era preferible que le escribiera. Pero Connie echaba de menos el sonido de su voz y siguió llamándole de todos modos.

Mike mostraba mayor serenidad. Connie admitió ante Marilyn que el dolor por la muerte de Kevin era una realidad casi constante. Con frecuencia preguntaba por Billy, y Marilyn le respondía que le iba bien en la USC. Aunque los entrenamientos resultaban agotadores, estaba aprendiendo mucho y apreciaba al entrenador.

—Al menos está aprendiendo mucho sobre fútbol americano. No sé muy bien qué más hace. Seguramente nada —reconoció Marilyn, compungida—. Y, como era de esperar, pasa mucho tiempo con Gabby.

La joven, que había encontrado su primer trabajo como modelo a través de su recién estrenado agente, telefoneó muy ilusionada a casa para contarlo.

La separación de los chicos entristecía a las dos mujeres. Siempre habían sabido que llegaría ese momento, pero ahora era real.

Un día, Marilyn admitió tímidamente que había olvidado que crecerían. Por lo menos, aún tenía en casa a Brian, que acababa de empezar octavo curso y de descubrir a las chicas. Verle encaprichado por una u otra era como volver a empezar. Su madre comentaba que, desde que se había casado con Jack, Brian tenía un hombre con el que hablar y jugar. Jack era muy buena persona, se portaba de forma maravillosa con las gemelas y la ayudaba en cuanto tenía ocasión. No habría podido arreglárselas sin él. Ahora que Billy se había ido, había dejado de tener noticias de Larry, que ni siquiera trataba de ver a Brian. Por fortuna, el chico estaba muy unido a Jack.

Septiembre fue el mes de adaptación a la universidad. A mediados de octubre, Judy recibió una llamada de Atwood: el orientador de Michelle estaba preocupado por ella. Su anorexia volvía a descontrolarse. Cuando la pesaron en la clínica, Judy se quedó conmocionada. No se había dado cuenta de lo mal que estaba su hija, que siempre llevaba ropa holgada. Con una estatura de uno setenta y cinco, pesaba poco más de cuarenta kilos. Les recomendaron que la hospitalizaran hasta que recuperara algo de peso. Los médicos temían las alteraciones del ritmo cardíaco que solían acompañar a la enfermedad y querían que hiciera terapia grupal a diario en compañía de otras pacientes con trastornos alimenticios.

A su regreso de la entrevista, Judy telefoneó entre lágrimas a Connie y Marilyn para contárselo. Ninguna se sorprendió. Ingresaron de mala gana a Michelle, que protestó y amenazó con fugarse. No podría asistir a la escuela durante las seis semanas que pretendían que permaneciera hospitalizada, hasta el día de Acción de Gracias, cuando volverían a evaluarla. Judy sintió que había fracasado como madre cuando comprendió lo enferma que estaba su hija a pesar de la ayuda que ya había recibido.

En la primera sesión de terapia grupal con presencia de los padres, Michelle aseguró que a los suyos solo les importaba su hermana mayor. Judy y Adam afirmaron, llorando, que no era verdad. También la querían a ella. No era la única historia de ese estilo en el grupo. Connie y Marilyn no lo comentaron con Judy, pero las dos creían que matarse de hambre era el único medio de que disponía Michelle para llamar la atención de su madre. Ahora, por fin, el centro de su mundo era ella y no Gabby, que estaba tan a gusto en Los Ángeles. Aunque le dolía, tuvo que reconocer que a Michelle le convenía estar hospitalizada: en pocos días ya tenía mejor aspecto que en casa.

Judy acudía varias veces al día a visitar a su hija, que había hecho amistad con unas cuantas chicas ingresadas por el mismo problema. Gabby, por su parte, la telefoneaba a diario desde Los Ángeles. Le había pedido disculpas por no haberle prestado más atención antes de marcharse. Sin embargo, Michelle tenía ahora lo que necesitaba, y además entendía a su hermana: sabía lo ocupada que había estado antes de su marcha.

Un día recibió en la clínica la visita sorpresa de Brian. El hermano menor de Billy, que tenía tres años menos que ella, fue hasta allí en autobús. Le dijo que echaba de menos verla por la escuela y que le caía bien, y acabó de justificar su gesto recordándole que sus respectivos hermanos eran novios y amigos desde hacía trece años, justo desde que él había nacido.

—¿Qué somos nosotros dos entonces? —le preguntó la muchacha en tono de broma—. ¿Cuñados?

Era un chico cariñoso y simpático, y consideraba a Michelle una amiga mayor y más sensata. Brian era muy buena persona y lamentaba su larga estancia en el hospital. Era inteligente y buen estudiante, alto para su edad, igual que su hermano Billy. Había madurado a lo largo del último curso y parecía tener mucho más de trece años, tanto en altura como en sensatez. Habló de cuánto apreciaba a su padrastro y a sus hermanas, y le llevó a Michelle una caja de cupcakes. Hacía tres años que no comía nada ni remotamente parecido, desde que empezó a matarse de hambre, pero no quería decepcionarle, así que se los comió. La había conmovido que la visitara y, a pesar de la diferencia de edad, durante sus frecuentes visitas se hicieron muy buenos amigos rápidamente. Él tenía más sensatez de lo que era habitual a su edad.

—Puede que lleguemos a ser cuñados —reflexionó Brian, mordiendo uno de los cupcakes. Siempre le llevaba dulces, que compraba con su paga, y a ella parecían gustarle—. ¿Crees que Gabby y Billy se casarán algún día?

Michelle sonrió al ver la ingenuidad que había en sus ojos. Parecía un hombre, pero solo era un niño.

—Seguramente. Ninguno de los dos ha mirado nunca a otra persona y se quieren con locura. Se comportan como si ya estuvieran casados.

En la terapia de grupo había reconocido que sentía celos de su hermana y de la relación que tenía con Billy. A ella le habría encantado tener novio, pero no se consideraba lo bastante guapa como para gustar a los chicos. A sus dieciséis años nadie la había besado, y se sentía poco atractiva. Sus compañeras de terapia le habían comentado que si ganaba algo de peso resultaría más interesante para el sexo opuesto. Cuando Brian y ella hablaban del concepto que tenían de sí mismos, él admitía que siempre se había sentido inferior a Billy. Como hermanos menores de dos estrellas con las que no podían competir, tenían mucho en común. Ambos eran mejores estudiantes que sus carismáticos hermanos mayores, pero en los demás aspectos ninguno de ellos se sentía a la altura. Y a los dos les consolaba saber que había otra persona con los mismos sentimientos.

Brian se había convertido en un visitante habitual y se

alegró cuando supo que Michelle pasaría en casa el día de Acción de Gracias. La consideraba una hermana mayor y una amiga, y pensaba que sería bueno para ella estar con su familia. Cuando Judy revisó la hoja de visitas de su hija, se sorprendió al ver que el joven había estado allí dos o tres veces cada semana.

—¿Qué ha estado haciendo aquí? —le preguntó, asombrada.

Se llevaban tres años, y no podía imaginar que tuvieran nada que decirse.

—Es un chaval muy majo y simpático, mamá —respondió con sinceridad.

El resto de sus amigos apenas la habían visitado un par de veces, y después estuvieron demasiado ocupados con su propia vida para regresar. Judy comprendió lo que Brian y Michelle habían sentido que tenían en común: los dos habían sido eclipsados por un hermano mayor. Se esforzaba por comprender a su hija, su sensación de decepción con la vida y sus resentimientos ocultos. Si hacerse amiga del hermano de Billy la hacía feliz, ella se alegraba. La amistad de Michelle con Brian contribuía en gran medida a mejorar su vida.

Judy se lo mencionó a la madre de este en su siguiente visita. Marilyn apenas salía de casa, siempre ocupada con las gemelas. Las niñas comían a horas diferentes, y eso complicaba todavía más la situación. Marilyn, que ya estaba enterada de que Brian acudía a menudo a ver a Michelle, reconoció que su hijo lamentaba que su nueva amiga no pudiera salir de la clínica, y añadió:

—Creo que echa de menos a Billy y a Gabby. Michelle se los recuerda. Los dos se sienten solos sin la parejita.

—¡Como todos! —exclamó Judy con melancolía, pensando en su hija—. Tú por lo menos tienes a las gemelas para mantenerte ocupada. Yo no esperaba pasarlo tan mal cuando se marchara Gabby.

Sin embargo, la ausencia de la mayor la ayudaría a establecer un vínculo más estrecho con Michelle. Comprendía que Adam y ella le habían fallado al concentrarse demasiado en Gabby. Judy se había disculpado ante Michelle en una de las sesiones de terapia de grupo. Hablar, llorar y sincerarse les había ayudado a sentirse mejor.

El regreso de los cinco amigos a casa desde sus respectivas universidades para pasar las vacaciones de Acción de Gracias no fue igual de agradable para todos. Sean pasó un mal momento al cruzar la puerta y asimilar de golpe la realidad: su hermano no estaba allí ni lo estaría nunca más. El viernes por la noche, Sean sorprendió a todo el mundo al recibir una multa por conducir bajo los efectos del alcohol, algo muy poco propio de un joven que siempre había sido muy responsable. Sus padres estaban furiosos, pero Connie tenía la impresión de que estaba tratando de ser Kevin, de alimentar su recuerdo, y no sabía cómo abordar el tema con él. Había leído en alguna parte que algunas personas imitaban los malos hábitos de un hermano muerto con objeto de mantenerle vivo.

Connie llamó a la antigua pediatra de la familia para contarle lo ocurrido; esta no se mostró sorprendida. El fallecimiento de su hermano mayor había supuesto una terrible conmoción para Sean, y era de esperar que la exteriorizara de algún modo. La doctora opinaba que con el tiempo se calmaría y volvería a ser él mismo. De todos modos, Connie y Mike le quitaron las llaves del coche y le dijeron que tendría que pagar la multa. Además, debería quedarse en la ciudad después de las vacaciones para presentarse el lunes en la oficina de tráfico. Mike había contratado a un abogado para que intentara conseguir la desestimación de los cargos y evitar que le retiraran el permiso de conducir, pero en la prueba de alcoholemia había dado un resultado de 0,09, superando el límite permitido, así que el asunto no pintaba nada bien.

Sean, profundamente avergonzado por lo ocurrido, se lo contó a los demás el sábado. Izzie le llamó idiota. No podía creerse que hubiera sido tan tonto como para conducir borracho. Todos conocían las consecuencias.

Izzie pasó el resto del día de mal humor; le irritaba que su amigo hubiera corrido ese riesgo. Esa misma noche su vida dio un giro inesperado y muy desagradable: la víspera había acompañado a su padre a casa de Jennifer para celebrar la cena de Acción de Gracias con unos amigos, y el sábado por la noche Jeff le comunicó que ella se mudaba a vivir con él. La inesperada noticia la dejó atónita y horrorizada.

—¿Estás loco? Casi no la conoces, papá. Además, le doblas la edad.

Estaba furiosa, pero su padre parecía hablar en serio y no se dejó convencer.

—No es así —respondió con tristeza, y se sinceró con ella—: Me siento muy solo sin ti, y ya hace mucho que tu madre se marchó.

—¿Vas a casarte con ella? —le preguntó, asustada.

—No lo sé. No lo hemos hablado. Por lo menos, todavía no. Creo que vivir con ella será suficiente. Ahora mismo no estoy preparado para nada más.

—¿Y si no te gusta? ¿Cómo te las arreglarás para que se vaya?

—No es una okupa. Es una mujer que sale conmigo y que me gusta de verdad. La primera en mucho tiempo.

Sean no le prestó atención cuando se lo contó. Estaba demasiado disgustado por la multa y sus posibles consecuencias si la cosa llegaba a juicio. Se sentía como lo que era: un absoluto idiota.

Tampoco las cosas fueron cómodas para Gabby ese fin de semana cuando su hermana le dijo durante una discusión que estaba cansada de vivir siempre a su sombra y de que la trataran como si fuera invisible mientras ella era la protagonista y siempre se salía con la suya. Michelle parecía haber encontrado su propia voz gracias al programa posterior al tratamiento, y estaba siendo mucho más asertiva, lo que supuso una sorpresa para el resto de la familia, sorpresa que aumentó cuando Gabby vio llegar al hermano menor de Billy.

—¿Qué está haciendo Brian aquí? No es más que un crío —le preguntó a su madre.

Todavía estaba molesta por las palabras de Michelle, pero que las hubiera dicho era una clara señal de mejoría.

—Michelle y él se han hecho amigos. Cuando estaba ingresada iba a visitarla varias veces por semana. Es un chaval muy agradable.

Ella lo sabía, pero se le hacía raro verle con su hermana menor. Él era demasiado joven, por muy maduro que pareciese.

Llevaba tres meses en Los Ángeles y las cosas habían cambiado. Todos tuvieron la misma impresión cuando volvieron a casa. Sus padres empezaban a adaptarse a su ausencia y, aunque les habían echado de menos, comenzaban a establecer nuevas rutinas.

Billy tuvo que regresar a Los Ángeles después del día de Acción de Gracias. El domingo jugaba un partido que sus amigos verían por televisión, salvo Gabby, que volaría de vuelta el sábado para poder asistir en persona.

El fin de semana transcurrió demasiado rápido, y el domingo por la noche volvía a reinar un doloroso silencio en todos los hogares. Solo Sean se quedó hasta el lunes para presentarse en la oficina de tráfico. Para su alivio le impusieron una multa muy elevada y le reprendieron con severidad, pero no le obligaron a acudir a clases para conductores borrachos ni le retiraron el carné, habida cuenta de que era la primera vez y de que su abogado explicó que habían sido unas fiestas difíciles para él tras el reciente fallecimiento de su hermano. Regresó a Washington D.C. esa misma tarde con las orejas gachas.

Connie y Marilyn hablaron de ello el martes, mientras bañaban a las gemelas.

—De repente, Sean parece mucho más mayor e independiente. Salvo por lo de la multa, claro. Mike se puso hecho una fiera. Pero, aparte de eso, ahora parece mucho más adulto —comentó su madre con cierto alivio.

Tras la muerte de su hermano, Sean parecía ir por mal camino; sin embargo, a pesar del resbalón del fin de semana, había recuperado el rumbo. Mike y ella habían pasado una angustiosa fiesta de Acción de Gracias, la primera sin Kevin.

—Billy también parece más responsable —reconoció Marilyn.

Daphne le sonrió, disfrutando del baño. En las vacaciones, Billy la había ayudado por primera vez con las gemelas.

—¡Qué suerte tienes con las niñas! —comentó Connie con una envidia sana—. Te mantendrán joven.

—No creo —replicó con una carcajada—. Hace cinco meses que no duermo de un tirón, y aparento unos seiscientos años.

Le pareció que su amiga llevaba un poco mejor lo de Kevin, pero no quiso preguntar. Sabía que, como cabía esperar, la cena de Acción de Gracias había sido difícil. En lugar de prepararla ella, como siempre, habían preferido ir a casa de unos parientes de Mike.

—Será bonito tenerles a todos aquí por Navidad —dijo Connie en tono melancólico—. Les echo de menos.

Echaba muchísimo de menos a Sean, y añoraba sus conversaciones con Izzie y con Andy, y ver a Billy subir las escaleras de su casa de dos en dos, seguido de Gabby. Les añoraba a todos. Seguía sin poder creerse que Kevin no fuera a volver a casa nunca más. Sabía que tardaría toda la vida en asimilar que se había marchado para siempre.

11

Como estaba previsto, los chicos volvieron a casa por Navidad, unos antes que otros según el calendario de sus universidades. Al regresar encontraron sus hogares decorados para las fiestas, con luces colgadas en la fachada y un árbol de Navidad ya montado en el salón.

Connie había decorado su árbol ella sola, a lo largo de una mañana en la que no había dejado de llorar. Mike ni siquiera lo miraba. Solía instalar luces en el exterior de la casa, pero esta vez no tuvo fuerzas para hacerlo, y tampoco ayudó a su mujer con el árbol, pero ella quería tenerlo decorado para cuando llegase Sean.

Los Weston instalaban un bonito árbol artificial cada año, diseñado por su floristería habitual, con unos adornos preciosos. Andy sabía lo que podía esperar, pero siempre había preferido los árboles auténticos, torcidos y menos elegantes de las casas de sus amigos, sobre todo la de Billy.

Marilyn y Jack tiraron la casa por la ventana. Era la primera Navidad de las gemelas y tenían mucho que celebrar. Brian ayudó a su padrastro con las luces e incluso pusieron renos en el tejado y un Santa Claus iluminado en el jardín delantero. Sabían que era cursi, pero les encantaba. Y a sus amigos también.

Como cada año, Judy encargó un árbol con copos de nieve que decoró en dorado y plata para sus hijas y colgó en la puerta una corona blanca. Estaba de muy buen humor, y no le faltaban motivos: se había operado los ojos justo antes de Navidad, y tanto ella como Adam estaban muy satisfechos con el resultado. Además, su nuevo Jaguar llegó la semana antes de Navidad. Por si eso fuera poco, Michelle se encontraba mucho mejor y Gabby era una de las candidatas preseleccionadas para participar en una campaña publicitaria nacional de una línea de cosméticos que le reportaría mucho dinero si era la elegida. Su carrera como modelo estaba en marcha, y se había matriculado en unas clases de interpretación que empezarían en enero.

Brian seguía visitando a Michelle a menudo. Ahora que le habían dado el alta, la chica tenía mejor aspecto e iba bien en los estudios. Parecía menos estresada e incluso se alegró de que Gabby volviera a casa. Le sorprendió descubrir que la echaba de menos. La presencia de la hermana que había acaparado la atención de su madre durante toda su vida ya no resultaba tan amenazadora ahora que había aprendido a expresarse y estaba desarrollando su propia personalidad. Brian y ella lo comentaban a menudo, ya que él había pasado toda su vida a la sombra de Billy. Era difícil estar a la altura de su hermano mayor.

Desde que estaba en la universidad, Billy había jugado en todos los partidos, a pesar de que era su primera temporada. El equipo, que había perdido a su quarterback estrella por una lesión, le necesitaba desesperadamente. Fue un golpe de suerte para Billy, y todas las familias que le conocían le seguían ahora en televisión. En enero jugaría una importante final en el estadio Rose Bowl al que Gabby tenía previsto asistir con sus padres; Sean y los O'Hara irían también, y Jack y Marilyn llevarían a Brian.

Ahora la vida de Gabby parecía mucho más adulta que la de Izzie. Tenía un apartamento, acudía a castings para trabajos de modelo y estaba centrada en su carrera profesional. Ya no tenía que preocuparse por exámenes parciales o finales, asignaturas ni deberes. Había entrado en el mundo real, y Billy estaba deseando hacer lo mismo. Consideraba la universidad un trampolín hacia su objetivo definitivo, jugar en la Liga Nacional de Fútbol Americano.

Billy tenía que disputar un último partido antes de las vacaciones de Navidad y volvería a casa solo. Izzie y Gabby volaron desde Los Ángeles juntas y compartieron un taxi del aeropuerto a la ciudad.

Gabby le deseó suerte a su amiga, que no podía ocultar su desánimo al bajarse la primera del taxi. Jennifer se había ido a vivir con su padre justo después de las vacaciones de Acción de Gracias, y sería la primera vez que la encontraría en casa desde el trascendental acontecimiento. Se preguntó si todo sería distinto o si nada habría cambiado. Jennifer le caía bien, pero no quería pasar por lo mismo que Billy si su padre se casaba algún día o tenía más hijos. Le gustaba su vida tal como era.

Se despidió de Gabby con la mano mientras el taxi se alejaba, giró la llave en la cerradura y entró en la casa en la que había vivido desde el día en que nació, primero con sus padres y luego solo con Jeff. Al principio no notó ninguna diferencia, pero luego se dio cuenta de que habían cambiado de sitio el sofá, el escritorio de su padre estaba ahora frente a una ventana y los libros que ocupaban las librerías también habían variado su disposición. Había una nueva butaca reclinable de cuero y flores en todas las mesas. Además, los adornos del árbol de Navidad eran diferentes. Al aproximarse, vio que ese año no habían colgado ninguno de los que habían sido sus favoritos desde la infancia y que habían comprado otros nuevos. Al entrar en su dormitorio, aunque todo estaba igual, se sintió desplazada, como una extraña en su propia casa. Dejó su bolsa de viaje en el suelo y se sentó en la cama buscando también allí señales de invasión, pero no había ninguna.

Seguía sentada cuando recibió un mensaje de Sean anunciándole que salía de Washington en mitad de una ventisca y que la llamaría al llegar a casa, aunque fuese muy tarde. Ella le deseó un vuelo agradable y añadió que acababa de llegar y que la casa se le hacía rara. Él no respondió, e Izzie supuso que ya estaría en el avión.

Cayó de pronto en la cuenta de que no tenía ningún regalo para Jennifer y por la tarde fue de compras a Fillmore Street. Se decidió por un jersey de Marc Jacobs y un libro de fotografías de Cuba que simplemente le gustó. Cuando regresó se fue derecha a su habitación. Se le hacía extraño sentarse en el salón, como si la casa hubiera dejado de ser suya para ser de otra persona.

Cuando oyó entrar a Jennifer por la tarde se quedó tumbada en la cama sin moverse ni hacer ningún ruido. No quería verla todavía, pero al cabo de un momento se abrió la puerta. Jennifer se sobresaltó; no esperaba encontrarla allí.

—Ah... estás en casa... Solo venía a comprobar que todo estuviera limpio y ordenado aquí dentro y a encender las luces. ¿Estás bien?

—Sí —respondió, incorporándose con expresión avergonzada. Estaba escondida, y le pareció que Jennifer se había dado cuenta—. Solo estoy cansada del viaje.

—¿Tienes hambre?

Jeff le había dado una lista de los alimentos favoritos de Izzie y los había comprado todos. Intuía lo que sentía la joven. Ninguna mujer había vivido en la casa desde que se marchó su madre, cinco años atrás. Era un gran cambio, y en su propio territorio. Además, estaba acostumbrada a tener a su padre solo para ella.

—Acabo de comprar queso y una barra de pan, y también el paté que me dijo tu padre que te gustaba —añadió, franca y esperanzada, pero a Izzie le entraron ganas de salir corriendo.

—No, gracias. No tengo hambre. Esta noche voy a salir con unos amigos.

No era verdad, pero no sabía qué decir. Lo único que sabía era que no quería estar en casa. Gabby le había dicho que esa noche su familia iba a ver *El cascanueces*, así que no podía ir allí. Además, aún no había llegado ninguno de los chicos. Se sentía estúpida al portarse de forma tan poco amistosa con Jennifer, pero era una intrusa en su casa. Sabía que su padre quería vivir con ella y, a pesar de que trataba de mostrarse razonable, no podía evitar sentirse traicionada.

Siguió a Jennifer hasta el salón y la encontró poniendo sobre la mesita baja la clase de revistas que creía que le apetecería leer a Izzie. Enseguida distinguió dos que le gustaron, pero no quiso tocarlas y se situó junto al árbol de Navidad. Entonces se volvió hacia ella con expresión acusadora.

—¿Qué ha pasado con todos nuestros adornos?

—Tu padre los ha guardado en unas cajas en el sótano y hemos comprado otros nuevos. Los de antes estaban muy viejos.

Era cierto, pero le encantaban. Al contemplar el árbol se sintió como una niña; echaba de menos los viejos adornos estropeados que había tenido desde la niñez. Aunque los nuevos eran bonitos, no eran los mismos.

—Si quieres podemos traerlos —añadió Jennifer, nerviosa.

Llevaba puestos unos tejanos, unas botas y un jersey negro que resaltaba su figura. Su cabello largo y oscuro estaba brillante. No podía negarse que era guapa y que no aparentaba sus años. Parecía más una muchacha de su edad que una mujer de treinta y nueve. Practicaba yoga a diario y estaba en muy buena forma. Se sentó en la butaca reclinable y miró a Izzie, que no pudo evitar percatarse de que parecía muy a gusto allí. La nueva butaca era suya.

—No hace falta —respondió Izzie, y se sentó incómoda en el sofá, de cara a ella.

Jennifer decidió sacar el tema, a sabiendas de que si no lo hacía iban a pasar una semana muy complicada hasta que la joven volviera a Los Ángeles.

—Ya sé que esto es difícil para ti —empezó con dulzura—. Yo pasé por algo muy parecido. Mi madre murió cuando yo tenía quince años y me quedé sola con mi padre. Se enamoró de la mejor amiga de mi madre y se casaron un año después. Ella tenía dos hijos más pequeños que nunca me habían caído demasiado bien, y juntos tuvieron otros dos. Al principio yo no lo soportaba y la odiaba, aunque siempre me había caído bien cuando mi madre estaba viva. Durante algún tiempo estuve muy cabreada con mi padre. Me fui a la universidad tan lejos como pude, pensando que nunca volvería a casa. Sin embargo, con el tiempo comprendí que se querían y que ella se portaba estupendamente con mi padre, y ahora nos llevamos muy bien. No es mi madre ni intentó serlo nunca, pero es una persona maravillosa, y una de sus hijas es mi mejor amiga. Y también quiero a mis hermanastros. De pequeños eran un peñazo, pero son muy divertidos. Aunque mi padre murió el año pasado, sigo yendo a verles siempre que puedo.

—¿Mi padre y tú vais a casaros y a tener hijos? —preguntó Izzie, hecha un manojo de nervios.

—No lo sé, puede que no. Ahora mismo no queremos nada más —reconoció, aunque solo hablaba por sí misma. Jeff llevaba algún tiempo insinuando la posibilidad de establecer una relación duradera, pero ella no se sentía preparada—. Creo que perder a mi madre siendo tan joven me volvió un poco reacia a comprometerme con nadie. Nunca he querido casarme ni tener hijos. Creo que pensaba que si me encariñaba demasiado con alguien, se moriría.

Estaba siendo muy sincera con Izzie, y esta la miró a los ojos con franqueza.

—Eso es triste. Aún no eres demasiado mayor para tener hijos. Nunca pensé que mi padre quisiera tener más hijos, pero puede que sí quiera.

—No lo hemos hablado. Solo estamos viviendo juntos, y por ahora es suficiente. De todas formas, haga lo que haga tu padre, conmigo o con otra persona, tú siempre serás su hija, alguien muy especial en su vida.

—También tú eres especial para él —murmuró.

—Y él es especial para mí —contestó Jennifer con una sonrisa—. Somos tres personas muy especiales bajo un mismo techo. ¿Crees que podemos lograr que tú también estés cómoda aquí? Al fin y al cabo, esta es tu casa.

—Es posible.

Seguía sin estar segura, aunque debía admitir que Jennifer se estaba esforzando mucho. No podía evitar sentir que aquel ya no era su sitio. Sin embargo, llevaban saliendo algún tiempo, y comprendía que era lógico que las cosas fueran a más. Aun así, esperaba que aquello nunca sucediera. Por lo menos no se habían casado, y de momento Jennifer no parecía tener ganas de hacerlo. Quizá ella también pensara que, a sus cincuenta y seis años, su padre era demasiado mayor; no para salir, pues seguía siendo un tipo atractivo, pero sí para casarse con una mujer diecisiete años más joven y fundar una familia. Era un padre fantástico para ella, pero no podía imaginárselo con unos bebés.

—Bueno, ¿qué opinas? —preguntó Jennifer con dulzura—. ¿Puedo hacer algo para facilitarte las cosas?

Izzie sonrió. Le entraron ganas de contestar: «Sí. ¡Vete a tu casa!». Pero no lo hizo. Apreciaba sus esfuerzos por facilitar la comunicación entre ambas. Tampoco debía ser sencillo para ella, y lo que le había contado sobre su madre y su madrastra resultaba conmovedor.

—Supongo que con el tiempo me acostumbraré a los cambios —reconoció con generosidad—. Me gusta la butaca nueva, y las flores quedan muy bien.

Había pequeños detalles suyos por todas partes.

—¿Verás a tu madre en Navidad?

Sabía que no se veían mucho. Nueva York era ahora la base de operaciones de Katherine, que viajaba más que nunca. Su instinto maternal no había llegado a desarrollarse, y la trataba como si fuera la hija de otra persona.

—No, está en Londres. Dentro de unas semanas viajará a Los Ángeles por trabajo y entonces cenaremos juntas.

Jennifer asintió con la cabeza en silencio. No quería criticar a la madre de la chica, pero lamentaba que Izzie nunca hubiera tenido en su vida a una figura femenina importante, solo a su padre. Eso hacía de ella una amenaza mucho mayor de lo que habría sido en otras circunstancias.

—En fin, voy a poner un poco de queso y paté en un plato.

Se dirigió a la cocina y al cabo de unos minutos Izzie la siguió.

Sobre la mesa había un plato de queso adornado con uvas. El paté ocupaba otro plato, y en una cesta envuelta en una servilleta de cuadros rojos y blancos descubrió unas rebanadas de pan. Casi sin darse cuenta, Izzie se había comido la mitad del paté, había probado dos de sus quesos preferidos y estaba sentada charlando con Jennifer de su compañera de cuarto y de los problemas que tenía con ella. Trataba de decidirse entre pedir que la cambiaran o esperar al curso siguiente y buscarse su propio apartamento. Se había planteado la posibilidad de compartir piso con Gabby, pero Billy pasaba mucho tiempo allí y no quería vivir con él. Eran decisiones importantes en su vida, y Jennifer le sugirió que pidiera un cambio de habitación cuando volviera. ¿Por qué ser desdichada hasta junio con una compañera de cuarto que le caía mal?

Seguían hablando cuando entró Jeff, media hora más tarde, que se alegró de encontrarlas en la cocina. Izzie se levantó de un salto nada más ver a su padre y le echó los brazos al cuello. Él la abrazó con fuerza y, por encima del hombro de su hija, sonrió a Jennifer, que le hizo un gesto con la cabeza. Pensaba que las cosas iban bien, mejor de lo esperado, y estaba dispuesta a ser paciente mientras Izzie se acostumbraba a su presencia allí.

Cenaron los tres juntos en la cocina. Jennifer había comprado dos pollos asados y Jeff preparó una ensalada y su pasta especial, que era el plato favorito de Izzie. Tomaron helado de postre, y luego se sentaron en el salón para admirar el árbol. Con el resto de las luces apagadas y el abeto iluminado, de pronto parecía Navidad. Su padre puso un disco de villancicos y pasaron un buen rato allí sentados, Jennifer en la cómoda butaca reclinable y Jeff e Izzie en el sofá, uno al lado del otro. Jennifer tuvo la delicadeza de no acercarse mucho y darles el tiempo que necesitaban para estar juntos. Era evidente cuánto se querían y cuánto idolatraba Izzie a su padre.

Finalmente la joven subió a su habitación y dejó que la pareja conversara. Acababa de ponerse el camisón cuando recibió un mensaje de Sean anunciándole que ya estaba en casa. Sonrió para sus adentros al leerlo y respondió de inmediato: «Yo también». Al apagar la luz y meterse en la cama supo que así era. Al fin y al cabo, no había cambiado gran cosa; solo un poquito, y tal vez para mejor.

12

A todas las familias les ilusionaba tener a sus hijos de vuelta para las fiestas. Sus casas cobraron vida.

Los O'Hara absorbieron como esponjas la visita de Sean; estaban encantados de verle y disfrutaron de su compañía, así como de tener a sus amigos entrando y saliendo de la casa. Mike y Billy hablaron de fútbol americano. El padre de Sean había visto todos los partidos de la USC y tenía previsto ir a Los Ángeles con su hijo y su mujer para verle jugar en el estadio Rose Bowl.

Charlaron sobre los distintos partidos de la temporada y de la suerte que tenía de poder jugar a pesar de llevar tan poco tiempo en la universidad. Hasta el momento, su breve carrera como quarterback iba viento en popa. Mike no tenía ninguna duda de que Billy iba a desarrollar una gran carrera en el fútbol americano. Todo el mundo estaba orgulloso de él.

En casa de los Thomas, Michelle y Gabby hicieron una lista de las actividades que querían hacer juntas, y el hogar de los Norton rebosaba vida y entusiasmo gracias a la presencia de Billy, la emoción de Brian al verle y las gemelas manteniéndoles a todos ocupados. Y, sobre todo, los Cinco Grandes estaban exultantes de alegría ante la perspectiva de pasar una semana juntos. Se habían echado mucho de menos.

Marilyn y Jack organizaron una fiesta de Navidad a la que invitaron a jóvenes y adultos. Los O'Hara se queda ron poco rato; no estaban para muchos festejos, pero Judy y Adam acudieron con Gabby y Michelle, y Billy no se separó de su novia en toda la fiesta. Andy llegó con su madre, ya que su padre estaba recluido trabajando en un nuevo libro, y Jeff llevó a Jennifer y a Izzie. Marilyn le comentó más tarde a Connie que Jennifer le parecía muy guapa y que era muy agradable con Izzie, aunque a esta no le hiciera gracia que su padre y ella vivieran juntos y temiese que se casaran y tuvieran hijos. Pese a ello, estaba dispuesta a admitir que la novia de su padre era simpática.

Los O'Hara les prestaron su casa de Tahoe entre Navidad y Año Nuevo para que esquiaran en Squaw Valley. Billy volvería a Los Ángeles para entrenar antes del partido en el Rose Bowl, aunque subiría un día a las pistas. Los demás pasarían la semana en Tahoe, y Sean había invitado a algunos amigos más, casi todos chicas. Mike y Connie confiaban en ellos. Además, nunca había sucedido nada problemático estando en la casa.

Los chicos, felices, llenaron dos furgonetas de gente, esquís y equipaje y pusieron rumbo a Tahoe. Era una casa grande con espacio para todos ellos y un dormitorio común donde podrían descansar. Formaban un grupo muy animado y todo el mundo colaboró en la preparación de la cena. La única condición que habían puesto los O'Hara era que no hubiera bebida, y todos se comprometieron a cumplir esa norma. Billy les enseñó la petaca que llevaba en el bolsillo y Sean le pidió que la guardase. No había vuelto a beber desde la multa.

Por las noches se sentaban en torno a la chimenea y hablaban de la universidad y de sus respectivos compañeros de habitación. Una noche, Izzie y Andy se enzarzaron en una larga conversación sobre Harvard. Andy estaba encantado y opinaba que ella debía pedir el traslado. Sin embargo, a Izzie le agradaba la Universidad de California en Los Ángeles y quería quedarse allí. Además, le gustaba que Gabby y Billy estuvieran cerca; era como tener familia en la misma ciudad. Andy le contó lo duro que era el curso preparatorio de medicina. No obstante, en ningún momento había pensado en hacer algo diferente, del mismo modo que Billy siempre supo que quería jugar al fútbol americano. Era lo que sus padres esperaban de ellos.

La madre de Izzie seguía queriendo que estudiase derecho, pero ella ni siquiera se lo planteaba. Le gustaba la asignatura de psicología que estaba cursando y barajaba la posibilidad de estudiar esa carrera. Por recomendación de su orientador, para el siguiente semestre estaba matriculada en psicología anormal, materia que le parecía interesante, aunque un tanto aterradora. Su orientador le había dicho que le gustaría la asignatura. Aún no se había decidido por ninguna especialidad. Lo que de verdad quería era trabajar con los indigentes durante un verano en un país en vías de desarrollo o hacer prácticas después de la universidad. Al igual que a su padre, le encantaba ayudar a la gente, aunque todavía no había decidido cómo ni a quién.

La noche siguiente, Andy y ella siguieron hablando después de que los demás se fueran a dormir. Encontraron una botella de vino en un armario de la cocina y, pese a las normas, decidieron beber un poco. Sean había traído a una compañera de clase con la que quería empezar a salir. Era campeona de esquí y todo el mundo decía que tenía un cuerpo fantástico. Aunque dormía en el dormitorio común con otras chicas, Sean esperaba que surgiera algo con ella a lo largo de la semana. De momento, las cosas parecían ir por buen camino. Esa noche, después de cenar, Izzie había visto que Sean la besaba en el pasillo, pero aún no había ocurrido nada más.

—¿Y qué? ¿Aún eres virgen? —le preguntó Izzie a Andy con expresión maliciosa mientras se acababan la copa de vino prohibida y, por lo tanto, un poco más emocionante—. ¿Hay tías buenas en Harvard?

Solo bromeaba a medias. Aunque era uno de sus mejores amigos, siempre le había parecido atractivo. Sin embargo, nunca había querido estropear su amistad, y seguía sin desear hacerlo.

—Tiene gracia que lo preguntes —respondió él muy serio, y luego se echó a reír—. ¡Sí que lo soy, maldita sea! Tengo demasiados deberes. No me queda tiempo para el sexo ni para las relaciones si quiero seguir teniendo buenas notas.

—¡Qué lástima! A mí tampoco me ha ido demasiado bien en ese aspecto. No hay mucha vida universitaria en un campus urbano. Ni siquiera he salido con nadie desde el verano, aunque mi compañera de cuarto ha resultado ser un putón capaz de tirarse a cualquier cosa que lleve pantalones. —Izzie todavía no había tenido ninguna relación seria, y su virginidad empezaba a parecer un estado permanente—. ¿Sabes? Quizá deberíamos ocuparnos de esta situación juntos. Yo quiero librarme de mi virginidad y tú también. Puede que eso nos dé un aura de sofisticación —sugirió tras la segunda copa de vino.

Llevaban ya media botella, y debido a la altitud les había afectado más de lo que creían. Izzie bizqueaba un poco mientras trataba de enfocar con la vista a Andy, que la miraba asombrado. Estaba muy sexy y guapa con el pelo suelto. Siempre le había parecido fantástica, pero hasta entonces la había considerado como una hermana.

—¿Hablas en serio?

Al principio creyó que bromeaba, pero enseguida se dio cuenta de que no era así. Pensar en lo que estaba sugiriendo le excitó más de lo que esperaba.

—Claro. ¿Por qué no? ¿Y si resulta que nos gustamos? No solo como amigos, quiero decir. A lo mejor tenemos una habilidad natural y nos va genial en la cama. Además, toda la gente consigue rollo menos nosotros. —Eso no era del todo cierto, y ambos lo sabían. Sean también seguía siendo virgen, al menos cuando se marchó a la universidad a finales de agosto, y no les había informado de ningún cambio en su situación. Sin embargo, Billy y Gabby tenían relaciones sexuales desde los quince años, y la mayoría de las compañeras de clase de Izzie habían perdido la virginidad uno o dos años atrás—. Tú y yo debemos ser los únicos habitantes de este planeta que jamás han disfrutado los placeres de la carne —dijo con una mirada lasciva mientras daba un sorbo a su tercera copa de vino.

Andy acababa de terminarse la segunda. A sus ojos era sexy y muy guapo, y no podía evitar sentirse atraída por él.

—¿Qué estás sugiriendo?

Andy ocupaba la única habitación individual de la casa; no la compartía con nadie, ya que en realidad era un cuarto de servicio. Izzie señaló vagamente en esa dirección. Ella estaba en el dormitorio común, así que no era una opción. Y antes de que ninguno de ellos pudiera reconsiderarlo, Andy la ayudó a levantarse, cogieron el vino y las copas y se dirigieron sin hacer ruido hasta la habitación. Andy notó de pronto como si todo su cuerpo vibrase, e Izzie le siguió zigzagueando, con paso inestable y una risita tonta. No sabía qué esperar la primera vez, aunque confiaba en que no fuese demasiado doloroso. Algunas amigas le habían contado historias terroríficas, aunque otras se mostraban más positivas.

—No tengo preservativo —recordó Andy, desesperado.

Estaban casi a oscuras después de cerrar la puerta de la minúscula habitación. Andy contempló la cara de Izzie a la luz de la luna; estaba preciosa. No pensaba desperdiciar aquella oportunidad y despertar a uno de los otros para pedirle un preservativo. Siempre había pensado que Izzie, con sus grandes ojos castaños, sus rasgos perfectos y su largo y ondulado cabello castaño, era muy guapa, y ahora se le estaba ofreciendo. Mil puertas se abrieron en su imaginación mientras ella se bajaba la cremallera de los tejanos.

—Confío en ti —dijo ella con sencillez mientras empezaba a quitarse la ropa, y hablaba en serio.

Andy se despojó de los tejanos. Tenía unas piernas largas y musculosas, y un cuerpo que nunca sería mejor que en ese momento. Izzie se pasó el jersey por encima de la cabeza y se desabrochó el sujetador. Sus pechos pequeños y perfectamente redondos, de color crema, relucieron como la nieve a la luz de la luna. Andy los cubrió con sus manos. Se metieron juntos en la cama y acabaron de desnudarse. Tuvo una tremenda erección mientras acariciaba el cuerpo de Izzie. La muchacha se preguntó qué sensación experimentaría cuando estuviera dentro de ella, pero intentó no asustarse y cerró los ojos. Andy buscó a tientas entre sus piernas. Había tenido escarceos con otras chicas, pero nunca había llegado tan lejos. Antes de que pudiera parar o decirle algo más estaba dentro de ella. Jamás había sentido algo tan increíble. Al cabo de unos instantes se percató de que ella boqueaba, dolorida, pero ya no pudo detenerse. Fue brusco y rápido, y acabó muy pronto. Después la abrazó unos momentos, preguntándose si estaría arrepentida. Él no lo estaba. Había sido espectacular, y tenía ganas de decirle que la quería. Entonces la miró a la cara y vio que parecía asombrada. Se había hecho sangre en el labio al mordérselo para no gritar.

—¿Te he hecho daño? —preguntó, preocupado.

—¡No, qué va! Todo el mundo dice que es más fácil la segunda vez.

Izzie le atrajo hacia sí y permanecieron largo rato abrazados a la luz de la luna. Andy deseaba volver a hacerle el amor, pero no quería hacerle daño.

—¿Te arrepientes? —se atrevió a susurrar por fin.

—Claro que no —contestó ella en tono firme y seguro. Sin embargo, se preguntaba por qué le había parecido tan buena idea cuando empezaron a beber. Izzie siempre le había querido, pero no estaba enamorada de él. Ahora estaba segura. Quizá hubiera sido una buena prueba, pero sabía que esa noche habían iniciado algo complicado; él estaría mucho tiempo ausente, primero en el curso preparatorio y más tarde en la facultad de Medicina—. ¿Te arrepientes tú? —le preguntó en la oscuridad.

—¿Cómo voy a arrepentirme? —dijo él, sonriéndole—. Creo que siempre he estado enamorado de ti.

Pero ella no, y seguía sin estarlo. Le quería como amigo, como un hermano, y al acostarse con él tenía la impresión de estar cometiendo incesto. No solo había perdido su virginidad; había cometido un error y lo sabía.

—Será mejor que vuelva —dijo Izzie poco después.

No quería que los demás la vieran salir de aquella habitación por la mañana. Andy tampoco lo deseaba. Quería protegerla, y lo que habían hecho no era asunto de nadie. Se levantó para acompañarla hasta el dormitorio común. De pie, desnudo a la luz de la luna, parecía un joven dios griego. Izzie no era en absoluto insensible a su belleza y le habría gustado estar enamorada de él, pero no era así.

Le aterraba la posibilidad de quedarse embarazada, ya

que no habían usado preservativo. No tenía miedo de contagiarse de ninguna enfermedad, solo de tener un bebé, pero ese temor era más que suficiente. No podía pensar en otra cosa.

—No me acompañes —susurró.

Andy la besó. Izzie se vistió, y al marcharse se llevó el vino y las copas. Paró en la cocina para vaciar los últimos restos en el fregadero y esconder la botella en el cubo de la basura. Tras fregar las copas y guardarlas, se dirigió de puntillas hasta el dormitorio común y, sin despertar a nadie, entró en el baño, donde volvió a desvestirse y se puso el camisón después de limpiarse la sangre de las piernas. Pensaba en Andy y en lo que ocurriría ahora. Un embarazo sería devastador para los padres de ambos, sobre todo para los de él, aunque los suyos tampoco estarían precisamente contentos. Ni siquiera era capaz de pensar en la relación que podían o no podían tener; solo tenía en la cabeza el bebé que arruinaría su vida. Andy acababa de cumplir los diecinueve y tenía diez u once años de estudio por delante, y ella solo tenía dieciocho. Se metió en la cama y se tapó hasta la barbilla. Intentó recordar cómo había sido hacer el amor con Andy y descubrió que en realidad quería olvidarlo. Le habría gustado salir flotando de allí y volar hasta alguna playa donde pudiera estar sola. Todo le daba vueltas y cerró los ojos, un poco mareada. Al cabo de unos momentos se durmió profundamente.

Izzie no volvió a ver a Andy hasta la mañana siguiente. La chica que había llevado Sean estaba ayudándoles a él y a Gabby a preparar el desayuno. Hablaba mucho y era un poco atolondrada; a nadie le caía demasiado bien. Parloteaba en voz alta cuando entró Izzie con cara de haber pasado muy mala noche. Tenía un terrible dolor de cabeza y entornó los ojos para protegerse de la intensa luz de la mañana. El vino y la altitud le habían pasado factura. Nada más despertar había recordado lo ocurrido la víspera. A Andy le había sucedido lo mismo. El chico entró en la cocina como si fuera el rey del universo y le sonrió a Izzie.

—Hola —saludó ella distraídamente, y fue a sentarse con una taza de café entre las manos.

—¿Te encuentras bien? —le preguntó él, solícito.

Nadie se dio cuenta. Siempre se trataban con amabilidad y aquella mañana no era diferente, salvo para ella. Quería decirle que estaba segura de haberse quedado embarazada. Había oído historias de chicas que se preñaban la primera vez que hacían el amor. Nueve meses más tarde la madre de Andy estaría atendiendo su parto. La cabeza le daba vueltas con solo pensarlo y, desde luego, la resaca no ayudaba.

—Me duele la cabeza —murmuró, sin más explicaciones.

Andy asintió. A él también le dolía, pero le daba igual. Estaba demasiado entusiasmado por lo que habían hecho y por sus sentimientos hacia ella. Le parecía estar levitando. En cambio, Izzie se sentía como si anduviese por ahí a cuatro patas, y le habría gustado hacerlo literalmente. Su ánimo no estaba para levitaciones.

Andy se sirvió un desayuno enorme y se sentó a la mesa de la cocina con los demás. Gabby empezó a aplicarse protector solar en la cara a fin de prepararse para un día de esquí. No podía permitirse un extraño bronceado que la perjudicara en los castings. Cuidarse la piel era un hábito en ella y se hacía frecuentes limpiezas de cutis, igual que su madre.

El sol brillaba con fuerza y la nieve presentaba un aspecto espectacular. Todos estaban de buen humor y con ganas de esquiar; todos salvo Izzie, que no tardó en volver al dormitorio común para acabar de vestirse. Al poco rato entró Gabby y la encontró sentada en el borde de la cama con expresión desolada.

—¿Estás bien? —le preguntó.

Iba a decir que sí, pero negó con la cabeza y se echó a llorar. Gabby se sentó a su lado y la estrechó entre sus brazos. Estaban solas en la habitación, ya que las demás chicas seguían desayunando.

—Anoche hice una tontería muy grande —le contó, con la boca apoyada en el hombro de su amiga.

—¿Cómo de grande? —insistió, preocupada.

Temió que estuviera hablando de drogas.

—Enorme. Lo hice sin usar condón.

Gabby se apartó de ella y la miró confusa.

—¿En serio? ¿Con quién?

Allí no había chicos nuevos con los que acostarse, salvo el viejo grupo de amigos, y no se la imaginaba haciéndolo con ninguno de los ellos. Sin embargo, al parecer lo había hecho.

—¿Con Sean?

Era la única posibilidad que se le ocurría, aunque hasta eso parecía improbable. No obstante, Izzie siempre había tenido más confianza con él que con Billy o Andy. Sabía que Sean se lo contaba todo y que ella le había apoyado mucho después de la muerte de Kevin. Además, a Izzie le caía muy bien su madre. Pero ella negó con la cabeza.

—Con Andy.

—¿En serio? Vaya... Nunca me lo habría imaginado, aunque es muy guapo. Es que le veo como un crío, aunque supongo que ya no lo es —comentó con una sonrisa.

Billy era el único de todos ellos que parecía un hombre

desde hacía años. La larga relación entre ambos les había hecho madurar. En muchos aspectos Gabby parecía mayor que Izzie, que seguía siendo una cría. Gabby era ya una mujer de mundo, sobre todo desde la graduación, mientras que Izzie seguía estudiando.

—¿Estás loca por él? —le preguntó con aire maternal.

—La verdad es que no —reconoció con franqueza—. Hemos hecho una tontería. Todo se fastidiará entre nosotros. ¿Y si me quedo embarazada?

—¿No usasteis nada? ¿No tomas la píldora?

Negó tristemente con la cabeza. Gabby rebuscó en su neceser y sacó una caja de pastillas.

—Tómate esto. Es la píldora del día después. Evitará que te quedes embarazada. De vez en cuando me salto una pastilla o tengo gastroenteritis o algo así. Si estás tomando antibióticos la píldora anticonceptiva no funciona, pero esto sí. Te soluciona cualquier metedura de pata.

Gabby era una enciclopedia. Izzie cogió la pastilla de su mano y se la tragó al instante con expresión agradecida. No quería perder ni un minuto.

—Gracias. Estaba dispuesta a tirarme por un precipicio.

—De nada. ¿Qué vas a hacer ahora con Andy?

—No lo sé. Tendré que decirle que cometimos un error. Me encanta nuestra amistad tal como era. Todos crecimos juntos. Billy y tú sois diferentes, porque lleváis años siendo pareja. Para los demás, sería una idiotez. Además, estará un millón de años ausente, estudiando.

Gabby asintió con la cabeza. Estaba de acuerdo: todos eran como hermanos, salvo Billy y ella.

—¿Qué vas a decirle?

—No lo sé, lo decidiré sobre la marcha. Me parece que hoy no subiré a las pistas. —No quiso reconocer que además tenía resaca; lo que le había contado ya le parecía bastante vergonzoso—. Todo fue idea mía. Se me ocurrió que así podríamos librarnos los dos de nuestra virginidad. Pero no es tan sencillo. Las cosas se han complicado muy deprisa.

Solo el miedo al embarazo la había devuelto a la tierra en un instante. Y el temor a estropear la amistad entre ambos era casi igual de malo.

—Seguramente él pensará lo mismo —la tranquilizó su amiga.

Sin embargo, resultó que no era así. Andy estaba muy ilusionado por lo que había ocurrido entre ellos e intentaba convencerse a sí mismo de que estaba enamorado. Pasó el día en el séptimo cielo, fantaseando con hacerle el amor de nuevo, y tan distraído que a punto estuvo de chocar contra un árbol mientras esquiaba. Sean le avisó a gritos y le echó la bronca por no prestar atención.

Cuando esa tarde Izzie le dijo que lo sucedido la noche anterior había sido un gran error, la miró decepcionado.

—¿Tan malo fue para ti?

Estaba desolado, convencido de que había fracasado estrepitosamente en su primera experiencia sexual.

—Claro que no. Me dolió un poco, pero dicen que la segunda vez no duele. Es que no quiero fastidiar lo que tenemos. Eres como un hermano para mí, y te vas a pasar en la facultad de Medicina los próximos cien años.

Sin embargo, Andy sabía que no era solo eso. No se sentía atraída hacia él, pero no quería hacerle daño.

—Además, si tenemos una relación y no sale bien, si nos hacemos daño, puede que acabemos odiándonos, y no quiero que eso suceda —añadió—. Significas demasiado para mí. No quiero perderte jamás.

Sus palabras resultaban en cierto modo halagadoras, pero aun así hirieron los sentimientos de Andy, que seguía pensando que su capacidad sexual no había estado a la altura.

—Eres guapísimo —le tranquilizó—. Tienes un cuerpo estupendo y llegarás a ser genial en la cama. Lo que ocurre es que no quiero cambiar nuestra amistad por un sexo sin sentido.

Andy pareció ofenderse de nuevo.

—¿Para ti no tuvo sentido? Pues para mí significó mucho.

—También para mí, pero anoche estábamos borrachos y sigo pensando que hicimos una tontería. Quiero proteger nuestra amistad para siempre, no cambiarla por sexo. Es un mal negocio.

Estaba siendo más sensata que él, y en algunos aspectos más madura, dado el cariz que estaba tomando la conversación. Y tenía razón, Andy iba a pasar mucho tiempo fuera. Una relación de larga distancia durante diez años tenía pocas probabilidades de funcionar. Él también lo sabía; simplemente no quería renunciar tan pronto a lo que acababan de descubrir.

—¿Por qué no podemos tener ambas cosas, amistad y sexo? —preguntó, obstinado—. ¿Acaso no es eso el amor?

—Yo ya te quiero, y no necesito acostarme contigo para saberlo. ¿Y si me engañas mientras estás en la facultad o te engaño yo a ti en Los Ángeles? Entonces ¿qué? Acabaríamos odiándonos. No quiero hacer eso, Andy. Lo de anoche estuvo bien y fue muy especial, pero fue un error para los dos.

Izzie se mostró inflexible. Durante la cena, Andy la evitó con actitud ofendida y se acostó temprano, visiblemente disgustado. Sean se dio cuenta y más tarde se interesó por lo ocurrido:

—¿Te has peleado con Andy?

Jamás había ocurrido nada parecido en el grupo de amigos. Aunque no estuvieran de acuerdo, nunca discutían ni se decían palabras hirientes. Durante trece años había existido entre ellos un vínculo sagrado.

—No, un simple desacuerdo político. Nada del otro mundo.

—Por cierto, les debéis a mis padres una botella de vino —comentó Sean como de pasada—. Ya conocéis las normas.

Había visto la botella vacía en el cubo de la basura al sacar la bolsa.

—Lo siento mucho —contestó Izzie, mortificada—. Pensaba sustituirla.

—¿Por eso discutíais Andy y tú?

—Sí, anoche me encontró bebiendo y me echó un buen rapapolvo. Le dije que no volvería a hacerlo.

Era la excusa perfecta para justificar la tensión entre ellos, y Sean se la creyó.

—Eso espero. Andy siempre hace lo correcto. No creo que mis padres se den cuenta, pero le pediré a alguien que nos la compre antes de volver a casa.

—Gracias.

Minutos más tarde, Izzie le entregó un billete de veinte dólares.

Durante el resto del viaje Andy y ella no pasaron mucho tiempo juntos. El último día, sin embargo, el chico se detuvo a su lado.

—Lo siento. Es que me sentí decepcionado por lo que dijiste. Lo he estado pensando toda la semana y tienes razón —reconoció, y entonces le dio un abrazo—. Te quiero, y yo tampoco quiero fastidiar eso. —Acto seguido le dijo al oído—: De todas formas, tienes un cuerpo alucinante. Lo digo por si cambias de opinión.

—No lo haré —le aseguró ella, y luego se echó a reír. A continuación recuperó la seriedad para añadir—: No deberíamos haberlo hecho.

Andy estaba de acuerdo en parte, aunque no podía negar que le habría gustado tener una relación con ella. Era inteligente y guapa, y se querían, pero los largos años de amistad entre ellos complicaban las cosas y les producían la sensación de estar cometiendo un incesto. Andy sabía que Izzie había demostrado ser muy inteligente al poner fin a aquello. Sin embargo, le había encantado lo que sintió al estar con ella.

—Pues yo me alegro de todos modos —insistió, sintiéndose de nuevo a gusto tras superar su decepción inicial y su breve enfado—. Por lo menos me he estrenado ya, y me alegro de que haya sido contigo. Mejor con una amiga.

Izzie no discrepaba del todo con él, aunque ya no le parecía que el hecho de ser o no virgen tuviese tanta trascendencia, ni que la virginidad fuera una carga. Ahora ya no importaba. Y quizá estuviese bien que Andy hubiera sido el primero. Al menos se querían, aunque solo fuera como amigos. Para ella no era un tórrido romance, aunque podría haberlo sido para él. Sencillamente, Izzie no deseaba a Andy. Ahora lo sabía. La culpa había sido del vino.

Esa noche volvían a ser buenos amigos y nada más. Ella quería dejar aquello atrás, aunque él sentía una ternura que jamás había sentido y sabía que siempre recordaría su primera vez. Y, sobre todo, agradecía que Gabby le hubiera dado la píldora del día después; había escapado por poco de un desastre que podría haberles arruinado la vida.

El 30 de diciembre regresaron a la ciudad con buen ánimo. Sean no había tenido el éxito que esperaba con la chica que había invitado, pero al cabo de varios días le resultaba tan irritante que ya no le importaba. Al día siguiente viajarían a Los Ángeles para ver jugar a Billy en el partido que se disputaría en el Rose Bowl el día de Año Nuevo. El padre de Billy había alquilado un minibús para ir hasta allí con un grupo de amigos, mientras que los demás irían en avión. Marilyn y Jack habían organizado una fiesta de Nochevieja en su hotel para todos los padres, pero sabían que Billy no podría acudir la noche antes del partido.

Andy, que regresaría a Boston el día de Año Nuevo, se perdería el partido, e Izzie se alegraba en parte de que así fuera. Quería poner algo de tiempo y distancia entre ellos para evitar que les asaltara la tentación de repetir la estupidez cometida en Tahoe. No confiaba del todo en sí misma: Andy era un chico muy guapo y no quería volver a tropezar con la misma piedra.

El grupo de San Francisco llegó a tiempo de celebrar la Nochevieja. Algunos se alojarían en hoteles de Pasadena, y Sean y sus padres tenían una reserva en el hotel Beverly Hills. Gabby e Izzie quedaron con Sean para cenar en el Polo Lounge. Billy estaba concentrado con el resto del equipo; les dijo que tenía un millón de jugadas que aprender antes del partido y estaba muy estresado. Debía acostarse a las diez. Después de cenar, los tres amigos se acercaron hasta el hotel en el que se alojaban Marilyn y Jack. Su pequeña y alegre fiesta estaba en pleno apogeo. Todos estaban ilusionados ante la perspectiva de ver jugar a Billy en un partido tan importante y esperaban que hiciese un buen papel. Era el momento que había estado esperando toda la vida y se sentían orgullosos de él.

A la mañana siguiente, los O'Hara alquilaron una furgoneta y recogieron a los demás para ver el Desfile del Torneo de las Rosas en Pasadena. Brian no podía parar quieto y Gabby estaba nerviosa por Billy. Al menos, el desfile fue una buena distracción para todos, y cuando acabó se dirigieron a contemplar las carrozas, expuestas en Sierra Madre y Washington Boulevard.

Ocuparon sus asientos mucho antes de que empezara el partido. Izzie sabía por Marilyn que Larry estaría allí, seguramente con varios amigos y un montón de chicas. Esperaba que no estuviese demasiado borracho e hiciera algo que avergonzase a sus hijos. El día era soleado y la temperatura, suave. Izzie y Gabby charlaban con Michelle mientras Brian compraba un souvenir tras otro y Mike traía bebida y comida para todos.

La espera se les hizo interminable hasta que aparecieron en el campo los familiares uniformes escarlata y oro de los Trojans. La multitud se volvió loca. Las animadoras bailaban, sonaba la música y en las gradas el público atronaba con sus trompetas. Las fabulosas carrozas del desfile de la mañana estaban estacionadas a un lado. Los de Alabama salieron también al campo con un aspecto imponente. Los dos equipos ofrecían un espectáculo magnífico. Empezó el partido. La USC se puso muy pronto en cabeza, pero Alabama marcó dos veces en el segundo cuarto. Al llegar el último cuarto estaban empatados.

Para entonces ya habían visto a Larry varias filas más abajo, que animaba a su hijo como un loco. Junto a él se sentaban dos chicas con minifalda blanca y camiseta anudada al cuello con aspecto de animadoras. Larry hablaba con toda una fila de amigos que se había traído, y juntos lanzaban gritos de aliento a los jugadores. Larry llevaba toda la vida aguardando ese momento, y Billy estaba haciendo realidad todos sus sueños.

Un dirigible flotaba por encima del estadio, filmando la acción que se desarrollaba sobre el césped. En el último cuarto, mediante una brillante jugada que había preparado el entrenador, Billy marcó el tanto de la victoria para la USC y se hizo con el premio al mejor jugador del partido, algo que suponía un tremendo honor. La entrega del trofeo fue un instante que ninguno de ellos olvidaría jamás. Marilyn lloraba entre los brazos de Jack mientras Sean y las chicas vociferaban dando botes y Brian salía al pasillo corriendo y gritando el nombre de su hermano. Quienes habían visto crecer a Billy vivieron un momento de absoluta alegría. Fue un día de gloria para él, para las personas que le querían y para el equipo. Larry se volvió hacia Marilyn y la saludó con la mano. Fue uno de esos momentos perfectos que suceden pocas veces en la vida, y en ocasiones no pasan nunca.

La familia y los seguidores de Billy abandonaron sus asientos a la vez que los casi noventa mil aficionados que presenciaron el encuentro y se dirigieron a la puerta del vestuario. Querían felicitarle por el increíble partido que había jugado. Esa noche había varias fiestas programadas para celebrar la victoria, y Billy había invitado a Sean, Izzie y Gabby a una de ellas. Los demás miembros del grupo, entusiasmados por la jornada vivida, cenarían juntos en Los Ángeles.

Cuando por fin salió, casi una hora después, Billy sonreía exultante. Su madre fue la primera en estrecharle entre sus brazos, y luego todos los demás le abrazaron y besaron. Billy besó en la boca a Gabby con fuerza y le dijo que la quería mientras la levantaba del suelo. Era el día más feliz de su vida. Todos estaban orgullosos de él y muy contentos de conocerle. Larry había tratado de entrar por la fuerza en el vestuario y luego se había marchado en su minibús antes de que Billy saliera, pero le había dado a su hijo la enhorabuena a gritos.

El equipo había sido sometido a un control antidopaje antes de salir del vestuario, un procedimiento rutinario en cualquier final, y todos habían tenido el sentido común de mantenerse limpios hasta entonces.

Billy debía volver a la universidad con el equipo. Los jugadores subieron a unos grandes autocares de lujo y regresaron a Los Ángeles en medio de un ambiente de ruidosa celebración. Había sido su primera final, y con un poco de suerte le seguirían muchas más.

A las once de la noche, Sean, Izzie y Gabby se reunieron con su amigo en la discoteca Empire de Hollywood. Todos estaban entusiasmados. Billy no soltó a Gabby en toda la velada. A las dos de la mañana, antes de abandonar la última de las fiestas a las que asistieron, él y Sean entraron en los servicios. Estaban solos delante de los urinarios, uno junto a otro como tantas veces en la escuela, cuando Billy se sacó del bolsillo un frasquito lleno de pastillas blancas y se lo ofreció a Sean, haciéndole un discreto gesto con las cejas. Por su actitud furtiva, comprendió enseguida que se trataba de alguna droga.

—¿Qué es eso? —le preguntó, escandalizado. Billy se subió la cremallera de los pantalones con una carcajada. Sean hizo lo propio y se volvió hacia su amigo—. ¡Dime qué es!

—Es éxtasis, tío. No te pongas nervioso. Nos han hecho un análisis después del partido. No pasa nada.

—Sí que pasa —respondió Sean, agarrándole por las solapas y estampándolo contra la pared más cercana. Billy pesaba cuarenta y cinco kilos más que él, pero a Sean no le costó nada inmovilizarle. Billy estaba conmocionado—. ¿Cómo que no pasa nada? —preguntó—. ¿No lo entiendes? Mi hermano murió por una mierda como esa. Le dispararon mientras compraba droga para revenderla. Cada vez que compras algo así, estás manteniendo a un montón de cabrones que matan a la gente, y la droga te matará a ti también. ¿Te ha gustado lo que ha pasado hoy en el campo? —Ambos sabían que así era: se había pasado toda su vida entrenando y preparándose para ese momento, y podía llegar mucho más lejos. Poseía el talento necesario para ello—. Si te ha gustado, no la cagues. Hazlo por ti mismo y por los demás. Te quiero, tío. Tira esa porquería a la basura. —Le arrebató el frasco y lo tiró al cubo—. No jodas tu vida como hizo mi hermano. ¡Si vuelvo a verte alguna vez haciendo eso, te mato! —exclamó Sean, temblando de rabia.

Billy se quedó allí tranquilamente, mirándole e intentando asimilar lo que había ocurrido.

—Todo el mundo lo hace —murmuró en voz baja—. Solo hay que escoger bien el momento, es decir, después del análisis.

—Vas a echarlo todo a perder. Por favor, no lo hagas —le suplicó Sean, angustiado.

Billy le pasó un brazo por los hombros y lo sacó de los servicios, aún temblando. Las chicas les estaban esperando; Izzie se dio cuenta de que había ocurrido algo, pero Gabby, que solo tenía ojos para su novio, no pareció percatarse de nada. Tenían previsto reunirse en su apartamento antes de que él regresara a la residencia.

Primero dejaron a Izzie en su alojamiento del campus y después a Sean en su hotel, y los dos chicos que habían crecido juntos se abrazaron con fuerza. Aquel abrazo contenía todo el amor y el miedo que Sean sentía por él. Le había dicho cuanto tenía que decirle en los servicios, cuando tiró el éxtasis a la basura. Billy también le quería y sabía cuánto se preocupaba por él, pero ahora vivía en otro mundo, un mundo de vida frenética y gentes descontroladas, y ganaría mucho dinero. Estaba deseando acabar la universidad y jugar en la Liga Nacional de Fútbol Americano. El partido no había hecho más que despertarle las ganas de repetir.

Al día siguiente, Billy era el protagonista de las páginas de deportes de todos los periódicos, que publicaban fabulosas fotografías suyas marcando el touchdown de la victoria. El *L.A. Times* le llamaba «el mejor jugador novato del planeta». Marilyn ya había empezado a confeccionar un álbum de recortes de prensa sobre él.

Sean telefoneó a Izzie esa mañana, antes de volver a Washington D.C. Tenía que preparar un trabajo antes de que se reanudaran las clases y necesitaba tiempo para documentarse.

Izzie tenía la extraña sensación de que la noche anterior se había producido alguna clase de tensión entre Sean y Billy, y sentía curiosidad por conocer el motivo. Se había dado cuenta de que su amigo estaba disgustado.

—¿Qué os pasó anoche a Billy y a ti?

—Nada —respondió él en tono indiferente—. Solo tuvimos una charla de tíos.

No quería decirle que le había dado un mensaje de parte de su hermano muerto, pero esperaba haberlo hecho. Hacía siete meses que Kevin había fallecido, y su muerte había cambiado su vida para siempre. Ya no había margen de maniobra, ni espacio para términos medios, compromisos o excepciones. Lo que Billy había querido hacer la noche anterior en los servicios causaba la muerte de muchas personas. Desde su punto de vista, quienes vendían droga eran asesinos, y había que pararles los pies. Estaba preocupado por Billy. En el mundo en el que ahora vivía había muchas tentaciones de todo tipo. Sin embargo, no se lo dijo a Izzie. Solo volvió a pedirle que se cuidara. Era una chica sensata con los pies en el suelo, y él sabía que le haría caso. Billy vivía al límite. Desde que había aparecido la petaca cuando se separaron sus padres, Sean sabía que corría peligro, igual que lo había sabido de Kevin.

—¿Volverás a casa en las vacaciones de primavera? —le preguntó Izzie.

—Puede. Algunos miembros de mi grupo de estudio viajarán a Perú para analizar el gobierno del país. Estaba pensando en ir con ellos, pero aún no lo sé. Sé que mi madre quiere que vuelva a casa.

—Sí. Yo también —reconoció ella en voz baja.

Siempre le echaba de menos. Les echaba de menos a todos. Por suerte, veía mucho a Gabby. Sin embargo, Andy y Sean se habían ido muy lejos. A veces tenía la impresión de que Boston y Washington D.C. estaban en otro planeta.

—Ya te diré lo que hago —prometió Sean.

Nada más colgar, Izzie empezó a echarle de menos, aunque sonrió para sus adentros al pensar en él y en la victoria de Billy en el partido de la víspera. Era un hermoso día de enero y todo iba bien cuando fue a reunirse con los demás para el almuerzo. Aún se sentían ebrios de triunfo por la gran victoria de Billy. Aquello solo era el principio para él y para todos. Cuando le vio entrar en el restaurante, se sintió tan feliz por él que se le saltaron las lágrimas. Parecía el tipo más feliz del mundo.

13

Una semana después de que la USC ganara el partido en el estadio Rose Bowl, Gabby recibió la confirmación de que había sido elegida para la campaña publicitaria nacional de la firma cosmética. Además, su agencia iba a enviarla a otros castings, entre ellos uno para escoger a las protagonistas de un anuncio de Victoria's Secret. Estaba introduciéndose en el negocio.

Billy se había quedado con ella la noche anterior y se había marchado a la residencia a primera hora de la mañana para ejercitarse en el gimnasio. Esa noche tenían previsto cenar juntos.

La muchacha se puso un vestido negro corto y ceñido y un par de sandalias de tacón. Tenía la piel estupenda y llevaba perfecto el largo cabello rubio y liso. Acababa de teñírselo de un tono algo más claro, muy adecuado para Los Ángeles. Llevaba muy poco maquillaje: a su agencia, igual que a Billy, le gustaba que tuviera una imagen natural y sana. Después de ganar la final, su novio le había regalado un anillo para sustituir el que llevaba desde el instituto. El anillo, de diamantes y grabado con la frase TE QUIERO, era estrecho y estaba adornado con un pequeño corazón, también de diamantes. Gabby lo lucía en la mano izquierda, aunque no se trataba de la sortija de compromiso que Billy le había prometido que le regalaría algún día. El chico acababa de cumplir diecinueve años y ella dieciocho; tenían tiempo de sobra. Billy decía que quería casarse con ella cuando entrara en la Liga Nacional de Fútbol Americano. Ambos se preguntaban si permanecería en la universidad durante los cuatro años, aunque después del último partido, ella lo dudaba. El reclamo de la Liga Nacional sería demasiado tentador si le ofrecían mucho dinero cuando cumpliera los veintiuno. Gabby sabía que a Billy le costaría resistirse, pero no le importaba. Mientras estuvieran juntos, podía hacer cuanto quisiera. Ella le seguiría a todas partes.

Los tres castings de ese día salieron bien, y estaba segura de que conseguiría los tres trabajos. Cuando terminó, se dirigió al restaurante Ivy para tomar una copa con otra modelo. Habían trabajado juntas en varias ocasiones, la última en una sesión fotográfica para *Vogue*, y se caían bien. Comentaron lo dura que era la profesión y la suerte que habían tenido. La otra chica había llegado de Salt Lake City seis meses atrás. Muchas aspirantes a modelos fracasaban estrepitosamente, pero Gabby y su nueva amiga tenían la imagen que todo el mundo buscaba en ese momento. A la chica de Utah acababan de pedirle que rodara un anuncio en Japón, y dijo que iba a hacerlo.

Al salir del Ivy, Gabby llamó a Izzie desde su Black-Berry. Saltó el buzón de voz, por lo que supuso que su amiga estaría en clase todavía, y le dejó un mensaje diciendo que solo llamaba para saludar. Acto seguido la telefoneó Billy para decirle que la quería y preguntarle qué tal le había ido el día. Ella le habló de los castings, y él prometió estar en el apartamento una hora más tarde; tenía las llaves.

Gabby aún tenía el teléfono en la mano cuando se bajó de la acera en el bulevar North Robertson para parar un taxi. La hermosa muchacha con su vestido negro y corto y sus largos cabellos rubios agitados por la brisa vio uno y levantó el brazo. Justo entonces un coche dobló la esquina tan rápido que ni siquiera le dio tiempo a verlo, y mucho menos a echarse atrás. No llegó a saber lo que le había pasado. Cuando el coche la golpeó, voló por los aires y acabó estrellándose contra el parabrisas. El vehículo circulaba a tanta velocidad que el cuerpo de la chica cayó al suelo de cabeza y quedó tirado como una muñeca de trapo entre bocinazos y gritos. El conductor del coche que la embistió se subió a la acera y a punto estuvo de atropellar a otros peatones. Se bajó del coche y echó a correr, pero alguien le agarró y le inmovilizó contra el suelo. La policía llegó enseguida y detuvo al conductor. Poco después aparecieron dos ambulancias y los bomberos. Uno de los policías encontró el teléfono móvil de Gabby y lo metió en una bolsa como prueba. Las hojas de su currículum quedaron esparcidas por el bulevar. Pararon el tráfico, tendieron el cuerpo sobre una camilla y lo taparon. La ambulancia se alejó en silencio, sin encender la sirena, ante la mirada pasmada y estremecida de los transeúntes. Gabby Thomas había muerto a los dieciocho años.

14

Esa noche la policía acudió a casa de los Thomas en San Francisco para informar de lo sucedido a los padres de Gabby. En cuanto Judy les abrió la puerta, supo que había ocurrido algo terrible.

Billy llevaba varias horas telefoneando a Izzie para preguntarle si sabía dónde estaba Gabby. Izzie le había dicho que tenía un mensaje suyo en el buzón de voz en el que le decía con absoluta normalidad que la quería y que volvería a llamar más tarde. Era un mensaje como tantos otros; estaba segura de que no pasaba nada. Sin embargo, ya eran las ocho de la tarde.

—He hablado con ella a las cinco y media y me ha dicho que se iba a casa —dijo Billy, preocupado.

Gabby acostumbraba a telefonearle si se iba a retrasar. Los dos hablaban o se enviaban mensajes de texto a lo largo del día, aunque solo fuera para decirse «te quiero» o dónde estaban.

—Puede que su agencia la haya enviado a otro casting y no haya tenido tiempo de llamarte, o que no tenga cobertura.

Siempre había zonas en las que no funcionaban los móviles.

—Tiene que pasarle algo —afirmó Billy con voz ahogada.

Izzie sonrió. Aquellos dos no podían estar separados.

—En ese caso lo sabrías. Si pasara algo te habría llamado, créeme. O me habría llamado a mí, pero no lo ha hecho. Espera un poco y relájate. Quizá se le haya caído del bolso la BlackBerry o se haya quedado sin batería.

Había un millón de razones posibles para la falta de noticias, todas ellas sin importancia. Sin embargo, en este caso no era así.

Justo en ese momento la policía entraba en el salón de los Thomas. Con el corazón desbocado, Judy se sentó en el sofá. Los agentes la informaron de lo sucedido tan suavemente como les fue posible. Le dijeron que Gabby había sido atropellada por un conductor ebrio y que había muerto. El conductor era un estudiante de primero de la USC y estaba detenido: tenía un nivel de alcohol en sangre de 1,9. Su hija había fallecido en el acto. Histérica, Judy empezó a sollozar entre los brazos de Adam, que también lloraba.

Michelle salió de su habitación en cuanto oyó chillar a su madre, y nada más verla supo lo que había ocurrido.

—¡Gabby! —gritó, muerta de dolor.

Judy asintió con la cabeza, y Michelle les rodeó con los brazos como si tratara de protegerles de la noticia. Sintió en el corazón una puñalada de culpabilidad por todas las veces que había sentido celos de su hermana: habían sido muchísimas. Lo había reconocido ante Brian, su madre, su grupo e incluso la propia Gabby. Pese a haberlo confesado, quizá sus malos pensamientos habían matado a su hermana. Michelle tenía dieciséis años y, como Sean pocos meses atrás, de pronto se había convertido en hija única.

Uno de los agentes les dio el nombre de la persona del departamento de policía de Los Ángeles con la que debían ponerse en contacto, y les aseguró que todo sería más sencillo si se personaban allí para organizar el traslado del cadáver a San Francisco. Había que rellenar muchos formularios. Parecían sinceros cuando les dieron el pésame. El otro agente les dijo que tenía una hija de la misma edad y que podía imaginar por lo que estaban pasando. Sin embargo, Judy sabía que eso era imposible, porque la hija del policía seguía viva, mientras que su hermosa, maravillosa y querida Gabby estaba muerta.

Al principio no supieron qué hacer. Judy telefoneó a Connie y se lo contó, consciente de que la comprendería. Ambas pensaron en Billy al mismo tiempo. Alguien debía decírselo. Connie se ofreció a llamar a Izzie, que podría darle la noticia en persona. Judy y Adam reservaron tres plazas para volar a Los Ángeles al día siguiente. Ya era demasiado tarde para coger el último vuelo del día, y tampoco estaban en condiciones de viajar.

Connie no sabía qué decirle a Izzie y deseó que Sean estuviera allí. La chica respondió la llamada sin mirar siquiera la pantalla del móvil, convencida de que sería Billy otra vez, y se sorprendió al oír a Connie al otro lado.

—Hola —saludó Izzie, contenta. Acababa de volver a su cuarto después de coger una ensalada para la cena. Procuraba no ganar peso—. ¿Qué tal?

—Tengo una mala noticia —dijo Connie con sencillez.

Era noticia malísima. Se lo había contado a Mike, que estaba sentado junto a ella con expresión desolada. Después llamarían a Sean. Era espantoso que dos de aquellos jóvenes hubieran muerto con una diferencia de solo siete meses. Y, en este caso, la muchacha no había hecho nada peligroso ni arriesgado; solo intentaba parar un taxi. Sin embargo, el culpable del atropello había bebido, y ahora su vida también quedaría arruinada: había matado a una hermosa joven. Connie podía imaginarse cómo se sentirían sus padres cuando se enterasen. Esa noche habían quedado destruidas dos vidas, y también las vidas de quienes les querían, que en el caso de Gabby eran muchos.

—¿Qué pasa? —preguntó Izzie.

El tono de voz de Connie le resultaba familiar, aunque no podía recordar por qué. Lo había oído antes, como si algo hubiera muerto en ella, como si se hubiera producido el fin del mundo. Y para ellos, así era.

—Odio tener que decírtelo por teléfono, pero he de hacerlo. Izzie... lo siento... Es Gabby.

—¿Qué pasa con Gabby? —Notó que su corazón palpitaba con fuerza, y entonces recordó ese tono en la voz de Connie. Lo había oído después de lo de Kevin—. ¿A qué te refieres? —preguntó; tenía la sensación de haber gritado, pero solo había sido un susurro.

—La han atropellado. El conductor iba borracho y... Gabby ha muerto.

Connie empezó a sollozar.

—¡Dios mío! ¡Dios mío! —exclamó, frenética—. Billy... ¿lo sabe él?

—Aún no.

—Se morirá de pena... ¿Quién va a decírselo? Hace un rato me ha telefoneado muy preocupado. Gabby no le había llamado desde las cinco y media, y llegaba tarde.

—Creo que ha ocurrido entonces. El coche ha doblado la esquina y la ha atropellado. No sé muy bien dónde estaba ella. El conductor es un estudiante de primero de la USC. Judy me ha dicho que estaba borracho y se ha dado a la fuga, pero un testigo le ha atrapado.

—¿Qué hacemos con Billy? —preguntó, asustada.

—Alguien tiene que decírselo en persona. ¿Crees que podrás hacerlo tú?

Ambas sabían que allí no había nadie más que pudiera hacerlo. Sería lo más difícil que hubiera hecho en su vida.

—¿Lo sabe Sean?

Le vendría bien su apoyo. O el de Andy. Sin embargo, también sería devastador para ellos.

—Aún no. Te he llamado a ti primero.

—Está en el piso de Gabby —comentó, como si hablara consigo misma—. Iré allí.

—Lo siento... No creo que deba enterarse por teléfono. Ni tú tampoco deberías haberlo hecho.

No obstante, las dos sabían que eso era distinto. Cuando colgó, Izzie tenía la sensación de que le había caído una bomba encima. Había perdido a su mejor amiga, que era como una hermana para ella. Sin embargo, Billy había perdido a su primer amor, a la muchacha con la que esperaba casarse. Gabby le había enseñado a Izzie el precioso anillo que él le había regalado. Billy la quería como si fuera su esposa; era su amor desde la infancia.

Desorientada y confusa, cogió un taxi hasta el apartamento de su amiga. Solo podía pensar en ella. No se entretuvo en peinarse o lavarse la cara. Llamó al timbre y esperó a que Gabby abriera la puerta y le dijera que era una broma. Pero fue Billy quien abrió con una lata de cerveza en la mano.

—¿Qué ha pasado? —Se puso nervioso en cuanto la vio.

Izzie no encontró palabras para decírselo y se echó en sus brazos. Él la abrazó y empezó a llorar; la cerveza formó un charco en el suelo, a su alrededor.

—¡Oh, no...! —exclamó—. ¡Oh, no...! ¡Oh, no...!

No pudo decir nada más mientras ambos lloraban y se balanceaban abrazados. Billy lo había sabido al ver la cara de Izzie. Tardó unos minutos en poder preguntarle cómo había ocurrido. Seguían de pie en el umbral, así que ella cerró la puerta con suavidad y le condujo al sofá. Ambos necesitaban sentarse; Izzie tenía la impresión de que iba a desmayarse.

—Un conductor la ha atropellado y ha intentado huir. Iba borracho. Es un chico de la USC.

Una oleada de rabia invadió el rostro de Billy, que un instante después volvía a estar cubierto de lágrimas. Sean telefoneó a Izzie poco después.

—¡Dios mío, no puedo creerlo! —exclamó el chico, llorando—. ¿Cómo está Billy?

—No está nada bien. Estoy con él en casa de Gabby.

El simple hecho de pronunciar su nombre hizo que una piedra del tamaño de un puño se alojara en su garganta, impidiéndole hablar durante unos momentos.

—Esta noche vuelvo a casa en el vuelo nocturno.

—Vale. —No se le ocurría nada que decirle. Sentía como si les hubieran abandonado a todos, pero se alegraba de su regreso—. ¿Has llamado a Andy?

—Quería llamarte a ti antes. Lo haré ahora. ¿Estás bien?

—No.

«Por supuesto que no.» Cerró los ojos y se aferró a Billy, tanto por él como por sí misma.

—Aguanta. Saldremos adelante. Nos tenemos unos a otros. —Pero ya no tenían a Gabby, ni volverían a tenerla jamás—. Nos vemos mañana.

Izzie colgó el teléfono y se sentó de nuevo en el sofá.

—Quiero volver a casa esta noche —pidió Billy, llorando como una criatura.

—Los Thomas vienen mañana. Quizá deberíamos esperar.

El chico lo pensó y asintió con la cabeza.

—Pero no te vayas, por favor.

—No lo haré, te lo prometo.

No habría podido de todos modos. Le necesitaba tanto como él a ella. Marilyn llamó fuera de sí, pero Billy no quiso hablar con su madre. Izzie le dijo que estaba con él mientras Marilyn lloraba tanto como Connie. Era una pérdida compartida.

Esa noche Billy durmió en la cama de Gabby, la que había compartido con ella, aspirando su aroma en las almohadas. Abrió los armarios e inhaló el perfume familiar de sus ropas. Aullaba como un animal, abrazado a ellas, y durmió envuelto en su camisón mientras Izzie descansaba en el sofá.

Ninguno de los dos se había cambiado de ropa cuando se reunieron con los Thomas en la comisaría. Judy estaba destrozada, Adam lloraba y Michelle parecía hallarse en estado de shock. Todos lo estaban. Les informaron de que el conductor borracho seguía en la cárcel.

—Espero que se muera allí —murmuró Adam.

Rellenaron los formularios para el traslado de Gabby, del que se ocuparía el tanatorio de San Francisco que habían contratado. Cubierto el doloroso trámite, todos se dirigieron al aeropuerto. Ni Billy ni Izzie llevaban equipaje. Lo único que querían era volver a casa, y los cinco tomaron un vuelo a mediodía. Los Thomas habían pedido que les recogiera un coche y dejaron a los dos jóvenes en casa de Billy. Marilyn y Jack les estaban esperando. Brian estaba en la escuela, y su madre había telefoneado a Atwood para notificarles la desgracia. Pensó que querrían saberlo, dado que Gabby se había graduado solo siete meses atrás.

Sentados en la sala de estar, Billy se acurrucó entre los brazos de su madre igual que hacía de niño y empezó a sollozar mientras Jack le daba suaves palmaditas en la espalda. Parecía una criatura que hubiese crecido más de la cuenta, y no el quarterback titular en que se había convertido.

—¿Cómo voy a vivir sin ella? —le preguntó a su madre.

La había querido desde que tenían cinco años, toda su vida. Todos la habían querido y la pérdida era devastadora. Izzie tampoco podía imaginar un mundo sin ella. Hablaron durante un rato, hasta que Marilyn le acompañó a su habitación y le acostó. Luego miró a Izzie y la abrazó.

—Gracias por estar aquí y apoyarle.

—Le quiero mucho —respondió con sencillez.

Jack se ofreció a llevarla a su casa. La chica tenía un aspecto terrible y era evidente cómo se sentía. En su casa, Jennifer llevaba horas esperándola. Sin decir una palabra, la novia de su padre la estrechó entre sus brazos. Izzie se echó a llorar de nuevo, creyendo morir de pena.

—Lo siento mucho... Lo siento mucho... —repetía Jennifer.

Le explicó que su padre tenía que estar en el juzgado con un cliente, y que de lo contrario habría estado allí también. Se alegraba de que hubiera alguien en casa. Nunca se había sentido tan sola como ahora que había perdido a su mejor amiga.

Jennifer le preparó un baño y se sentó con ella para escucharla hablar de Gabby, de cuánto la quería y de las travesuras que hacían en el colegio siendo pequeñas. Le sugirió que se acostara, pero Izzie no pudo dormir y se levantó para ir a la cocina, donde las dos comieron un poco. Después la llevó otra vez a casa de Billy. Todavía no había ido a visitar a los padres de Sean, pero antes quería ver cómo estaba Billy. Al entrar en casa de este, se encontró con Sean, que la abrazó con fuerza sin decir una palabra.

—No pasa nada, Iz... No pasa nada... —intentó tranquilizarla.

Ella se apartó para mirarle y negó con la cabeza.

—Sí que pasa.

Él tampoco estaba bien, pero era lo mejor que podían hacer. Billy estaba durmiendo y el chico fue con ella a ver a los Thomas. Luego volvieron a casa de Sean, subieron a su habitación y se echaron en la cama. Dijo que Andy volvería para el entierro y se quedaría un día aunque no podía quedarse más tiempo porque tenía exámenes. Pero estaría allí.

—Estoy preocupada por Billy —comentó Izzie en voz baja, tumbada junto a Sean.

—Pues yo estoy preocupado por todos nosotros. Creo que nuestra generación está maldita. No paran de salir noticias sobre chavales de nuestra edad que mueren de un disparo o en accidentes de tráfico, o que se suicidan, o que disparan desde coches y matan a cincuenta personas. ¿Qué coño nos pasa? ¿Por qué sucede eso?

—No lo sé —reconoció ella tristemente.

Nunca lo había pensado, pero a Sean no le faltaba razón: eran una generación de riesgo en un juego muy peligroso.

15

El funeral fue precioso, con enormes flores blancas repartidas por todas partes. Casi parecía una boda y resultaba un tanto excesivo, pero de alguna forma era lo adecuado para Gabby. La coral de Atwood interpretó el *Ave María* y *Amazing Grace*. Izzie se sentó entre Sean y Andy, con Jeff y Jennifer en la fila de atrás, mientras que Billy se situó con los padres y la hermana de Gabby. Lloraba como un niño, y tuvieron que ayudarle a sostenerse en pie cuando sacaron el féretro de la iglesia. Salió con Michelle y Jack, que caminaba a su lado. Todo el mundo sabía que era un momento decisivo en la vida de Billy, y desde luego nada positivo.

Tras la misa todos acudieron a casa de los Thomas: familiares, amigos y las cientos de personas que la habían querido; todos estaban allí. Una hora después de su llegada Billy estaba visiblemente borracho, para disgusto de todos. Marilyn y Jack se lo llevaron a casa y le acostaron. Su madre hablaría con él más tarde. Había sido demasiado para él. No paraba de hablar de abandonar la USC y olvidarse del fútbol americano. Jack le había explicado al entrenador la situación por teléfono y este había decidido concederle un permiso por motivos familiares durante el tiempo que fuese necesario, y parecía que sería mucho, aunque aún era demasiado pronto para saberlo.

Sean, Andy e Izzie se sentaron en el jardín de los Thomas. Hacía mucho frío, pero querían estar solos. Andy volvería a Boston en el vuelo de esa misma noche.

—No me lo puedo creer —comentó, muy afectado—. Primero tu hermano —le dijo a Sean—, y ahora Gabby.

Y todos ellos sabían que, a diferencia de Kevin, ella no se había puesto en peligro: lo único que había hecho era poner un pie en la calzada para llamar a un taxi.

—¿Y ahora qué? —preguntó Izzie en tono sombrío.

—Volveremos a la universidad, a nuestras respectivas vidas, para hacerlo mejor y llevar una vida de la que ellos habrían estado orgullosos —afirmó Sean.

Sonaba idealista, pero estaba convencido de sus palabras.

—¿Y en qué vamos a creer nosotros? —insistió Izzie en un susurro.

—Pues en nosotros mismos y en los demás. En lo que siempre hemos creído.

Asintió con la cabeza, pero ya no estaba tan segura. Aquello había supuesto un golpe brutal para todos ellos. Resultaba difícil seguir adelante después de algo así.

—¿Cuándo vuelves? —le preguntó a Sean con mirada preocupada.

—Dentro de unos días. Quiero estar con Billy. No creo que vaya a volver a la universidad en algún tiempo.

—En el avión dijo que quería dejar la universidad y el equipo, que sin ella no tenía ningún sentido —le contó Izzie.

—Dale tiempo —respondió Sean en voz baja—. Me imagino que nunca se recuperará del todo, pero aprenderá a sobrellevarlo. Como mis padres con Kevin. No puede tirar la toalla con diecinueve años. Solo tenemos que impedir que se vuelva loco.

Sin embargo, sabían que era capaz de hacerlo. Su reacción en el funeral había sido emborracharse lo más rápido que pudo, igual que hizo tras la boda de su madre. Era una salida fácil que su padre le había enseñado de pequeño. Sean quería decirle que eso no resolvía nada. Seguramente necesitaba que todas las personas que le querían se lo recordasen otra vez. Durante algún tiempo sería un anestésico atrayente, pero tarde o temprano tendría que afrontar sobrio la vida. Si es que quería tener vida.

Izzie y Sean se quedaron el resto de la semana y acompañaron a Billy, Michelle y los padres de Gabby. Brian pasó con Michelle todo su tiempo libre, mientras que los dos amigos intentaron consolar a todo el mundo y confortarse mutuamente. Cada vez que lo pensaba, Izzie comprendía que nunca volvería a ver a Gabby, pero le costaba imaginarse la vida sin ella. Era aterrador. Al final, no pudo evitar derrumbarse entre los brazos de Sean y llorar.

—Ojalá no te fueras —murmuró.

—Tengo que hacerlo. Volveré pronto. Podrías venir a visitarme a Washington algún fin de semana. Te gustaría. No es mal sitio.

Sin embargo, todos estaban ocupados con sus estudios y obligaciones, y ella sabía que tendría que cuidar mucho de Billy en los meses siguientes si finalmente él decidía volver a la universidad, pero estaba dispuesta a hacerlo. Sean prometió que también iría a verle.

Billy tardó un mes en volver a Los Ángeles. Izzie estaba ocupada con sus estudios pero, aun así, estaba pendiente de él, le llamaba varias veces al día y quedaban para cenar en la cafetería de la universidad. Salían a pasear juntos, le obligaba a hacer los deberes, le ayudaba con ellos y le acostaba cuando había bebido demasiado. Solo podían esperar que volviera a encontrar su camino. Finalmente en junio, casi a final de curso, se sintió un poco mejor y volvió a casa. Billy era muy consciente de que no habría podido superar el trance sin la ayuda de Izzie, y así se lo dijo a Sean, asegurándole que su amiga era una santa.

—No exactamente, pero es muy amable —replicó ella cuando Sean le repitió las palabras de su amigo.

—Yo conozco la verdad, claro, pero no quise echar por tierra sus ilusiones. No eres precisamente la Madre Teresa de Calcuta. Me acuerdo de la botella de vino que les robaste a mis padres en Tahoe.

—¡Te la pagué! —protestó ella, incómoda.

Afortunadamente, ignoraba que había tenido un lío de una noche con Andy. Ya no hablaban de ello, y Andy le había contado hacía unos meses que acababa de conocer a una chica que le gustaba mucho y que también se preparaba para entrar en medicina.

Ninguno de ellos tenía planes importantes para las vacaciones. Sean volvería a trabajar con su padre, mientras que Izzie se matricularía en la universidad de verano. Tenían previsto asistir en Los Ángeles al juicio contra el conductor que había matado a Gabby. Judy había acudido a una asociación de madres contra los conductores ebrios para asegurarse de que «el asesino», como le llamaban, pasara el mayor tiempo posible en prisión, y varias de sus miembros les acompañarían durante el juicio. El acusado había reconocido los hechos y su abogado había negociado un acuerdo de culpabilidad con el fiscal del distrito. No se esperaba que pasara más de un año en prisión y otros cinco en libertad condicional. Los Thomas estaban indignados por una condena tan breve y le habían enviado al juez un montón de cartas.

Izzie, Sean, Billy y Andy viajaron juntos a Los Ángeles, acompañados por todos los padres del grupo, incluido Robert Weston, el padre de Andy. Se alojaron en el hotel Sunset Marquis, en West Hollywood. El día de la audiencia llegaron puntuales al juzgado, se sentaron en la sala sin hacer ruido, a la espera de que entrase el juez, y se pusieron de pie cuando este subió al estrado. Momentos después entró el acusado, acompañado de su abogado y de sus padres. Izzie no podía dejar de mirarle. Solo tenía dieciocho años, aunque aparentaba catorce. No parecía un asesino, sino un niño. Su madre lloraba en silencio, de la mano de su padre, justo detrás del lugar en el que se sentaba su hijo. Al mirarlos, Izzie comprendió de nuevo cuántas vidas había destruido con su acto, empezando por la suya propia, además de la de Gabby, la de los padres de ambos y la de los amigos de la joven fallecida. Era un espectáculo trágico.

El fiscal leyó los cargos y la declaración pactada de culpabilidad, junto con las condiciones y la duración de la pena. James Stuart Edmondson se había declarado culpable de homicidio negligente y había expresado su profundo arrepentimiento ante el propio fiscal y el departamento de libertad condicional. El fiscal planteó la posibilidad de sustituir la pena de cárcel por su ingreso en un centro de rehabilitación, pero el juez rechazó la sugerencia porque había causado la muerte de una joven de dieciocho años. Con actitud sumamente severa, el juez pidió al abogado defensor y al fiscal que se aproximaran al estrado. Deliberaron unos instantes y el magistrado asintió con la cabeza antes de preguntar si la familia de la víctima deseaba declarar.

El padre de Gabby, acompañado de su abogado, dio un paso al frente. Llevaba un traje azul marino y su rostro mostraba una expresión sombría. Judy y Michelle lloraban abiertamente, y Billy estaba tan desconsolado que Sean e

Izzie creyeron que iba a desmayarse o a atacar a alguien.

Adam Thomas habló con pasión de su hija, recordando lo hermosa y querida que era, el éxito que tenía y el futuro que le esperaba. A Izzie casi se le partió el corazón cuando mostró una fotografía suya. Mencionó incluso su relación con Billy y sus planes de casarse y tener niños. Habló de todo lo que ya nunca ocurriría porque James Edmondson, que también parecía un niño, se había emborrachado y la había matado. Su abogado alegó que no había bebido desde entonces y que se trataba de un desafortunado comportamiento de estudiante que acabó en tragedia cuando se puso al volante de un coche después de beber.

Todo el mundo lloraba en la sala cuando Adam Thomas acabó de hablar, incluido Billy, que no ocultaba sus lágrimas en la primera fila. El juez parecía haber reconocido al quarterback estrella de la USC, inconfundible con su traje azul marino, su camisa blanca y su corbata.

Acto seguido, el magistrado le negó la palabra a la representante de la asociación de madres; quería evitar que su sala se convirtiese en un circo mediático. Era muy consciente de la gravedad de los hechos sin necesidad de que ningún miembro de la asociación pronunciara un discurso. Finalmente, Jimmy Edmondson se adelantó cuando el juez se lo pidió y aseguró con voz temblorosa que estaba muy arrepentido. Parecía sincero y consciente de que era una tragedia para ambas partes. Daba la impresión de que no sobreviviría ni cinco minutos en prisión, y mucho menos un año, y su madre estaba igual de destrozada que Judy.

Con voz sumamente grave, el juez recordó que había muerto una joven, que habían segado su vida, y que todo el peso de la justicia debía caer sobre el señor Edmondson por haberla matado. Aseguró en tono sombrío que no podría eludir las consecuencias de su acto y dejó atónitos a todos los presentes al rechazar la declaración pactada de culpabilidad y condenar al estudiante a cinco años de prisión, más dos años de libertad condicional tras su salida de la cárcel; puso como principal condición que no bebiese una gota de alcohol durante ese tiempo ni condujese un coche, ya que, además, no se le devolvería el permiso de conducir hasta pasados esos dos años.

El juez le preguntó si entendía las condiciones y la condena, y Jimmy asintió con la cabeza mientras las lágrimas rodaban por sus mejillas. Esperaba una condena mucho más breve, y su abogado le explicó que seguramente cumpliría entre tres y tres años y medio. Era mucho tiempo, y resultaba fácil ver lo poco preparado que estaba para el mundo en el que iba a entrar, una cárcel llena de violadores, asesinos y delincuentes de toda clase. Sin embargo, a él también se le consideraba un asesino, aunque fuese en menor grado. Gabby era la víctima y estaba muerta.

El juez dio un golpe con el mazo y todo el mundo se puso de pie. Llegó un alguacil con un representante del sheriff, esposaron al acusado y se lo llevaron. Su madre sollozaba histéricamente, y su marido la abrazó y la sacó de la sala. Ni siquiera miró a los Thomas, no pudo. Su propia pérdida era tan grande que en ese momento no podía pensar en la de ellos, solo en lo que acababa de ocurrirle a su hijo y en lo que le esperaba.

Salieron de la sala en silencio. Los Thomas estaban muy alterados. El chico que había matado a Gabby tenía la misma edad que ella, aunque más bien aparentaba la de Michelle, que habría estado tan mal preparada como él para ir a la cárcel. No obstante, conducía ebrio, mató a Gabby e incluso trató de huir. Por muy doloroso que fuera para sus padres, se había hecho justicia.

Nadie habló mientras abandonaban el edificio; incluso

Billy estaba callado. Lo que acababa de suceder allí dentro no les devolvería a Gabby, pero el muchacho que la había matado había recibido su castigo. En el exterior, la soleada mañana de junio dejó en Izzie un sabor amargo. Miró a sus amigos, tan conmocionados como ella. Había ocurrido algo terrible cuando mataron a Kevin, y ahora había sucedido algo parecido. James Edmondson iría a la cárcel. Así funcionaba el sistema. Subieron a los coches que les habían llevado hasta allí y regresaron a San Francisco por la tarde. Para ellos, la pesadilla del juicio había terminado. La del muchacho que había matado a Gabby acababa de empezar.

16

El resto del verano transcurrió plácidamente. Fue un período de recuperación y reflexión. Sean, Andy e Izzie hablaban mucho de Gabby, de lo extrañas y vacías que resultaban sus vidas sin ella. Billy estaba muy deprimido, y su madre, tan sensata como siempre, le obligó a ir al psicólogo para que aprendiera a exteriorizar sus sentimientos. Estaba muy preocupada por él. Todos lo estaban. Bebía demasiado, algo que Sean no paraba de reprocharle. Sin embargo, cuando se acercó el momento de regresar a la USC para reanudar los entrenamientos volvió a ser él mismo poco a poco. Era posible que nunca se recuperara del todo, pero el fútbol americano siempre había llenado su vida tanto como Gabby, y sus amigos esperaban que fuese su salvación.

Los demás también tenían que buscar una manera de recuperarse y seguir adelante. Judy seguía destrozada, pero la tragedia la acercó a Michelle. Madre e hija viajaron a Nueva York para cambiar de aires y pasar algún tiempo juntas. Cuando regresaron, Judy volvía a ser la de antes.

Andy pasaba con Billy tanto tiempo como podía, a pesar de su aburrido empleo de verano, y Sean y él cenaban juntos con frecuencia y dedicaban horas a hablar de lo que significaba para ellos lo que había ocurrido.

Las madres del grupo también se reunían a menudo. Marilyn estaba preocupada por Billy, pero las gemelas la mantenían muy ocupada, correteando de un lado a otro y volviéndola felizmente loca. Las niñas eran un punto de luz en su vida, una fuente de alegría inconmensurable. Su inocencia era como un rayo de esperanza que brillaba en la oscuridad.

Por su parte, Jennifer e Izzie, que extrañaba mucho a Gabby, estrecharon poco a poco su amistad.

Izzie se marchó a Tahoe con los O'Hara y trató de no recordar la noche que pasó con Andy en el cuarto de servicio. Sean y ella hablaban constantemente de todo lo que les importaba. Él insistía en su deseo de trabajar en el FBI cuando acabara los estudios superiores, algo que en ese momento ya parecía más una meta que un sueño.

Nadaron en el lago, jugaron a tenis, salieron de excursión, pescaron y el padre de Sean les llevó a hacer esquí acuático, actividades normales que les ayudaron a olvidar todo lo malo que había sucedido.

Cuando Izzie volvió a la UCLA en septiembre, estaba preparada para enfrentarse de nuevo a la vida. Sean, por su parte, se sentía muy ilusionado con su regreso a Washington D.C. Billy se había marchado a principios de agosto para empezar los entrenamientos y Andy afrontaba con ganas su segundo curso de medicina. Todos avanzaban en la dirección correcta. No olvidaban a Gabby; toda la vida llevarían consigo el recuerdo de los catorce años de amistad y la infancia que habían compartido. Siempre formaría parte de ellos.

El segundo año fue más duro para Izzie sin Gabby. Había sido maravilloso tener cerca a su mejor amiga, pero ya no estaba. Aunque su nueva compañera de cuarto le caía mejor que la primera, nadie podría sustituir a Gabby. Había sido como una hermana para ella. En cuanto a Billy, las clases le resultaban insoportables. A veces, la angustia causada por la pérdida de su novia seguía dejándole sin respiración. Le costaba mucho seguir el ritmo académico, aunque Izzie le ayudaba siempre que podía. Lo único que le interesaba ahora era jugar en la Liga Nacional de Fútbol Americano. Estaba harto de la universidad.

Pasaba tanto tiempo como podía en el gimnasio y en el campo de entrenamiento. Por fin, siguiendo los consejos de Sean y de su orientador, había dejado de beber. Cuando jugó su primer partido del curso estaba en una forma fantástica. El equipo tuvo una racha de victorias consecutivas y Billy hizo una temporada extraordinaria. Su madre y Jack acudían a menudo a verle jugar, y Larry lo hacía siempre que podía. Sin embargo, al final de la temporada y tras otra final en la que destacó tanto como en la primera, tuvo claro lo que quería hacer. Ahora estaba seguro. Lo único que necesitaba era aguantar un curso más.

El 2 de enero Billy entró en el despacho de su orientador y le habló de sus planes. Este se mostró comprensivo y le confirmó lo que ya sabía, que tenía que esperar a cumplir los veintiuno para entrar en el draft de la Liga Nacional de Fútbol Americano. Era lo que le mantenía vivo. Había ganado una segunda final y se sentía preparado, pero aún debía esperar. Ya no le importaba graduarse. En el mundo le aguardaban demasiadas cosas buenas. Se habría quedado en la universidad por Gabby, pero sin ella solo quería seguir con su vida e iniciar su carrera profesional tan pronto como fuera posible.

Se había mantenido fiel al recuerdo de su novia y no había salido con nadie desde que murió, hacía poco más de un año. La echaba mucho de menos: vivir sin ella suponía un dolor constante.

Izzie deseaba a veces poder decidir su futuro profesional de una vez por todas. Sentía una profunda necesidad de ayudar a los demás, pero aún no sabía con certeza cómo encauzarla. En tercero decidió especializarse en lengua y literatura inglesa, y se lo comentó a Sean, que estaba cada vez más decidido a trabajar en el FBI. La muerte de su hermano había definido sus objetivos todavía con más claridad. La muerte de Gabby había trastornado a Izzie, que se sentía perdida desde entonces.

Trató de explicárselo a su madre en uno de sus escasos viajes a Los Ángeles. Izzie y Katherine no actuaban como madre e hija, y nunca se habían comportado como tal. Eran más bien como dos viejas amigas, pero ni siquiera eran íntimas, a pesar de que tenían una buena relación. Hacía años que Izzie ya no esperaba nada de ella.

—Sigo sin entender por qué no quieres estudiar derecho —preguntó Katherine durante el almuerzo.

Todavía era una mujer hermosa que no aparentaba los cincuenta y cuatro años que tenía. Izzie sospechaba que se había operado, pero si era así no se le notaba. Se había mudado a Londres y vivía con el mismo hombre con el que llevaba seis años saliendo. Se llamaba Charles Sparks, era mayor que Katherine y tenía muchísimo éxito y dinero. Izzie le conocía, pero no sabía gran cosa de él. Su madre parecía feliz, y quizá eso fuese suficiente. No tenía por qué quererle también. Tanto él como su madre eran unos extraños para ella, y a veces tenía la sensación de haberse convertido en una desconocida incluso para sí misma. Seguía sin saber hacia dónde encaminar sus pasos; en ocasiones ya era bastante difícil el simple hecho de seguir viviendo. Lo único que tenía claro era que quería que su vida fuera útil, y no solo tener un empleo.

—No quiero ser abogada, mamá. Supongo que ese es el

mejor motivo. Y tampoco me interesan los negocios como a ti.

Eso también descartaba la facultad de Empresariales. Se había planteado la posibilidad de hacer esa carrera, pero simplemente no era lo suyo. Aunque poseía buenas habilidades para la organización, no sabía dónde utilizarlas.

—No seas una soñadora como tu padre —le pidió Katherine, decepcionada, con una mirada severa. El trabajo que hacía Jeff en la Unión por las Libertades Civiles nunca le había impresionado—. Siempre está defendiendo a los pobres. Así no se gana dinero.

Como trabajadora social, Jennifer compartía los ideales y el profundo compromiso de Jeff. Izzie respetaba su labor, aunque su madre no lo hiciera. Llevaban viviendo juntos más de un año y parecía irles bien. El matrimonio de sus padres nunca funcionó; eran demasiado distintos, y ahora más todavía.

—Puedo dedicarme a la enseñanza durante un par de años, o irme a la India y trabajar con los pobres —comentó, mirando a su madre con aire de disculpa.

Tenía la sensación de que se estaba jugando el futuro a la ruleta. Andy sabía hacia dónde iba, Sean estaba fascinado con el FBI y Billy tenía su carrera de quarterback, pero Izzie seguía sin saber lo que quería hacer. Cuando era pequeña soñaba con una ser buena madre y esposa, quizá porque la suya no lo era, pero desde entonces había descubierto que eso no se consideraba una profesión. Era cuestión de suerte. Connie y Marilyn eran unas madres maravillosas, pero ambas habían trabajado antes. La maternidad era una vocación, no una profesión. Además, a sus veinte años era demasiado joven para pensar en vivir en pareja. De todas formas, no conocía a nadie que le interesara. Había salido varias veces con distintas personas a las que nunca quiso volver a ver. A diferencia de Gabby y Billy, no había encontrado el amor verdadero, aunque lo cierto era que tampoco lo buscaba. Lo único que quería de momento era formarse y divertirse un poco mientras tanto, y encontrar un trabajo que le gustara tras la graduación.

—Ya lo decidirás —dijo su madre cuando se despidieron con un beso después del almuerzo.

Regresaba a Londres esa misma noche y no tenía ni idea de cuándo volvería a verla. Llevaban años así. Por fortuna, su padre y Jennifer eran una constante en su vida, igual que sus amigos.

Su especialidad en lengua y literatura inglesa resultó ser la acertada. Disfrutó mucho con ella. Además, cursó varias asignaturas de filosofía y añadió una subespecialidad en literatura francesa. Lo estaba pasando bien, y Connie la animó a pensar en dedicarse a la enseñanza. Ella había disfrutado mucho enseñando hasta que se casó con Mike.

En enero del tercer curso Billy presentó su solicitud en la Liga Nacional de Fútbol Americano. Por fin dejaría la universidad y su carrera profesional empezaría oficialmente. Aceptaron su solicitud y en abril fue seleccionado por el equipo de Detroit. Aseguró que era el día más feliz de su vida.

No le importaba que no fuera el mejor equipo de la liga; estaba entusiasmado, aquello era lo mejor y más importante que le había sucedido desde la muerte de Gabby. Contrató un agente y un gestor, y poco después, cuando ya habían transcurrido dos años desde la desaparición de su novia, empezó por fin a salir con chicas. Frecuentaba sobre todo modelos y actrices jóvenes, muchachas llamativas de su misma edad o más jóvenes. Ninguna de ellas valía lo que Gabby, pero le distraían. A su madre le inquietaba un poco verle en la prensa del brazo de aquellas chicas guapas, pero tenía que reconocer que eso era bueno para él, mucho mejor que pasarse el resto de la vida llorando por Gabby.

Cuando el tercer curso estaba a punto de acabar, el padre de Izzie y Jennifer decidieron casarse. No querían tener hijos, pero manifestaron su intención de adoptar uno. Eran muchos los cambios que se perfilaban en el horizonte, pero Izzie no estaba disgustada. Jennifer le caía bien y pensaba que era buena para su padre, aunque no estaba segura de que adoptar un niño a su edad fuese buena idea. Sin embargo, la adopción encajaba con el deseo que sentían ambos de mejorar la suerte de las personas menos afortunadas, y lo cierto era que estaban muy ilusionados.

Por su veintiún cumpleaños, su madre le regaló un abono de tren para el Eurail y una mochila para que recorriera Europa durante el verano. Se reunió con Sean y Andy en Copenhague y viajó con ellos por Noruega y Suecia. Luego visitó Berlín y, una vez sola, París, desde donde voló a Londres. Disfrutó de los días que pasó con su madre y Charles antes de volver a casa. Había pasado fuera todo el verano y le hacía mucha ilusión empezar el último curso.

Almorzó con Andy antes de que este se marchara a Boston. Tenía novia formal y estaba deseando empezar en la facultad de Medicina en cuanto se graduara. Esperaba quedarse en Harvard y especializarse en cirugía ortopédica. Por su aspecto y su forma de actuar, adulto y maduro, casi parecía ya un auténtico médico.

Se interesó por lo que ella iba a hacer cuando se graduara. Ya habían hablado de ello en Europa, pero la conversación había sido demasiado vaga.

—Supongo que me dedicaré a la enseñanza durante algún tiempo. O quizá me aliste en el Cuerpo de Paz. De cualquier modo, más vale que lo decida este año —respondió con una sonrisa apesadumbrada.

Su madre la había invitado a pasar un año en Londres, una perspectiva que parecía emocionante, pero no era lo que quería hacer. Seguía deseando hacer algo útil, aunque ignoraba qué.

—Me siento igual de mayor que el primer día de parvulario, cuando os serví comida de plástico a todos. Tú pediste un sándwich de pavo con mayonesa.

Los dos se echaron a reír.

El pequeño Andy parecía muy serio y correcto con su camisa y sus pantalones de color caqui. Ya entonces sabía que quería ser médico. Ninguno de ellos había cambiado mucho desde entonces. Billy continuaba obsesionado con el fútbol americano, y Gabby habría sido actriz de no haber muerto. A Izzie todavía se le partía el alma cuando lo pensaba. Sean seguía queriendo atrapar a «los malos»; hablaba español con fluidez y se graduaría en política exterior, lo que le sería muy útil en el FBI.

—Quizá deberías plantearte la posibilidad de abrir un restaurante con comida de plástico —bromeó Andy.

En ese momento Izzie vio la luz. Sería un poco diferente del camino que había estado considerando, pero de pronto le pareció el apropiado para ella.

—Sería mejor que mis verdaderos guisos —reconoció, pensativa—. Los donuts de plástico me parecían especialmente adorables.

—Igual que tú —añadió Andy con expresión cariñosa, y le alborotó el pelo.

Nunca hablaban de la noche en que perdieron la virginidad juntos, pero ambos la recordaban. Izzie sabía que jamás la olvidarían. Se alegraba mucho de que Andy hubiera encontrado a una chica que le gustase de verdad. Se llamaba Nancy y la había conocido en el laboratorio de su facultad. Decía que estaba loco por ella y compartían los mismos objetivos e intereses vitales y profesionales. ¿Quién sabía? Quizá saliera bien. Desde la muerte de Gabby, a Izzie le costaba tener fe en nada, y menos en el futuro; ni siquiera tenía fe en sí misma. ¿Cómo se podía confiar en nada después de aquello?

Tampoco estaba segura de lo que quería en cuanto a relaciones. A principios de curso había estado saliendo con un chico durante tres meses, pero enseguida dejó de gustarle. Se sentía como un barco sin timón, sin ningún interés amoroso serio ni objetivos profesionales firmes.

Habló con Sean del futuro cuando quedaron para cenar la víspera de su regreso a Washington. En ese momento, la principal preocupación de todos era la vida después de la graduación.

—Ya lo decidirás —le aseguró Sean.

—Eso dice mi madre —reconoció Izzie con un suspiro. En realidad sus ideas empezaban a aclararse, pero no quería decírselo a nadie hasta que estuviera segura—. ¿Y tú? ¿Departamento de Estado? ¿Justicia? ¿Sigues con lo del FBI?

Muchos estudiantes de la GW entraban a trabajar en la administración, y no le costaba imaginarse a Sean haciendo algo con un cariz más internacional ahora que hablaba español con fluidez.

—Algo así —comentó, sin entrar en detalles.

Izzie le miró y comprendió que le ocultaba algo.

—¿Qué significa eso? ¿Qué es lo que no me cuentas?

Él se echó a reír. Izzie le conocía demasiado bien, pero él también la conocía, a veces mejor que ella misma. Tampoco podía ocultarle nada.

—No lo sé. Estoy investigando una cosa. No es una idea nueva para mí.

—¿Policía? ¿Bombero? ¿Sheriff? —insistió, recordándole sus primeros objetivos profesionales.

Sean se echó a reír.

—Algo así.

Aún no se lo había dicho a sus padres, y tampoco estaba preparado todavía para contárselo a Izzie, pero su amiga no se rendía fácilmente.

—¿Y bien?

—Vale, vale, pero no se lo digas a nadie aún hasta que lo decida. Quizá la CIA, la DEA o el Departamento de Justicia. Tengo una entrevista para la academia del FBI y espero que me acepten sin experiencia laboral.

Siempre había sido su sueño, y ahora más que nunca. Anhelaba entrar desesperadamente.

—¿Qué significa toda esa sopa de letras? —preguntó Izzie, un tanto preocupada.

Había entendido por dónde iba, y algunos de los organismos que había mencionado le parecían peligrosos, sobre todo la agencia antidrogas o DEA.

—Sigo queriendo atrapar a los malos, como los que mataron a mi hermano. La única forma de hacerlo es cortar el mal de raíz, es decir, acabar con los cárteles de la droga en Sudamérica. De allí viene toda esa mierda. Venden drogas para comprar armas destinadas a los terroristas de todo el mundo.

Su cara se iluminó, igual que cuando tenía cinco años y blandía su pistola de vaquero. Cada vez que quedaban para jugar en su casa la arrestaba y la metía en la cárcel, que era su habitación, y luego bajaba a buscar algo para comer.

—Es peligroso. Hay gente que muere haciendo eso. No quiero perder a otro amigo.

—No me perderás —le aseguró—. Además, aún no lo tengo claro. Solo es una idea. Quiero ver de qué va el FBI. Parece lo más interesante, al menos para mí.

—Realmente es cierto —reconoció con un suspiro—:

todos sabíais lo que queríais hacer ya en el parvulario, y yo sigo tratando de decidirme. Patético, ¿no?

—Para nada. Antes del curso que viene se te ocurrirá algo. Eres inteligente al mantener una mente abierta.

—No tengo la mente abierta —le aseguró con pesar—. Solo la tengo en blanco.

—Lo dudo mucho —respondió Sean con ternura, y acto seguido le dio un beso en la mejilla—. Eres la chica más inteligente que he conocido en mi vida, y siempre lo serás.

Se abrazaron de nuevo cuando la dejó en la puerta de su casa. Hablar con él compensaba un poco el vacío que Gabby había dejado en su vida. Sabía que ese hueco nunca se llenaría, igual que le ocurría a Billy y en cierto modo a todos y cada uno de ellos.

El padre de Izzie y Jennifer se casaron ante el juez el 26 de diciembre, en una ceremonia sencilla y en presencia de casi todos sus amigos y compañeros de trabajo. El posterior banquete se celebró en un restaurante cercano al que asistieron también los amigos de Izzie y sus padres. Judy seguía estando muy afectada, y Michelle había vuelto a adelgazar. La joven, que debía hacer constantes esfuerzos para mantener su peso, había ingresado en la Universidad de Stanford y sacaba buenas notas. Brian, por su parte, cursaba el tercer año de secundaria en Atwood. Billy, Andy y Sean habían vuelto a casa para las fiestas. Billy llevaba un traje de cuero y botas de piel de cocodrilo. Parecía justo lo que era: un deportista profesional que ganaba mucho dinero. Al verle, Izzie no pudo evitar reírse.

—Así soy yo —bromeó él con una carcajada.

Según la prensa del corazón, tenía una nueva y atractiva novia que trabajaba como bailarina en Las Vegas. No era

Gabby, pero Billy tenía veintidós años y aún no necesitaba encontrar el amor verdadero. Andy acababa de ser admitido en la facultad de Medicina de Harvard. Sean no había llegado a contarle a Izzie lo ocurrido cuando visitó la academia del FBI, y cambiaba de tema cada vez que ella le preguntaba. La propia Izzie buscaba empleo y tenía uno en mente. No era una profesión para toda la vida, pero la atraía para dedicarle algún tiempo, quizá un par de años mientras se decidía. Echaba de menos tener a Gabby para hablar. Su amiga siempre había sido muy sensata y madura.

En mayo terminaron los trámites de adopción que su padre y Jennifer habían iniciado. Adoptaron una niña china de dos años, la criatura más adorable que Izzie había visto en su vida. Se llamaba Ping. Estaban muy ilusionados. Jeff renunció a su estudio para convertirlo en la habitación de la niña, e Izzie les ayudó a pintarla durante un fin de semana.

En junio llegó el gran día para todos ellos. Andy se graduó en Harvard con las máximas calificaciones, Sean hizo lo propio en la universidad George Washington con una matrícula de honor en lengua española e Izzie se convirtió en graduada en lengua y literatura inglesa por la Universidad de California en Los Ángeles. La semana antes de la graduación le habían confirmado que trabajaría como profesora auxiliar en el parvulario de Atwood, donde todos habían estudiado. Era justo la clase de trabajo que deseaba en ese momento. No obstante, por fin estaba segura de hacer lo correcto. Ese verano tenía previsto volver a Europa y visitar Venecia, Florencia, Padua y Verona, además de algunas de las ciudades que no había visto el año anterior.

Su ceremonia de graduación en la UCLA fue solemne y conmovedora. A ella asistió Sean, que se había graduado un mes atrás. Andy no pudo acudir, pues se había quedado en Cambridge para mudarse a un piso. La aparición de Billy causó un alboroto; el quarterback tuvo que firmar un montón de autógrafos. Jeff y Jennifer acudieron con Ping, y también asistió su madre. Izzie echó muchísimo de menos a Gabby, aunque notaba su presencia invisible. Costaba creer que hubieran transcurrido casi tres años y medio desde su muerte. El tiempo había pasado muy deprisa, y Billy estaba saliendo adelante.

Su padre y Jennifer le organizaron un banquete de graduación en el hotel Bel-Air. Hacía un hermoso y soleado día y todos disfrutaron de su mutua compañía y se rieron mucho contando viejas anécdotas sobre sus juegos y travesuras infantiles. Sean y Billy recordaron una vez más que el primer día de parvulario les sirvió el almuerzo en la mesa de picnic con comida de plástico.

—Somos amigos desde entonces —dijo Sean, mirándola con cariño.

Izzie aprovechó el momento para contarles lo de su nuevo empleo como profesora auxiliar en el parvulario de Atwood. Como esperaba, su padre se mostró orgulloso de ella, mientras que su madre le lanzó una mirada de reprobación.

—Creo que lo pasarás bien en ese trabajo —le comentó Sean en voz baja—. Los niños pequeños se te dan muy bien.

La había visto muchas veces con las hermanas de Billy, que ahora tenían cuatro años y asistían al mismo centro de preescolar al que habían ido Billy y Brian. Era muy probable que al año siguiente ingresaran en Atwood.

—No pienso trabajar en ello toda la vida —murmuró Izzie—. Solo serán un par de años. ¿Y tú? —le preguntó directamente mientras los demás volvían a hablar entre sí—. Todavía no me has contado lo que pasó con el FBI.

Sean vaciló unos momentos y luego le contestó:

—Me contrataron. Fue un milagro que pasaran por alto la experiencia laboral. Supongo que fue una señal: estaba escrito.

—¿En serio? —Izzie le miró sorprendida—. No me lo contaste.

A ella no le parecía ningún milagro.

—Es lo que siempre he querido hacer, ya lo sabes.

—Confío en que no te asignen misiones peligrosas —añadió, aunque ambos sabían que lo harían, y que eso era lo que él quería. Estaba preocupada—. Parece muy arriesgado. ¿Cuándo empiezas?

Izzie esperaba que pasara algún tiempo en casa.

—En agosto, en Quantico, Virginia. Estaré allí hasta enero.

Katherine se marchó pronto para tomar un avión a Nueva York. Los demás se irían por la noche. Izzie había enviado ya sus cosas de vuelta a San Francisco, había abandonado la residencia y se alojaba en el hotel con su padre y Jennifer. Sean regresaría con ellos. Billy había sido traspasado recientemente al equipo de Miami, pero tenía previsto volver a San Francisco para ver a sus padres en julio. Como siempre, visitaría también a los padres de Gabby. Michelle acababa de finalizar su segundo curso en Stanford, y Brian iniciaría el último año de secundaria. Izzie había prometido ayudarle con las solicitudes de ingreso. Al chico le hacía ilusión que trabajara en Atwood y pudieran verse siempre que quisieran.

Esa noche, en el avión a San Francisco, Sean e Izzie hablaron sobre Billy en voz baja y de la vida que llevaba. Les aliviaba comprobar que parecía más calmado pese a las tentaciones que le rodeaban a diario. Izzie se preguntaba si Gabby y él se habrían casado a aquellas alturas, aunque suponía que sí. Sin ella, Billy no tenía freno, y era conocido por salir con montones de mujeres hermosas. Con Gabby nunca le interesaron las demás. Sin embargo, ahora eran un símbolo de estatus para él, como los trajes caros, las botas de piel de cocodrilo y el Rolex de oro con diamantes que lucía en la muñeca. Pero a pesar de todo aquel lujo seguía siendo el mismo chico con el que habían crecido, el niño que había dejado su pelota de fútbol americano en la casilla de Atwood y que se había enamorado de Gabby la primera vez que ella le quitó las piezas de construcción. Al mirar a Sean, sentado a su lado, Izzie supo que algunas cosas nunca cambiarían.

17

Ese miércoles, Izzie abrió la conocida puerta con su propia llave. La había visto durante trece años de su vida y la había cruzado miles de veces, pero nunca así. Entró en el aula de párvulos y encendió las luces. Las tarjetas de identificación estaban sobre la mesa, listas para ser entregadas a los alumnos el primer día de clase. En una hora estarían todos allí. Su nombre también estaba escrito en una de aquellas tarjetas.

Observó el rincón de las piezas y vio que nada había cambiado. Los bloques de construcción eran nuevos, pero la disposición era la misma. Tenían una nueva cocinita infantil en el mismo lugar, con fogones y nevera de color rosa intenso. Tuvo la impresión de que había más comida de plástico que antes. Se acercó a mirar, deseando encontrar los donuts con virutas, pero en su lugar halló un pastel de cumpleaños de chocolate dividido en pedazos, con velas de mentira.

Había un rincón de disfraces con ropa de princesa, uniformes de policía y de bombero, y un sombrero de vaquero con su pistolera, que estaba vacía; las normas seguían siendo las mismas. El aula tampoco había cambiado, y si Izzie cerraba los ojos podía imaginar que los cinco estaban allí. Le habría gustado retroceder en el tiempo y empezar de nuevo. Allí había comenzado todo, el día en que Gabby les quitó las piezas a Billy y Sean, Izzie les sirvió a todos la comida y Andy llegó tarde con sus pantalones de color caqui perfectamente planchados y su camisa blanca. Ya entonces parecía un médico. Podía oír sus voces en el silencio. Muy pronto habría voces diferentes en esa aula, caras nuevas, otros niños. Ahora Izzie era la maestra, no una niña con trenzas. Tuvo una sensación extraña al coger la tarjeta de identificación. Casi esperaba que pusiera SEÑORITA PAM, pero habían escrito SEÑORITA IZZIE, y la señorita Wendy había sustituido a la señorita June. Todo había sucedido muy deprisa, cuando nadie miraba. Los niños de ayer eran adultos ahora, y algunos ya se habían ido. Intentó no pensar en Gabby y sus zapatos de color rosa con brillos mientras guardaba su abrigo en el armario y se ponía una bata. La señorita Wendy, directora de preescolar, le había mostrado dónde estaba todo antes de que empezara el curso. Ese día, para que los nuevos alumnos se sintieran cómodos, empezarían con arcilla en lugar de con instrumentos musicales. Luego vendría la hora del cuento y el recreo, una pequeña siesta y, más tarde, la introducción de las letras, los números y los colores. El esquema apenas había cambiado.

Wendy llegó justo cuando se dirigía a la puerta con su tarjeta de identificación sujeta a la bata y las de los alumnos en la mano. También llevaba la lista de asistencia. Ya había memorizado los nombres, y ahora tenía que asociarlos con las caras.

—¿Todo a punto? —le preguntó la directora con una amplia sonrisa.

Izzie asintió con la cabeza. La jarra para el zumo estaba en su sitio, con los vasos de plástico que utilizarían. Había una fuente de galletas de vainilla, sin frutos secos ni chocolate. De pronto la embargó la impaciencia. Era emocionante estar allí. También era su primer día de colegio.

—Todo a punto —confirmó, y se dirigió a la puerta del parvulario para recibir a los nuevos alumnos.

Los de los cursos superiores entrarían en tropel por las puertas dobles que se hallaban a pocos metros, pero el parvulario tenía su propia entrada, igual que antes, y mesas y sillas minúsculas. Izzie recordaba a varias madres sentadas allí el primer día. Su madre no estaba entre ellas, pero algunas se habían quedado, aunque había olvidado quiénes eran. Se acordaba de que aquel día llevaba puesta una camiseta roja y unas zapatillas nuevas, también rojas.

Ocupó su lugar y sonrió a cada uno de los niños que cruzaron la puerta, preguntándose si algunos llegarían a ser amigos para toda la vida. Mientras les colocaba las tarjetas de identificación le entraron ganas de decirles que era un día muy importante, que los niños de los que se hicieran amigos «para siempre» estarían con ellos toda su vida.

Cuando todos los alumnos estuvieron en la escuela, Izzie regresó al aula, donde ya estaba la señorita Wendy. Unos niños jugaban con las piezas, otros estaban en la cocina y algunos más habían empezado ya a trabajar con la arcilla siguiendo las indicaciones de la maestra. Al fondo había media decena de madres sentadas en sillas minúsculas. Una de ellas parecía muy incómoda, daba la sensación de que estaba a punto de dar a luz. Nada más verla, Izzie recordó que en su primer día de clase vio a una madre en avanzado estado de gestación, y tras reflexionar unos momentos comprendió que debía de ser Marilyn, embarazada de Brian. En ese preciso momento, el chico estaba en el piso de arriba, iniciando el último curso de secundaria. Era como una cadena de niños que se sucedían año tras año, y ahora le había llegado el turno a esta clase. Era su momento. Su gran día. Y el de ella.

La señorita Wendy le indicó con un gesto que se presentara, así que se situó en el centro del aula y les habló en voz alta:

—Hola a todos. Soy la señorita Izzie. Mi verdadero nombre es Isabel, pero Izzie me gusta más. Hace mucho tiempo también vine a este colegio.

Echó un vistazo al rincón de las piezas y vio que una niña acababa de arrebatarle una pieza a un niño. Fue como estar viendo a Gabby, y tuvo la sensación de que era un mensaje de su amiga.

Volvió a centrar su atención en la clase y anunció que ese día trabajarían con arcilla. Todos pusieron cara de interés. Les pidió que formaran un círculo y, cuando se aproximaron, les invitó a sentarse en el suelo. Wendy y ella se sentaron también, y la directora hizo que cada uno dijera su nombre; como aún no sabían leer, las tarjetas de identificación estaban pensadas para las maestras.

Cantaron una canción y Wendy les llevó a la mesa de trabajo, donde pasaron los siguientes cuarenta y cinco minutos modelando objetos de arcilla. Volvieron al círculo después de lavarse las manos e Izzie los hipnotizó con uno de sus cuentos favoritos antes de dejarles salir a jugar a un patio exterior con juegos nuevos, más interesantes y divertidos de lo que ella recordaba. Cuando volvieron a entrar, les ofreció el zumo y una galleta a cada uno.

Leyeron otro cuento, les dejaron un rato de juego libre y después Wendy hizo que cada uno de ellos sostuviera la letra por la que empezaba su nombre. Tuvieron una mañana muy ocupada, y cuando Izzie volvió a la puerta para acompañar a los niños a los coches en los que les esperaban sus madres, le pareció que solo habían transcurrido unos minutos. Al regresar al aula, miró a Wendy con una sonrisa y se quitó la bata. Su compañera era la viva imagen de una profesora de parvulario. Tenía una gran sonrisa y ojos amables, y llevaba el pelo rubio recogido en una larga trenza que le caía por la espalda. Era regordeta y más baja que Izzie, y vestía un blusón con coches de bomberos que había confeccionado ella misma.

—¿Qué tal su primer día, señorita Izzie? —preguntó en tono afectuoso.

—Me ha encantado —respondió con una sonrisa.

Aunque su madre considerase poco importante lo que estaba haciendo, volver a aquel entorno familiar le producía una sensación alegre y cálida, como si regresara al útero materno. Se sentía segura y protegida en aquel pequeño mundo, algo que no le ocurría desde la muerte de su mejor amiga.

—Aquí lo pasamos muy bien —le aseguró Wendy mientras guardaba los juguetes con la ayuda de Izzie—. Creo que mañana trabajaremos con instrumentos musicales y números. Hoy lo han hecho muy bien con el abecedario.

Tenía la impresión de haber vuelto a ser una niña de párvulos. Todo resultaba divertido para ella, y los niños eran encantadores. En la clase había una niña china que le recordaba a Ping. Se preguntó si algún día sería alumna suya. Marilyn le había dicho que las gemelas asistirían el curso siguiente. Costaba creer que pronto fueran a tener edad suficiente para ir al parvulario, o que ella fuese la profesora. Se alegró cuando Wendy le aseguró que les había caído muy bien a los niños. Media hora más tarde, con todo ordenado y listo para el día siguiente, apagaron las luces, salieron del aula y cerraron la puerta con llave. Solo eran las dos y media y tenía toda la tarde libre.

Decidió pasar a visitar a Connie. Sabía lo sola que se

sentía sin Sean. Hablaron de la mañana que había pasado en Atwood, un trabajo que a la madre de su amigo le parecía una gran idea. Además, había encontrado un pequeño estudio cerca de la escuela que le permitía ir andando a trabajar cada día. Era su primer apartamento propio.

—¡Qué sitio tan feliz para trabajar, con todos esos niños tan adorables! Creo que eso es maravilloso.

Connie la sorprendió al contarle que ella también había decidido volver a trabajar. Ayudaría a Mike en la oficina a tiempo completo, y no solo unas cuantas horas por semana como hasta ahora. A su marido le vendría bien que se ocuparse de la contabilidad. Además, le gustaba la idea de verle más. Ahora que no tenía hijos que cuidar, estaba cansada de estar en casa sin hacer nada. Sean había iniciado varias semanas atrás su formación del FBI en la base de marines de Quantico, donde pasaría cinco meses para luego trasladarse a Washington D.C.

Pasaron un buen rato charlando sobre las ambiciones y los planes de Sean, que por fin empezaba a vivir su sueño. Izzie admitió que estaba preocupada por él, pero su madre le aseguró que respetaba su decisión y le recordó que siempre, desde que era pequeño, había querido ingresar en algún cuerpo de policía. Izzie no se lo discutió, aunque opinaba que era un trabajo demasiado peligroso, sobre todo habida cuenta de que Mike y ella ya habían perdido a un hijo. Sin embargo, Connie tenía una mentalidad mucho más abierta, y aseguraba que nunca interferiría con la profesión que él eligiese. Era un buen ejemplo para cualquier madre, en contraste con Katherine, que siempre había querido que Izzie siguiera sus pasos, sin importarle las opiniones o preferencias de su hija. La mañana que acababa de pasar leyendo cuentos y jugando con arcilla nunca habría contado con la aprobación de su madre, pero lo había pasado en grande.

A partir de aquel día pasaba a ver a Connie siempre que podía y le hacía compañía cuando Mike y ella llegaban a casa después de trabajar o los fines de semana. A veces visitaba también a Marilyn, muy ocupada con sus tres hijos y su marido. Judy tenía a Michelle, que volvía a casa muchos fines de semana, y Helen, la madre de Andy, tenía su profesión. De todas las madres, Connie era la que estaba más sola; además, Izzie se sentía más unida a ella que a las demás, por lo que procuraba visitarla a menudo. La chica enviaba frecuentes mensajes de texto a Sean para decirle que sus padres estaban bien. Él, por su parte, la telefoneaba de vez en cuando, aunque estaba muy ocupado con sus estudios.

Andy también intentaba acordarse de llamarla, pero estaba tan desbordado de trabajo en la facultad de Medicina que casi siempre se le olvidaba. Por su parte, Billy telefoneaba muy de tarde en tarde desde Miami o cuando estaba de viaje. Decía que le gustaba Miami, pero paraba poco por allí. Izzie se mantenía informada gracias a la prensa sensacionalista y la revista *People*. Llevaba una vida muy agitada y nunca salía más de una vez en las fotos con la misma mujer. Billy no paraba.

De vez en cuando también corrían rumores de que le habían visto en una fiesta o discoteca en malas condiciones, borracho o alborotando, o después de una pelea de bar, siempre acompañado de alguna chica atractiva y sexy.

No volvió a ver a sus amigos hasta Navidad. Ping y ella ayudaron a decorar el árbol de Navidad en casa y fue a ver *El cascanueces* con Jennifer y la niña. Sean y Andy regresaron a San Francisco para pasar las fiestas, y Marilyn le aseguró que Billy no tardaría en llegar, aunque seguramente no lo hiciera hasta después de Navidad, ya que estaba jugando los partidos de play-off para la Super Bowl, y si su equipo conseguía llegar a la final, Marilyn, Jack y Brian irían a verle.

Como siempre, cada uno pasó la Navidad con su familia, y al día siguiente Izzie, Andy y Sean prepararon la cena en casa de este último aprovechando que Connie y Mike habían salido. Izzie les explicó cómo era ser maestra de parvulario en Atwood, Andy habló de los rigores de la facultad de Medicina, aunque era evidente que estaba encantado, y ambos le dieron la lata a Sean para que les hablara del FBI. Se mostraba tacaño con los detalles, pero sonreía siempre que hablaba de ello. Ya casi había terminado la primera fase, y estaba a punto de trasladarse a Washington para trabajar en una oficina. Izzie se sintió aliviada al saberlo. Hasta el momento su trabajo no parecía demasiado peligroso. Sean mencionó que varios alumnos de su clase poseían grados universitarios, y que dos de ellos tenían incluso un doctorado. Parecía un grupo interesante.

Pasaron una velada divertida y comentaron las últimas correrías de Billy que aparecían en la prensa. La revista *People* había publicado recientemente un artículo sobre una fiesta salvaje a la que había asistido en Miami y en la que le dispararon a alguien. Sean, muy disgustado, pensaba hablar con él cuando volviera a casa. Billy se había convertido en una superestrella, pero sus mejores amigos seguían siendo aquellos con los que había crecido.

Izzie y Sean estaban limpiando la cocina cuando llamó su padre y le pidió que encendiera el televisor. Mike colgó enseguida. Sean solo sabía que habían salido a cenar. Cruzaron el comedor hasta llegar al televisor que estaba en el salón, Andy cogió el mando a distancia y encendió el aparato. No sabían qué esperar, pero en cuanto se iluminó la pantalla apareció una foto de Billy, seguida de las imágenes de una ambulancia abandonando su casa de Miami.

—¿Qué demonios...? —murmuró Sean, tratando de adivinar lo que había ocurrido.

Entonces, el presentador del avance informativo anunció que el quarterback estrella Billy Norton había muerto de sobredosis en su casa de Miami al anochecer. Los tres se quedaron de piedra, como hipnotizados, mirándose unos a otros.

—¡Oh, no! ¡Dios mío! —exclamó Izzie con voz débil, derrumbándose en una butaca—. Otra vez no... Billy no...

Ni Sean ni Andy habían pronunciado una palabra cuando Connie y Mike entraron conmocionados. Los cinco se miraron sin saber qué decir. No sabían si ir o no a casa de Marilyn, ni si se habría enterado ya. Todas las cadenas difundían la noticia, así que si aún no lo había visto lo haría enseguida, o alguien telefonearía para decírselo. Incluso podía haber cámaras de televisión y periodistas en la puerta de su casa. La muerte de Billy iba a ser noticia en todo el país.

Izzie no podía soportar la idea de volver a pasar por aquello. Ya habían transcurrido cuatro años desde la muerte de Gabby, y le seguía pareciendo que había sido ayer. Sean estaba furioso, hervía de rabia. Para él, era como revivir la pérdida de Kevin.

—¡No tiene ningún puto sentido! —exclamó, arrojando el mando a distancia al otro lado de la sala.

Recordaba todas las veces que Billy se había emborrachado, y cuando había tratado de darle éxtasis después de la final del campeonato porque ya le habían hecho los análisis antidopaje. Abandonó la sala hecho una furia, subió corriendo las escaleras y cerró la puerta de su dormitorio de un portazo. Connie y Mike miraron a Izzie y Andy. Se sentían impotentes. Habían perdido a otro de sus amigos. A diferencia de Gabby, que había muerto sin tener culpa alguna, Billy había corrido todos los riesgos posibles y había perdido.

—Será mejor que llame a Marilyn —comentó Connie en voz baja.

Cuando lo hizo, encontró a su amiga extrañamente tranquila. No hubo gritos, ni llanto ni histeria. Marilyn parecía en estado de shock.

—Sabía que pasaría esto —reconoció en tono sombrío—. No ha sido capaz de manejar la presión y todo lo que la acompañaba.

Billy era un muchacho de veintitrés años que ganaba millones de dólares y vivía rodeado de tentaciones irresistibles. Todos estaban preocupados por él, sobre todo desde que había muerto Gabby, que era quien le obligaba a mantener los pies en el suelo. Y ahora se había producido una tremenda desgracia, la absurda pérdida de un deportista de enorme talento y una persona muy querida por todos.

Marilyn aceptó el ofrecimiento de Connie de ir a su casa y Andy acompañó a Izzie a la suya. Sean no respondió cuando le llamaron. Seguía en su habitación con la puerta cerrada, viviendo su propio duelo.

Andy e Izzie se marcharon en silencio, y Connie y Mike recorrieron en coche las escasas manzanas que les separaban de la casa de Marilyn y Jack. En la calle había cámaras de televisión y varias furgonetas de las que salía un montón de gente. Delante de la puerta, los periodistas llamaban al timbre con insistencia, con la esperanza de hablar con cualquier persona dispuesta a atenderles. Brian había visto la noticia en casa de un amigo y había telefoneado enseguida a su madre, que le pidió entre los sollozos de ambos que no volviera a casa esa noche.

Mike se acercó a la nube de periodistas y los echó de allí con cajas destempladas. Los reporteros bajaron los peldaños de la entrada, pero no se marcharon. Jack abrió la puerta una rendija, lo justo para que entrasen sus amigos, y volvió a cerrarla de inmediato. Todas las persianas de la casa estaban bajadas. La familia estaba sitiada. Por fortuna, las gemelas dormían mientras Jack y Marilyn lloraban desconsolados.

—Lo siento mucho —murmuró Connie, estrechando entre sus brazos a su amiga.

Ya habían pasado por aquello demasiadas veces. Los dos hombres también se abrazaron entre lágrimas. Aunque Billy no era hijo de Jack, el marido de Marilyn le había querido a lo largo de siete años como si lo fuera. Había sido testigo de cómo le arrastraba su carrera con la fuerza de una marea. Las tentaciones de la vida descontrolada habían sido demasiado excitantes para el joven.

Eran las dos de la madrugada cuando Connie y Mike regresaron a casa. Encontraron a Sean sentado en el salón, viendo en la televisión repeticiones de la noticia y vídeos de algunos de los partidos más famosos de Billy. Tenía previsto ir a la Super Bowl por primera vez al cabo de pocas semanas, y ahora eso nunca sucedería.

—¿Cómo están? —preguntó.

Una expresión de profunda inquietud había sustituido a la rabia. Todo el mundo se había ido cuando salió de su habitación, y desde entonces había estado viendo los informativos.

—Más o menos como estábamos nosotros cuando murió Kevin —respondió Mike en tono desdichado; se le veía cansado—, pero con las cámaras de televisión en el exterior. Al final tendrán que salir, hay que hacer muchos preparativos.

—Van a necesitar escolta policial —comentó Sean—. ¿Queréis que me encargue yo? —se ofreció.

—¿Sabes a quién llamar? —preguntó su padre, sorprendido.

Había olvidado por un momento que Sean estudiaba en la academia del FBI.

—Puedo averiguarlo con unas cuantas llamadas.

—Entonces creo que deberías hacerlo. No tienen la menor idea de lo que deben hacer y están demasiado trastornados para pensar. Brian ni siquiera ha podido volver a casa esta noche.

Sean asintió con la cabeza y cogió el teléfono. Llamó a información y luego empezó a marcar números, dando cada vez su número de identificación del FBI. En veinte minutos había conseguido que varios agentes del departamento de policía de San Francisco acudieran a casa de Marilyn y Jack a la mañana siguiente y permanecieran con ellos todo el día. Era todo lo que podía hacer para ayudarles. No había experimentado aún su propio sentimiento de pérdida, solo indignación por lo que Billy había hecho e ira contra quienes le habían ayudado a hacerlo. En los últimos años no había visto con sus propios ojos pruebas de que Billy se drogara, pero era fácil deducirlo a partir de las noticias que publicaba ocasionalmente la prensa sensacionalista. Ahora había sucedido lo peor: su amigo de la niñez había muerto, y los responsables habían quedado impunes. Sean ansiaba matarlos uno a uno de forma muy dolorosa. Y pronto tendría los medios necesarios.

18

El funeral de Billy se convirtió en un gran circo mediático. La policía tuvo que colocar vallas delante de la iglesia y un numeroso grupo de agentes contuvo a las masas. La familia no esperaba tener que vivir aquella pesadilla. Cuando el féretro fue trasladado al tanatorio desde el aeropuerto, hubo que recurrir a personal de seguridad armado para protegerlo y a los antidisturbios para controlar a la multitud. Marilyn, Jack y Larry no pudieron entrar en el tanatorio hasta la medianoche, cuando la policía les escoltó hasta allí en un coche sin distintivos policiales. La prensa seguía esperándoles en la puerta, pero los fans se habían ido a casa al comprender que no les permitirían el paso. Además, el alboroto había despertado la indignación justificada de quienes estaban en el tanatorio llorando la pérdida de algún allegado.

Por un lado, el dolor resultaba así más fácil de soportar, porque cada detalle de lo ocurrido suponía un verdadero trauma. Marilyn envió a Brian a casa de los O'Hara, y Sean le hizo compañía hasta el funeral. Recordaba demasiado bien cómo había sido perder a un adorado hermano mayor. Y Brian idolatraba a Billy. Ninguno de ellos podía asimilar que estuviera muerto, y menos en tales circunstancias.

El alcalde dispuso un cordón policial para el funeral en la catedral de St. Mary y guardias armados para proteger el féretro con objeto de que la familia pudiera al menos intentar enterrarlo en paz. Había más de mil personas en el interior, y el doble detrás de la barrera policial al otro lado de la calle.

Después del funeral, invitaron a sus amigos al restaurante de Jack, donde los guardias de seguridad y la policía dejaron entrar solo a los amigos más íntimos de la familia, inscritos en una lista.

—¡Por favor! ¡Esto es una pesadilla! —exclamó Andy mientras Izzie y él eran escoltados hasta el interior.

Se abrieron paso entre la gente en busca de Jack y Marilyn. Larry se había marchado a otro lugar con sus amigos. Sean montaba guardia junto a Brian, y Michelle estaba a su lado. La situación resultó tremendamente estresante. Al día siguiente, Marilyn buscó refugio en casa de los O'Hara con Brian y las gemelas.

—¿Qué vamos a hacer? —preguntó, desesperada—. No podemos vivir así.

—Pronto se apaciguarán las cosas —le aseguró Sean en voz baja. El chico se debatía con sus propios sentimientos acerca de lo sucedido, pero trataba de consolarla. Sin embargo, la ira que sentía contra los traficantes que habían tentado a Billy y a su hermano se reflejaba en cada una de sus palabras—. Deberíais quedaros aquí un par de semanas.

Esa noche, Jack se reunió con ellos. Él y Marilyn se alojarían en la habitación de invitados, Sean compartiría su habitación con Brian y las gemelas dormirían en unos sacos de dormir en el sofá del cuarto de juegos.

Las cosas comenzaron a calmarse una semana más tarde, cuando Sean se preparaba para volver a la academia del

FBI; Andy había regresado un día antes a Cambridge. Izzie cenó esa noche con los O'Hara. Ella y Sean buscaron refugio en el antiguo cuarto de juegos del sótano, esperando pasar juntos algo de tiempo para hablar. No soportaba ver lo trastornado que estaba Sean. Todos estaban destrozados por la muerte de Billy, pero la rabia de su amigo resultaba aterradora, y parecía empeorar día tras día.

—No puedes dejar que esto te devore vivo —susurró Izzie con ternura.

—¿Por qué no? Tú no sabes con qué clase de gente trataba. Yo sí. Todos merecen morir. Billy no hizo daño a nadie, era un tío genial —respondió, con lágrimas en los ojos.

Izzie le estrechó entre sus brazos. Su ternura solo consiguió que Sean se sintiera peor.

—No puedes ir por ahí matándolos a todos —dijo ella con sensatez—, y Billy no querría verte tan atormentado.

—Él no tenía defensas que le protegieran de ellos. —Pero Sean sabía que Billy habría podido esforzarse más por resistir, y también estaba furioso con él. Ahora toda su familia sufriría la angustia de perderle, y ninguno de sus miembros volvería a ser el mismo. Ni siquiera él—. La gente así no merece vivir.

Izzie comprendió que se refería a los traficantes, no a su amigo.

—¿Qué vas a hacer ahora? —preguntó, asustada.

—Volver a la academia.

Ya casi había acabado.

—¿Y después?

Le conocía bien. Para él, aquello solo era el principio. No había terminado con la muerte de Billy.

—Te lo diré cuando lo decida.

—¿Cuándo acabas la etapa en la academia?

—A finales de enero.

Izzie sabía que no tendría tiempo suficiente para calmarse, si es que lograba hacerlo alguna vez. Ahora tenía una misión sagrada que cumplir: la venganza.

Cuando subieron, él prometió telefonearla siempre que pudiera. De los Cinco Grandes originales, solo quedaban tres: Sean, Andy y ella. Su número disminuía. Sin olvidar la muerte de Kevin, aunque era hermano de Sean y no un miembro del grupo. Todas aquellas experiencias habían sido impactantes. Izzie había llorado mucho por Gabby, pero sufría más por Billy. Era la tercera vez que todos vivían la angustia de una pérdida. Brian estaba destrozado por la muerte de su hermano mayor.

Esa noche Izzie durmió en la otra cama de la habitación de Sean, ya que Brian y su familia habían regresado a su casa. Sean se marchó a la mañana siguiente, antes de que se levantaran los demás. Ya se había despedido la noche anterior, e Izzie no le oyó marcharse. La chica no lo sabía, pero le había dado un tierno beso en la mejilla antes de irse.

Le envió un mensaje de texto cuando llegó a Quantico, y no volvió a tener noticias suyas en varias semanas.

Jack, Marilyn, Brian y las gemelas seguían lidiando con los periodistas que aparecían cada pocos días. La autopsia había revelado la presencia de una dosis letal de éxtasis y cocaína en el organismo de Billy, y se estaba llevando a cabo una investigación exhaustiva sobre el consumo de drogas en el equipo para descartar que otros jugadores hubieran burlado el control antidopaje.

Izzie volvió a Atwood, aunque su trabajo en el parvulario se limitaba al mínimo imprescindible. Se sentía muerta por dentro. Wendy, que sabía que había ido al colegio con Billy, le dio su más sentido pésame.

En los dos meses siguientes apenas supo nada de Sean, salvo que había finalizado su formación y se había trasladado a Washington para ocupar un puesto de oficina, así que no estaba preocupada por él. En marzo volvió sin previo aviso para hacerles una visita. La llamó al móvil cuando salió del colegio y la invitó a cenar esa misma noche. La llevó a un restaurante tranquilo y apartado, conocido por sus hamburguesas, y pidió por los dos. Luego la miró desde el otro lado de la mesa y cogió su mano.

—¿Cómo has pasado este tiempo? —le preguntó, preocupado.

Le pareció que Izzie estaba cansada y más delgada, además de triste, un sentimiento que compartían. Era más fácil estar furioso que volver a sentir el dolor de una pérdida.

—No muy bien —reconoció ella—, igual que tú.

Billy llevaba muerto tres meses, Gabby cuatro años, y Kevin había sido asesinado solo siete meses antes de que ella fuera atropellada. Perder a su amigo les había hecho recordarlo todo. Habían perdido a más amigos en los últimos cinco años que Jeff, su padre, en toda su vida.

—¿Qué tal por Washington? —preguntó Izzie.

Sean guardó silencio durante unos momentos. Sintió que había algo más que quería decirle, pero se estaba tomando su tiempo. Tenía la sensación de que lo que fuese no iba a gustarle, y estaba en lo cierto.

Se lo dijo por fin cuando se acabaron las hamburguesas. Izzie se limitó a mordisquear la suya. Cada vez que le miraba a los ojos intuía lo que se avecinaba y no podía comer.

—Me voy —anunció Sean en voz baja.

—¿A algún sitio malo?

Quería saber la verdad en la medida en que él pudiera decírsela.

—Puede. Se supone que no debo decírselo a nadie, pero quería que lo supieras.

—¿Te has ofrecido voluntario?

Él asintió con la cabeza. Izzie le odió por un instante. Si le mataban, no podría soportar perder a otro amigo.

—¿Cuánto tiempo estarás fuera?

Recordaba muy bien que había dicho que algún día iría a Sudamérica para combatir a los cárteles de la droga.

—Un año más o menos. Dependerá de dónde esté y de lo que pase. No podré salir si al hacerlo pusiera en peligro a otros agentes o la operación.

—¿Y si no vuelves? —preguntó ella, con lágrimas en los ojos.

—Entonces habré tenido la suerte de haberte conocido y de que hayas sido mi amiga.

Izzie asintió con la cabeza. Aunque sentía lo mismo que él, no soportaba oír sus palabras. Podían matarle, pero estaba dispuesto a correr el riesgo. Era su obligación, y también su deseo. Izzie supuso adónde iría: seguramente a Colombia, tal vez a México.

—Hagas lo que hagas allí, ni Billy ni Kevin volverán —le recordó.

Sin embargo, sabía que era inútil. Sean estaba decidido y era muy terco.

—No, pero otros se salvarán. Alguien tiene que perseguir a esa gente.

Parecía mayor de lo que era. Las muertes de su hermano y de Billy le habían marcado para siempre.

—¿Por qué tienes que ser tú? —preguntó, mirándole a los ojos.

Sean le apretó la mano con más fuerza, a sabiendas de lo mucho que la echaría de menos.

—Porque me dedico a eso —respondió con determinación.

—Ojalá no fueras. —Izzie habló en voz baja, y él asintió sin soltar su mano. Ambos sabían que para él no había otra opción. Sean era así, y siempre lo había sido—. ¿Tendré noticias tuyas?

—No. Trabajaré como agente infiltrado. Lo pondría todo en peligro. Cuando vuelva, lo sabrás. Vendré a casa.

—¿Y tu madre?

También estaba preocupada por ella. Connie había sufrido mucho y no sobreviviría a la pérdida del único hijo que le quedaba.

—Se lo he contado esta tarde. Lo comprende, y mi padre también.

—Pues yo no estoy muy segura de comprenderlo —protestó Izzie con franqueza—. No es justo hacerles pasar también por eso.

—Cuando ingresé en la academia del FBI sabían que acabaría haciendo algo así, y también sabían por qué.

Entonces era por Kevin. Ahora también era por Billy.

Salieron en silencio del restaurante y él la acompañó a su casa.

—¿Cuándo te vas? —preguntó, sentada en el coche a su lado.

—Mañana. Cuídate, Izzie. Quiero encontrarte de una pieza cuando vuelva. Ya lo hemos pasado bastante mal. Billy tiene que ser el último.

—Lo mismo digo. —Le odiaba por irse; sabía por qué lo hacía, pero no le servía de mucho—. Visitaré a tu madre.

Él asintió con la cabeza y le dio un beso en la mejilla. Izzie bajó del coche. No se volvió a mirarle. No soportaba verle otra vez. No quería recordarle así; quería evocar los buenos ratos que habían compartido, las risas y los días sencillos de cuando eran niños. Mientras él se alejaba en su coche, tuvo la certeza de que había visto a Sean por última vez. Nunca más volvería a casa.

19

Los meses que siguieron a la marcha de Sean fueron muy extraños. Izzie era consciente de que no tendría noticias suyas, pero ni ella ni su madre sabían siquiera dónde estaba. Visitaba a menudo a Connie, sobre todo el fin de semana, porque los demás días esta ocupaba las horas trabajando con su marido. Cada vez la veía más envejecida. Por otra parte, Marilyn seguía desolada y Judy no había vuelto a ser la misma desde la muerte de Gabby. Ahora pertenecían a un club de mujeres del que nadie quería formar parte: madres que habían perdido a sus hijos. La angustia permanecería grabada para siempre en sus ojos.

Izzie y Andy se comunicaban con frecuencia por correo electrónico. El futuro médico estaba bien y siempre le preguntaba si tenía noticias de Sean. Ella decía que no, pero no le explicaba por qué. Andy ya había adivinado que debía estar participando en alguna operación del FBI en el extranjero, pero suponía que su amiga sabría tan poco como él y parecía confiar en que Sean reapareciese cualquier día. Estaba muy ocupado con sus estudios, y siempre le aseguraba que tanto a Nancy como a él les iba bien. Izzie se alegraba por él, aunque parecía muy lejano, como si formase parte de otro mundo.

El fin de semana del Memorial Day la invitaron a una barbacoa que organizaban algunos profesores del colegio. No tenía ganas de ir, pero Wendy insistió en que debía hacerlo. Al final acudió, pero solo porque no tenía nada más que hacer. No salía con nadie, y desde la muerte de Billy no hacía mucha vida social. Wendy quería ayudarla a ponerse las pilas.

Había unas cincuenta personas en la barbacoa, casi todas profesores casados y sus cónyuges, y algunos habían traído a sus hijos. Una profesora de dibujo con la que estaba charlando le presentó a su hermano, un escritor graduado en el programa de escritura de Brown que acababa de mudarse a San Francisco desde Oregón. Se llamaba John Applegarth, tenía algo más de treinta años y se había divorciado hacía poco tiempo. Hablaron un rato y él le pidió su dirección de correo electrónico. Izzie no supo por qué se la dio, pero lo hizo. El hombre no era brillante ni demasiado atractivo, pero tenía una conversación agradable y era inteligente.

Él le escribió un día después y la invitó a cenar el fin de semana siguiente. Desde la muerte de Billy permanecía en estado de shock, como si tuviera que avanzar bajo el agua, pero llevaba un año sin salir con nadie. Sus dos mejores amigos estaban lejos y ni siquiera podía hablar con Sean, así que accedió. Al menos sería agradable tener un amigo.

La llevó a un museo para ver una exposición de arquitectura neoclásica en la que Izzie tenía interés y después la invitó a cenar en un restaurante marroquí. Pasaron un rato agradable y él le propuso salir de nuevo. Durante la cena le contó que le habían concedido una subvención para el libro que estaba escribiendo. No parecía demasiado emocionante, pero sí interesante, igual que él. No estaba loca por él, pero le caía bien. Fueron a cenar unas cuantas veces más, y cuando él tomó la iniciativa para llevársela a la cama ella accedió, aunque en realidad no tenía demasiadas ganas. Fue mucho mejor que su experiencia con Andy y las otras dos que había tenido desde entonces, pero no prendió fuego a su mundo. No estaba enamorada de él, pero quería saber si había alguna parte de ella que siguiera viva. Llevaba meses sintiéndose muerta y él la revivió un poco, aunque no lo suficiente. De momento no podía aspirar a más.

Por entonces llegó a la ciudad su madre y la invitó a cenar, como siempre. Sin embargo, esta vez no le gustó el aspecto de su hija. Sabía lo de Billy. Todo el mundo lo sabía, pero comprobó lo mucho que había afectado a Izzie y le preocupó que estuviera aislada y deprimida.

—¿Y los otros dos? ¿Os veis? ¿Cómo están? —preguntó, refiriéndose a Andy y Sean.

—Andy está en la facultad de Medicina, estudiando como un loco, y con Sean no podré contactar en algún tiempo.

Su madre frunció el ceño y la miró con aire de duda burlona.

—¿Y eso qué significa?

—Trabaja en el FBI.

Era lo único que podía decir, pero fue suficiente. A Katherine le hubiera gustado sacudirla. Intuía que su hija se estaba ahogando y que necesitaba una mano fuerte que la sacara del agua a tiempo.

—¿Hay alguien en tu vida que te importe? —preguntó su madre con intención.

Tras vacilar unos instantes, Izzie negó con la cabeza.

—Pues la verdad es que no. Estoy saliendo con un hombre, pero no estoy loca por él. Es bastante tranquilo, y lo cierto es que no es mi tipo —reconoció con franqueza—, pero es muy agradable e inteligente.

Katherine vaciló unos momentos y miró a su hija a los ojos.

—Eso no es suficiente. Quiero que me escuches y pienses en lo que digo. Tienes veintitrés años. Estás en tu mejor momento. Las cosas nunca van a ser mejores. Eres joven, eres guapa. Puedes hacer todo lo que quieras. Puedes conseguir a cualquier hombre que quieras, ir a donde quieras. No tienes ataduras. Eres completamente libre. Tienes un empleo por debajo de tus capacidades y llevas una vida tranquila, por lo que veo casi inexistente. Dos de tus mejores amigos murieron muy jóvenes. Los otros dos están muy lejos y no hablas con ellos. Vives en una pequeña ciudad provinciana y estás saliendo con un tipo que reconoces que no te importa, que no te entusiasma.

»Si permites que la vida pase de largo, nunca volverá. No tendrás otra oportunidad. Tu padre se hizo eso a sí mismo con su trabajo en la Unión por las Libertades Civiles. Se quedó atascado ayudando a los pobres y se olvidó de sí mismo, de su carrera profesional y la vida que podría haber tenido. Aunque el trabajo no lo es todo, era, y seguro que todavía es, un abogado muy brillante. Sé que le encanta lo que hace, pero podría haberle ido mejor. Izzie, necesitas pasión por la vida. Por eso cogí aquel empleo y me largué, porque mi vida estaba pasando de largo. No quiero que te ocurra eso. Metí la pata contigo, pero las demás decisiones que tomé sobre mi vida y mi profesión fueron acertadas. Eso es lo que deseo para ti. Puedes tener cuanto quieras si sales a buscarlo, si lo reclamas como tuyo. Tienes todo el derecho. Tienes que despertar y agarrar la vida con las dos manos. Nadie te la va a entregar.

Era una importante llamada de atención, y en algunos aspectos sabía que su madre tenía razón. Quizá no acertara en lo de su padre, que amaba a su esposa y a su hijita y adoraba su trabajo, aunque a su madre le pareciese poco emocionante. Sin embargo, tenía razón sobre ella y al hablar de sí misma. Su madre tenía la vida que quería, aunque le hubiera costado mucho conseguirla. Izzie no. Disfrutaba con su trabajo en Atwood, pero el resto era un mar de mediocridad, y lo sabía. Empezaba a darse cuenta de que en parte había tirado la toalla cuando murió Gabby. Había perdido la esperanza por su propia vida. Si Gabby podía ser barrida de una esquina y morir al instante, ella también. ¿Y qué sentido tenía intentarlo, vivir o incluso preocuparse por nada si todo podía terminar en un instante, si tus seres queridos podían morir o tú mismo podías hacerlo? Se había protegido dejando de intentar cualquier cosa. Vivía al día, esperando que la atropellara un autobús o que la matara un rayo, como les había ocurrido a Gabby y a Billy. Sus muertes la habían afectado mucho. Y Katherine sabía de qué hablaba. Aunque fuesen diferentes y nunca la hubiera apoyado, respetaba a su madre. Hablaba con conocimiento de causa. Las muertes de Gabby y Billy habían socavado la fe de Izzie en la existencia, sus ganas de vivir y su calidad de vida.

—¿Qué vas a hacer este verano? —continuó Katherine.

—Poca cosa. Iba a tomar algunas clases que me ayudaran con el trabajo, pero no me he decidido a matricularme —reconoció tímidamente.

En realidad, había estado demasiado deprimida y preocupada por la posibilidad de que Sean muriese. No podría soportar la pérdida de otro amigo, y no había dejado de temer la noticia de su muerte desde su marcha.

—Quiero que hagas algo divertido, lo que sea. Vete a Indonesia, Vietnam, México. Las Galápagos. Toma clases de baile. Conoce gente, sal, deja a ese tío que no te importa y encuentra uno que sí te importe. Te estás hundiendo,

Izzie. Quiero que despiertes. Te pagaré cualquier cosa que quieras hacer, cualquier viaje. Pero ¡quiero que te diviertas!

Comprendió que Katherine le había hablado con el corazón en la mano y se sintió conmovida.

—¿A ti te divierte lo que haces? —quiso saber.

—Sí. Me encanta mi trabajo. Trabajo mucho. Me arriesgo mucho. Y quiero a Charles, por muy excéntrico y loco que sea. Lo pasamos bien juntos. Eso es lo que necesitas. Un tío con el que divertirte. Ya has visto el lado triste de la vida; de hecho, demasiado para tu edad. Ahora tienes que ir a poner algo bueno en el otro lado de la balanza.

—Ni siquiera sabría qué hacer ni adónde ir —reconoció tristemente.

—Piénsalo. Tú tienes tiempo y yo tengo dinero. ¡Ve a por ello! —Sonrió, y de pronto se sintió más cerca que nunca de su madre—. ¡Date una semana para hacer planes y luego ponte en marcha!

Cuando se despidieron después de la cena, Izzie abrazó a su madre con fuerza. Tenía mucho en que pensar. Se fue a casa para mirar revistas de viajes y buscar en internet. Había anuncios para viajar al Caribe, a Marruecos o hacer safaris en África. Sin embargo, lo que más le atraía era Argentina y Brasil. Había oído que Brasil era peligroso para una mujer sola, así que quizá Argentina. Miró varias webs más y anotó el nombre de algunos buenos hoteles. A medida que leía le sonaba cada vez mejor. Podía aprender a bailar el tango, pensó, y luego soltó una carcajada. Era un sonido poco familiar, y fue consciente de pronto de que no se había reído desde la muerte de Billy, quizá desde mucho antes. Estaba entusiasmada por primera vez en meses, tal vez en años.

Al día siguiente telefoneó a su madre y le contó su plan. Le gustó la idea, aunque le advirtió que tuviera cuidado al viajar sola por Sudamérica y le aconsejó que contratara a un chófer. Prometió hacerlo y Katherine le aseguró que pagaría el viaje encantada.

—¿Por qué no nos encontramos en el sur de Francia después? Hemos alquilado una casa en Saint Tropez.

Solo de pensarlo, Izzie se sentía como una trotamundos. No obstante, Katherine era su madre y podía permitírselo.

Al día siguiente reservó un vuelo a Buenos Aires y una habitación en uno de los mejores hoteles, que sin embargo era increíblemente barato, y les pidió por correo electrónico que le buscaran un coche con chófer. Era un viaje largo, pero valdría la pena. Pensaba quedarse una semana, aunque podía prolongar la estancia si así lo deseaba. También reservó un vuelo de Buenos Aires a París, y desde allí a Niza, y un coche hasta Saint Tropez, donde pensaba quedarse otra semana, y quizá pasar unos días en París después. Tenía previsto marcharse el Cuatro de Julio y regresar durante el mes de agosto, en función de cómo fueran las cosas. Llamó a su padre y le explicó sus planes. Jeff se mostró entusiasmado y agradecido con Katherine. Sabía que Izzie necesitaba aquello, y él no podía dárselo. Su hija estaba estancada. Había visto demasiadas desgracias y, sin darse cuenta siquiera, se había quedado sin energía. Izzie prometió pasar a despedirse antes de marcharse.

Lo siguiente que hizo fue telefonear a John. Aceptó su invitación para cenar esa misma noche. Quería decirle que se marchaba y que no creía que debieran seguir viéndose a su regreso.

John la llevó a un restaurante de sushi en Japantown. Disfrutó de la comida, pero al escucharle se dio cuenta de que no le interesaba la conversación, ni su libro. Tenía diez años más que ella y ya había tirado la toalla. Ella no lo había hecho todavía, aunque había tenido esa sensación desde la muerte de Gabby. John quería llevarla de acampada a Oregón el Cuatro de Julio, y ella respondió que se iba a Argentina para aprender a bailar el tango. Solo con escucharse a sí misma le entraron ganas de reír. De pronto la vida era una aventura y estaba dispuesta a embarcarse en ella. Había recuperado la esperanza.

—¿A Argentina? —repitió él, conmocionado—. ¿Cuándo lo has decidido?

No se lo había mencionado hasta entonces, aunque, claro, ni siquiera lo había pensado.

—Hace un par de días. Cené con mi madre y ella se ofreció a pagarme un viaje, una especie de regalo de graduación tardío. Después me reuniré con ella en Francia.

Al decirlo se sintió como una niña mimada, pero él tampoco se moría de hambre. Simplemente no quería gastar, porque si lo hacía tendría que volver a trabajar, y no le apetecía hacerlo. Pretendía vivir de la forma más austera posible para que no se le acabaran los ahorros. Era una decisión razonable, pero no demasiado divertida. Izzie le comentó que no creía que estuviesen hechos el uno para el otro, y que no le parecía buena idea que se siguieran viendo cuando volviera. Pareció decepcionado, pero no discutió. Para el final de la cena también se había convencido de que Izzie no era la persona adecuada para él. Una mujer capaz de irse a Argentina sin pensárselo dos veces no era alguien que estuviera disponible para ir de acampada y de excursión como él quería.

La acompañó a casa después de cenar. Izzie le dio las gracias por todo. Aunque sabía que no volvería a verla, no estaba demasiado afectado. Le deseó una buena estancia en Argentina, y ella se despidió con la mano antes de cruzar el umbral y desaparecer en el edificio. Estaba fuera de su vida para siempre, y a ninguno de los dos les importaba.

Antes de emprender el viaje se despidió de Connie, Marilyn, Jack, Brian y las gemelas. El hermano de Billy acababa de graduarse e ingresaría en la Universidad de Berkeley en otoño. Precisamente el Cuatro de Julio le organizarían una barbacoa de graduación, e Izzie lamentó perdérsela. Poco antes de emprender el viaje telefoneó a Judy y le envió un correo electrónico a Andy, que pasaría el verano en Boston. La noche anterior a su marcha cenó con Jennifer, su padre y Ping, y el Cuatro de Julio estaba en un avión con destino a Buenos Aires gracias a su madre, que había resultado ser su mejor amiga. Katherine la había animado a ponerse en marcha, y a lo grande. En cierto modo podía decirse que le había salvado la vida, que se le estaba escurriendo entre los dedos.

La ciudad de Buenos Aires era mucho más bonita de lo que esperaba y las habitaciones del hotel eran espectaculares. En algunos aspectos le recordaba a París. El chófer que le proporcionaron, muy profesional, la llevó a todas partes, incluso a bares de tango en los que entró con ella para protegerla. Durante aquella semana tuvo la oportunidad de bailar con extraños y de pasear por jardines magníficos. Un día, el chófer la acompañó a la Estancia Villa María, situada a tres cuartos de hora de Buenos Aires, donde se divirtió nadando y montando a caballo. Una tarde, mientras recorría el precioso parque Tres de Febrero, conocido popularmente como Bosques de Palermo y muy parecido al Bois de Boulogne parisino, paseando por el rosedal, las arboledas y junto a los lagos, se preguntó si estaría cerca del lugar en el que se encontraba Sean. Se obligó a dejar de pensar en su amigo cuando se dio cuenta de que no tenía modo de saberlo.

Envió postales a toda la gente de San Francisco y a Andy antes de embarcarse hacia París, donde pasó una noche en un pequeño hotel de la Rive Gauche. Al día siguiente tomó un avión hasta Niza, desde donde viajó a Saint Tropez. Katherine y Charles se alegraron muchísimo de verla. Cenaron en restaurantes y en casa de varios amigos, y una noche fueron a bailar a Les Caves du Roy. No se había divertido tanto con su madre en toda su vida. Decidió sobre la marcha que se merecía pasar un fin de semana en Venecia, y todo salió perfecto. Habría sido mejor disfrutar de la ciudad con alguna persona querida, pero no le importaba. Se sentía libre, ilusionada y llena de una recuperada energía.

Pasó cuatro días en París antes de regresar a San Francisco. Al llegar a casa se sentía como una sofisticada mujer de mundo y volvía a sentirse viva. Su madre le había hecho el regalo más increíble: le había devuelto la alegría de vivir.

Cuando volvió a su trabajo en Atwood, les narró sus aventuras a sus pequeños alumnos: les habló de un lugar llamado Argentina donde a la gente le encantaba bailar; de París, con una postal de la torre Eiffel en la mano, y de Venecia, donde todo el mundo se movía en unas barcas llamadas góndolas. También les enseñó una postal de esa ciudad.

—¡Nosotros fuimos a New Jersey a ver a mi abuela! —la interrumpió una niña llamada Heather.

—¿Y os divertisteis? —le preguntó con una gran sonrisa.

Izzie parecía y se sentía una persona nueva, y Wendy comprobaba aliviada que el verano le había sentado muy bien.

—Sí —respondió Heather—. Mi abuela nos dejó correr desnudos por el jardín, ¡y tiene una piscina!

Todos se echaron a reír.

Ese día fue especial para Izzie, porque las gemelas Daphne y Dana acudieron por primera vez al parvulario. Las niñas se alegraron mucho al verla, ya que era una presencia familiar para ellas.

—Parece que has pasado un verano fantástico —comentó Wendy mientras servían el zumo y ponían las galletas en un plato.

—Es verdad —contestó con una sonrisa—. Ha sido el mejor de mi vida.

Las vacaciones estivales habían llegado después de cuatro de los peores años de su vida, o al menos de los más duros. Confiaba en que los malos tiempos hubiesen quedado atrás definitivamente y deseaba con todo su corazón que Sean estuviera sano y salvo, y también contento. Se sentía viva por primera vez desde la muerte de Gabby. Incluso estaba pensando en viajar a Japón por Navidad. De pronto, gracias a su madre, el mundo se había abierto para ella, y quería ocupar su lugar en él.

20

La emoción del viaje de verano impulsó a Izzie hasta el día de Acción de Gracias. El regalo de su madre había sido increíble. No solo le había pagado el viaje, sino que le había inspirado la idea de hacerlo. Había sido el mejor verano de su vida.

Seguía pensando en viajar a Japón, o quizá a la India, pero había decidido no hacerlo en Navidad. Quizá lo hiciera durante las vacaciones de primavera, o tal vez el verano siguiente; quería pasar la Navidad en casa con su padre, Jennifer y Ping. Desde el verano había hablado en varias ocasiones con Andy, que había confesado envidiarla por su viaje a Argentina, aunque París, Venecia y Saint Tropez tampoco sonaban nada mal.

—¿Quién es tu generoso amante? —bromeó Andy.

—Mi madre. ¿Cuándo vuelves?

Estaba deseando verle.

—No podré por Navidad. Me paso todo el tiempo estudiando, en clase o en el hospital, y lo mismo le ocurre a Nancy. Llevamos tres meses sin dormir.

Sin embargo, daba la impresión de estar disfrutando, y prometió que volvería en cuanto pudiese.

Izzie acababa de iniciar sus vacaciones cuando sonó el

teléfono un sábado por la mañana y oyó una voz conocida. Se le aceleró el pulso mientras se preguntaba dónde estaría. Al menos estaba vivo. Era Sean. No había hablado con él desde el pasado marzo.

—¡Dios mío! ¿Dónde estás? ¿Estás bien?

—Estoy perfectamente —respondió él entre risas—. Asómate a la ventana.

Ella obedeció y le vio allí fuera, saludándola con la mano y hablando por su BlackBerry. Izzie abrió la puerta de su estudio y bajó corriendo las escaleras. Sean se había dejado barba y estaba muy delgado, pero estaba allí, vivo y al parecer sano. Al verla, soltó una carcajada y le dio un enorme abrazo.

—¿Dónde has estado todos estos meses?

—En Colombia —dijo como si tal cosa, en el mismo tono en que cualquier otra persona habría dicho «en Los Ángeles».

—Yo estuve en Argentina este verano —le contó Izzie alegremente.

No podía dejar de mirarla. Hacía años que no la veía tan bien ni tan contenta. Se preguntó si habría un hombre nuevo en su vida, pero cuando la siguió hasta su estudio no detectó signos de presencia masculina. Su amiga vivía sola.

—¿Qué hacías allí? —le preguntó Sean, suspicaz.

—Fui para aprender a bailar el tango, y después estuve unos días en Saint Tropez.

—¿Te ha tocado la lotería? ¿Me he perdido algo?

—Me lo pagó mi madre. Estaba deprimida después de lo de Billy, y enferma de preocupación por ti. Además, estaba saliendo con un tío aburridísimo. Mi madre me convenció para que lo dejara todo y me fuese de viaje. Fue lo mejor que he hecho en mi vida. ¿Cómo estás tú?

Estaba tan contenta de verle que no podía dejar de hablar. Sean tenía los ojos hundidos y con ojeras, y se le veía muy delgado bajo la barba, pero a ella le parecía genial. Estaba vivo.

—¿Qué pasó con el tío aburrido?

—Rompí con él antes de irme a Argentina. Esta primavera estoy pensando en viajar a Japón. No eres el único que puede recorrer el mundo, ¿sabes?

Se sentaron en la cocina e Izzie sirvió dos tazas de café.

—Yo no he estado tomando clases de tango precisamente —respondió con cierta tristeza—. Tienes buen aspecto, Iz.

Le complacía verla tan contenta. Llevaba nueve meses preocupado por ella y echando de menos sus conversaciones, pero estaba haciendo un trabajo importante.

—¿Cuánto tiempo te quedarás? —le preguntó mientras se tomaban el café.

—Una semana o dos. Vuelvo en enero.

Ella pareció decepcionada, pero esa era ahora su vida. Una semana con su familia y casi un año en la clandestinidad.

—¿Otra vez como agente infiltrado?

Sean asintió con la cabeza. Su labor en Colombia había dado excelentes resultados. Ahora le enviarían a un lugar nuevo, aún más peligroso que el anterior, pero no se lo dijo.

—Es mi trabajo —murmuró, y dio un pequeño sorbo de la taza humeante.

—Para tus padres es duro.

—Ya lo sé, pero lo llevan bien.

—No pueden perder a otro hijo. —Estaba muy seria.

Eso era algo que él ya sabía. Se daba cuenta de que sus padres habían envejecido en su ausencia. La pérdida de Kevin y la preocupación por él les habían afectado mucho.

—Lo sé —reconoció con aire culpable—. Hablando de

otra cosa, ¿cuándo puedo invitarte a cenar? ¿Tendré que lidiar con algún novio celoso?

Estaba tan guapa y contenta que tenía la certeza de que había alguien en su vida.

—No tengo novio —respondió, sin darle importancia—. Esta noche estoy libre.

—Te recogeré a las siete —anunció, y acto seguido se levantó para marcharse. La miró durante unos momentos antes de estrecharla con fuerza entre sus brazos—. Te he echado de menos. No me ha gustado nada no poder llamarte.

—Sí, a mí me ha pasado lo mismo —murmuró ella.

Sin embargo, era así como él quería vivir, sin contacto alguno con ninguna de las personas que le importaban para poder librar una guerra santa. A Izzie no le parecía que mereciese la pena. No obstante, era lo que él había decidido hacer con su vida, aunque el precio fuese altísimo para sí mismo y para los demás, incluida ella. Sean había contribuido a su falta de esperanza durante la pasada primavera. Estaba segura de que nunca volvería a verle con vida y faltó poco para que así fuera, aunque él no pudiera contárselo. La operación, muy delicada, había estado a punto de estropearse varias veces. Le sacaron de allí justo a tiempo.

Izzie siguió pensando en Sean cuando este se marchó. No le hacía ninguna gracia que trabajara en el FBI. Si hubiera estado allí en los últimos meses, habrían podido hacer muchas cosas juntos. Sin embargo, había renunciado a un hogar, a la proximidad de su familia, a la posibilidad de tener una relación, unos amigos y una vida. Prefería luchar contra la droga en nombre del FBI, algo que a ella se le antojaba muy peligroso. Se alegraba infinitamente de que hubiera regresado sano y salvo, por su madre y por los demás. De todas formas, era evidente que su misión no había sido nada fácil, pues ahora aparentaba al menos treinta y cinco años, diez más de los que en realidad tenía. Nadie habría adivinado que Izzie y él eran de la misma edad.

Mientras Sean estuvo en casa, Izzie y él se vieron tan a menudo como les fue posible. Igual que en los viejos tiempos. Sin embargo, él también tenía la obligación de estar con su familia. Además, fue a Berkeley e invitó a Brian a almorzar.

Cenaron juntos varias veces y fueron a sus restaurantes favoritos para comer hamburguesas y pizza, aunque en una ocasión la llevó a un elegante restaurante francés. Actuaba como si el dinero le quemara entre las manos, aunque lo cierto era que no había podido gastar nada en todo el año, y le pagaban bien por sus misiones como agente infiltrado, incluida una prima de peligrosidad para compensar los riesgos que asumía. Se alegraba de gastar el dinero con Izzie.

Celebró la Navidad con su familia y se quedó hasta la víspera de Año Nuevo. Se despidió de Izzie antes de marcharse. Esta vez no justificó su marcha ni se disculpó, a pesar de que ella se enfadó con él cuando le anunció que estaría fuera un año; no era justo para sus padres.

Sean la abrazó, y ninguno de los dos dijo nada. No había nada que decir. Ambos sabían que pasaría el próximo año en peligro constante, luchando por sobrevivir, tratando de engañar a los traficantes y de obtener información para su país. Vivía en permanente estado de guerra: el dinero de la droga se utilizaba para comprar armas y financiar el terrorismo.

—Ten cuidado —le susurró—, y trata de volver sano y salvo.

—Soy demasiado listo para dejarme matar —replicó Sean con una sonrisa.

—Y más chulo de lo que te conviene —añadió ella.

Sean bajó las escaleras a toda prisa y salió a la calle. Le miraba desde la ventana cuando él se despidió con la mano, subió al coche y se alejó. Como siempre, le envió un mensaje de texto desde el aeropuerto pidiéndole que se cuidase mucho. Izzie sabía que no tendría noticias suyas en un año, tal vez más. Detestaba la vida que Sean había escogido, pero sabía que era lo que siempre había querido. Y si moría en una misión, lo haría luchando por la causa en la que creía, a pesar de que, si llegaba a ocurrir, el precio para Izzie, sus amigos y su familia sería excesivo. Sean estaba dispuesto a sacrificarles a todos, y el tiempo que podría haber pasado con ellos, por aquello en lo que creía.

Izzie se esforzó para que su marcha no la deprimiera. Sean siempre viviría así. Se verían de Pascuas a Ramos, se pondrían al corriente de sus respectivas vidas y luego él desaparecería para jugarse la vida durante otro año. Mientras tanto, el resto del mundo seguiría adelante sin él, y ella también.

Asistió a una fiesta de Nochevieja organizada por una mujer a la que había conocido en la UCLA y que acababa de mudarse a San Francisco. No solía salir en fin de año, pero tampoco quería quedarse en casa rumiando sus penas. Acababa de cumplirse el primer aniversario de la muerte de Billy, Sean había vuelto a trabajar como agente infiltrado y había desaparecido, y Andy no se movía de la facultad de Medicina de Cambridge. No tenía a nadie con quien estar, así que decidió ir a la fiesta.

Le conoció nada más cruzar el umbral. Era el hombre más atractivo que había visto en su vida y se giró hacia ella con una gran sonrisa tan pronto como la vio. Se llamaba Tony Harrow, un productor cinematográfico de Los Ángeles que estaba rodando una película en San Francisco.

—¿Y tú a qué te dedicas? —le preguntó con un interés considerable mientras le ponía en la mano una copa de champán.

Izzie llevaba un vestido corto de raso blanco y sandalias plateadas de tacón alto. La mayoría de los invitados fumaban, bebían y reían en la terraza. Sin embargo, Tony se sentó con ella en el sofá del salón, alegando que quería tenerla para él solo.

—Soy profesora de parvulario —le informó con una sonrisa radiante, segura de que el hombre la encontraría profundamente aburrida. Pero no fue así.

—¿Y cómo decidiste dedicarte a eso?

—Cuando llegó el momento, no supe qué más hacer. Todavía estoy intentando decidirlo.

—Yo también —reconoció él con una carcajada. Llevaba un traje caro y una camisa blanca abierta, y sus relucientes zapatos negros parecían muy costosos. Ella sabía que él había hecho varias películas de gran éxito—. Quizá puedas ayudarme a encontrar un apartamento. Estoy buscando algo amueblado para un año, con buenas vistas. —Paseó la mirada por el bonito piso de Russian Hill en el que se hallaban—. Como este, por ejemplo. Tal vez podamos convencer a nuestra amiga para que se vaya y me lo deje a mí —sugirió, y los dos se echaron a reír—. ¿Dónde vives?

—En un estudio diminuto, cerca del colegio en el que trabajo.

—¡Qué práctico!

Parecía fascinado por todo lo que ella decía, por estúpido que fuera. Y además de guapo, era tremendamente encantador. Se sintió halagada por su interés. En su mundo no había hombres así. Su anfitriona y mutua amiga había estudiado cine y llevaba dos años trabajando para él.

—¿Te gustaría venir conmigo mañana a Napa Valley?

Izzie se quedó tan sorprendida que no supo qué decir. Sin embargo, la miró con tanta intensidad que acabó asintiendo con la cabeza. A medianoche seguía sentado a su lado. Le puso en la mano otra copa de champán, y luego se inclinó y le dio un ligero beso en los labios. Apenas la tocó, en un gesto que le pareció sumamente seductor. Era un hombre muy delicado.

Se despidieron a la una de la madrugada y ella volvió a casa. No había hablado con nadie más en la fiesta. Prometió pasar a buscarla a las diez de la mañana del día siguiente, y luego le rozó los labios otra vez con la misma sutileza. Aquel hombre era tan agradable, inteligente y guapo que parecía demasiado bueno para ser verdad. Tal vez se lo hubiese imaginado, pero a las diez en punto del día siguiente apareció ante su puerta, apuesto e informal con unos tejanos y una americana con un corte excelente.

Tenía el pelo oscuro y las sienes plateadas. En el trayecto hacia Napa le confesó que tenía treinta y nueve años, dieciséis más que ella. Izzie no le había echado más de treinta y cinco. Parecía muy sofisticado en comparación con los hombres que conocía, y le gustaba. Recordó que Jennifer y su padre se llevaban diecisiete años. Estar con un hombre mayor quizá tuviese su gracia. Nunca había salido con un hombre que le llevara tantos años, más bien frecuentaba a los chicos de su misma edad, pero era un cambio agradable.

Cruzaron Napa Valley en el coche, bajo los hermosos y viejos árboles que flanqueaban la carretera. Tony la llevó a dos bodegas y luego comieron en la terraza del Auberge du Soleil, un hotel y restaurante situado en una colina que ofrecía impresionantes vistas del valle, con sus montañas onduladas y sus cuidados viñedos. Por la tarde, cuando se marcharon, Izzie estaba cautivada. Aquel hombre era interesante, divertido, considerado y atento. Regresaron por unas pintorescas carreteras secundarias con la capota del coche bajada mientras él le hablaba de la industria cinematográfica y de la nueva película que estaba produciendo. Le contó que nunca se había casado, pero que había tenido varias relaciones largas.

—¿Por qué crees que nunca te has casado? —quiso saber Izzie.

Era consciente de que su pregunta resultaba un tanto importuna, pero se sentía extrañamente cómoda con él al final del día. Parecía una persona muy abierta, y se había mostrado relajado al hablar de sí mismo y de algunos errores que había cometido en su vida profesional y personal. A pesar de su evidente éxito, no era arrogante ni pomposo, algo que a Izzie le gustaba.

—Supongo que me ha dado miedo —confesó con franqueza—. Aunque quizá haya sido por muchos más factores. Cuando salí de la universidad lo estaba pasando demasiado bien, y luego estuve muy ocupado creando mi propio negocio. Siempre estaba preparando la siguiente película. Soy muy obsesivo con mi trabajo —reconoció con franqueza—. Y luego te llevas palos en la vida, esos golpes que te llevan a volverte precavido. En la universidad estuve muy enamorado de una chica, mi amor desde la infancia. Estábamos seguros de que íbamos a casarnos; de hecho, compré un anillo e iba a pedírselo cuando murió en un choque frontal. Se dirigía hacia Los Ángeles en su coche para encontrarse conmigo. Estaba lloviendo, su vehículo patinó y perdió el control. Yo pensé que no sobreviviría, pero lo hice. Creo que nunca he vuelto a dejarme llevar por mis sentimientos como entonces. He tenido demasiado miedo de sufrir. Mantengo la distancia justa para no pasarlo mal. Puede que solo se ame así una vez en la vida, cuando eres muy joven —concluyó con una sonrisa.

Izzie comprendía lo que Tony acababa de contarle, más de lo que él se imaginaba, e inspiró hondo antes de hablar:

—En los últimos cinco años he perdido a dos amigos, personas con las que crecí. Nadie de quien estuviera enamorada, pero más o menos tuvo el mismo efecto en mí. Tengo la sensación de que me distancio de todo, porque no quiero volver a sufrir tanto nunca más.

—El amor es complicado —murmuró Tony en voz baja—. Creo que si de verdad quieres a alguien, aunque sea un amigo, no puedes evitar el dolor. La gente muere, se marcha, las cosas cambian. Aunque a veces todo sale bien —añadió con una sonrisa—. Simplemente no he tenido agallas para volver a intentarlo en serio.

—Yo también me he cerrado. No tengo muy buena relación con mi madre, pero el año pasado fui a cenar con ella y me ayudó a despertar. Dijo que estaba dejando que la vida me pasara de largo y que las cosas nunca serían mejores que ahora. Gracias a eso hice un viaje a Argentina el último verano, y estoy pensando en ir a Japón este año. El simple hecho de salir de mi pequeño mundo lo cambió todo. Vuelvo a sentirme viva. Creo que una parte de mí murió con mis mejores amigos. Cuesta arriesgarse otra vez a tomarle tanto afecto a alguien.

—Es verdad —convino él mientras volvían a la autopista y cruzaban el condado de Marin—. Aunque vale la pena. Hazme caso. Han pasado dieciocho años desde que murió aquella chica, y la vida nunca ha vuelto a ser igual. He visto cómo muchos de mis amigos se casaban y tenían críos, y sé que eso no es para mí. No creo que me arriesgue nunca. Pero tú eres lo bastante joven para hacerlo de otro modo. En cuanto a mí, no estoy tan seguro.

Le pareció una actitud muy triste, pero al menos Tony se conocía a sí mismo. Tuvo la impresión de que la vida había puesto en su camino a aquel hombre a modo de advertencia. En el fondo, no quería ser como él. Izzie no era Marilyn, Connie, ni Judy: ella no había perdido a un hijo, ni tampoco a un gran amor, como le había ocurrido a Tony. Había perdido a sus amigos. Era diferente. No podía cerrarse al mundo ni dejar de arriesgarse. Él tenía razón y le estaba ofreciendo una lección impagable.

Aunque parecía disfrutar de su vida, Izzie se compadecía de él. Si no podía permitirse querer a nadie, no estaba vivo del todo. Quizá a ella le ocurriera lo mismo. Nunca había estado enamorada, pero era lo bastante joven para cambiar. A sus treinta y nueve años, Tony tendría muchas más dificultades para abrirse, sobre todo después de pasar dieciocho herméticamente cerrado. Sin embargo, era agradable salir con él. Izzie lo había pasado muy bien. Cuando llegaron a su estudio, Tony quiso saber cuándo podían volver a verse.

—¿Te gusta el ballet? —le preguntó con una sonrisa amplia y desenvuelta.

—Solo he ido dos veces en mi vida, a ver *El cascanueces* y *El lago de los cisnes*, y los dos me gustaron

Tony era un hombre de mundo. A ninguno de sus conocidos se le habría ocurrido invitarla al ballet, aunque sabía que los padres de Andy iban con frecuencia. Los chicos con los que salía iban a hamburgueserías y pizzerías, y también al cine, pero no al ballet. Le parecía una diversión muy propia de adultos.

—¿Te gustaría venir conmigo la semana que viene al estreno de la temporada? —le sugirió—. Cuando acabe, habrá una cena.

Izzie sonrió. Tony era un hombre muy divertido, y no

le costaba nada imaginarse tomando clases de tango con él, aunque seguramente ya debía saber bailarlo.

—La verdad es que me gustaría mucho.

—Yo he de ir de etiqueta y tú tendrás que ponerte un vestido de cóctel. Aunque, con lo guapa que eres, si llevas un vestido corto nadie te lo tendrá en cuenta.

—Suena divertido. Gracias.

Izzie le sonrió. Él se echó a reír y le dio un beso en la mejilla, rozándola apenas con los labios.

—Tú quédate conmigo, princesa, y ya verás lo bien que lo pasamos —le prometió.

Estaba segura de que era cierto. Sin embargo, comprendió con un destello repentino de lucidez que, aunque se divirtieran, no alcanzarían ninguna profundidad. Tony llevaba demasiado tiempo evitándola en todas sus relaciones. Era una persona generosa y un soltero experimentado, pero no entregaba su corazón. La relación entre ellos nunca podría ser como la que tenían su padre y Jennifer, que se querían con locura y habían adoptado a Ping. Jeff se había casado con la mujer equivocada, pero después había encontrado a su alma gemela. Izzie no creía que Tony estuviera dispuesto a arriesgarse. En realidad no le importaba, porque no estaba enamorada de él, aunque esperaba hacerlo algún día.

Tony se esforzaba por evitar enamorarse y por seguir nadando a contracorriente. Le asaltó la duda de si salía con ella por su juventud. Una chica de su edad no tendría expectativas serias, a diferencia de las mujeres de treinta y tantos, que lo querrían todo: hijos, matrimonio y un compromiso que él ya no estaba dispuesto a asumir. Al menos había sido sincero con ella para no hacerle daño. La relación entre ambos era pasajera, como el viaje a Argentina, y Tony no pretendía fingir que hubiera nada más.

Al llegar a casa pensó en Gabby y sintió una punzada de tristeza en el pecho. Si hubiera estado viva, la habría llamado para preguntarle qué debía ponerse para ir al ballet o pedirle algo prestado. En cambio, telefoneó a Jennifer.

Su madrastra le aconsejó que se pusiera un vestido sexy, elegante y corto. Puesto que era mucho más alta que Izzie, no podía prestarle nada, pero se ofreció a ir de compras con ella al día siguiente. Jennifer dejó a Ping con su padre para que pudiesen pasar un auténtico día de chicas. Era la clase de jornada que nunca había disfrutado con su madre, pero a cambio Katherine le había regalado buenos consejos y viajes a Europa y Argentina. En su vida había espacio para las dos. Encontraron el vestido perfecto en Neiman Marcus: corto, de gasa negra y con los tirantes adornados con cuentas. Le quedaba fabuloso y le daba un aire muy sofisticado. Así vestida, parecía una mujer y no una niña o una profesora de parvulario. Después buscaron unos zapatos a juego.

—Estás muy buena —dijo Jennifer, sonriendo.

Izzie soltó una carcajada.

—¿Cómo es ese tío? —le preguntó cuando subieron al restaurante a comer algo—. Debe ser muy especial si sales de compras por él.

—Es que no tengo ropa para la clase de sitios que frecuenta —respondió Izzie, que, tras despojarse del vestido nuevo, se sentía como Cenicienta después del baile. Llevaba unos tejanos, una sudadera rosa y unas zapatillas deportivas agujereadas, su atuendo habitual de los domingos por la tarde—. Es muy sofisticado y bastante atractivo. Es un productor de cine de Los Ángeles, y pasará un año aquí para hacer una película.

Se sentaron y pidieron un par de ensaladas.

—¿Cuántos años tiene? —quiso saber Jennifer, intrigada.

—Treinta y nueve.

—¿No es un poco mayor para ti? —Tenía el ceño fruncido.

Izzie se quedó pensativa. Aunque Jennifer y Jeff se llevaban diecisiete años, habían empezado su relación cuando eran mayores que ella, no a los veintitrés.

—Puede. No lo sé. Creo que no es de los que se apegan demasiado a nadie. Lo pasó muy mal de joven y ahora le interesa más divertirse.

—Pues procura que no te haga daño —le advirtió—. Es fácil engancharse a esa clase de tíos, porque saben ser encantadores y parecen inalcanzables. Yo salí con alguien parecido durante seis meses antes de estar con tu padre y tardé tres años en olvidarle. Soy de aprendizaje lento. Tú debes ser más lista.

—Tampoco creo que yo vaya a apegarme mucho —murmuró—. La gente se muere, Jen.

A su madrastra se le partió el corazón al encontrarse con su mirada. Izzie había visto demasiadas cosas a su edad y había pagado un precio muy alto.

—No todo el mundo muere joven —respondió con amabilidad, y le tocó la mano para tranquilizarla.

—No, pero parece ocurrirle a mucha gente de mi edad.

—¿Por qué crees que sucede? —continuó la mujer de su padre en voz baja.

Había pensado mucho en ello. Como trabajadora social, veía demasiadas tragedias entre las personas de la edad de Izzie, e incluso más jóvenes. Algunas eran accidentes; otras, producto de los ambientes en los que vivían, pero en ocasiones parecían ser simplemente un signo de los tiempos. Nunca había visto a un grupo de jóvenes que se hallara hasta ese punto en situación de riesgo.

—No lo sé —contestó Izzie—. Puede que seamos idiotas, o demasiado audaces, o que viésemos demasiada tele cuando éramos pequeños o algo así. Cada día hablan de gente muerta en las noticias y nadie piensa en ello. Entonces le pasa a alguien que conoces y casi te da un infarto. Puede que seamos imprudentes o que nos arriesguemos más. Como Billy —añadió con tristeza.

Y Kevin. Gabby solo había parado un taxi, pero el chico que la había matado había sido lo bastante imprudente e insensato como para conducir bajo los efectos del alcohol. Había oído que había salido de la cárcel el año anterior, después de tres años y medio. Ni podía ni quería imaginarse siquiera cómo habría sido. Las muertes que más detestaba Jennifer eran los suicidios, una realidad con la que, debido a su trabajo, estaba más en contacto que la mayoría de la gente. El suicidio constituía la segunda causa de muerte en los jóvenes, por detrás de los accidentes de tráfico. Eran muchos los padres que desconocían o negaban lo que ocurría en la vida de sus hijos. Al menos ninguno de los amigos de Izzie parecía sufrir de depresión. Jennifer se mantenía siempre atenta a ella desde que perdió a sus amigos, por si mostraba síntomas de esta enfermedad, pero parecía estar recuperándose bien, y el viaje a Argentina que su madre le había regalado le había supuesto un inmenso beneficio. Además, ahora tenía una relación nueva, lo cual era un signo positivo y esperanzador, aunque no llegara a ninguna parte. Al menos era divertido, y así era como Izzie lo consideraba. La tranquilizó comprobar que la joven parecía tener una perspectiva muy sensata.

—Por cierto, ¿cómo están Sean y Andy? —quiso saber cuando terminaron de comer—. Últimamente no hablas mucho de ellos.

—Es que no hay nada que contar —respondió, encogiéndose de hombros—. Andy está enfrascado en sus estudios, igual que su novia; ni siquiera pudo venir por Navidad. Y Sean se ha vuelto loco. Espera atrapar a todos los traficantes del mundo. Se ha pasado casi un año entero llevando a cabo una misión como agente infiltrado en Sudamérica. Durante ese tiempo no pudo llamar a nadie ni tener ningún contacto. Es muy duro para sus padres. Volvió durante una semana, y ahora lo está haciendo otra vez. Nadie tendrá noticias suyas en un año o más. Salvo si muere, supongo —concluyó, enfadada. Estaba cansada de que murieran sus amigos, y a Sean podían matarle fácilmente—. Creo que te referías a eso. Puede que mi generación se arriesgue más. Kevin, Billy, Sean. Piensan que son inmortales.

—Todos los jóvenes piensan eso. Puede que la diferencia sea que tu generación actúa de acuerdo con esa idea, lo cual es peligroso. Parece un trabajo sumamente arriesgado.

Le dolió ver la mirada de Izzie. De pronto, tuvo la misma impresión que había tenido Katherine un año antes: no había pasión en la muchacha, solo dolor. Ya no estaba dispuesta a poner el alma en lo que hacía ni a entregar su corazón; ya no quería amar. Sabía lo altas que eran las probabilidades de quemarse y había construido un muro a prueba de fuego en torno a su corazón. Pero al menos se divertiría durante algún tiempo con su productor de cine de Los Ángeles. Jennifer podía deducir de las palabras de Izzie que él no estaba más dispuesto que ella a arriesgarse, y ese era el motivo inconsciente de que le gustase.

Cuando se separaron esa tarde, Izzie prometió contarle cómo había ido el estreno de la temporada de ballet. Volvió a casa con su vestido y sus zapatos nuevos en una bolsa. Estaba deseando ponérselos.

Cuando lo hizo, fue todo un éxito. Tony se volvió loco al verla. El rostro y la figura de la chica mejoraban el vestido. Izzie lo pasó muy bien y disfrutó del estreno de la temporada de ballet y de la cena posterior. Fue una velada muy elegante en la que se sintió como una princesa de cuento. Tony se despidió de ella en su puerta con un beso, pero no pidió entrar y ella no le invitó a hacerlo. No estaba preparada, y él era lo bastante maduro y experimentado para intuirlo. No obstante, le aseguró que disfrutaba inmensamente de su compañía, y parecía sincero. Antes de marcharse le sonrió y volvió a besarla.

—Por cierto, la semana que viene me voy a Los Ángeles. Volveré el viernes. ¿Quedamos para cenar el sábado?

Ella asintió con una sonrisa tímida. Había sido una velada perfecta.

—Haremos algo divertido —prometió.

Izzie no lo dudaba; Tony se encargaría de ello, igual que había hecho hasta entonces. Bajó las escaleras a toda prisa y se despidió con un gesto de la mano y una sonrisa. Izzie entró en su estudio como si estuviera en las nubes, sintiéndose como Cenicienta antes de perder el zapatito de cristal.

21

Haciendo honor a su promesa, Izzie telefoneó a Jennifer al día siguiente para contarle el estreno de la temporada de ballet y decirle cómo le había quedado el vestido.

—¡Fue perfecto! —exclamó, encantada y agradecida de que su madrastra lo hubiera dejado todo para ir de compras con ella. Había resultado ser una amiga maravillosa, y nunca intentaba ser una madre para ella. Era más bien como una hermana mayor o una tía—. Algunas mujeres llevaban vestido largo, pero yo me habría sentido rara.

—Eres lo bastante joven como para llevar uno corto, incluso a un evento de etiqueta —confirmó Jennifer, una conclusión a la que Izzie también había llegado la noche anterior. El vestido que habían elegido era absolutamente apropiado, y su acompañante le había asegurado que estaba guapísima—. ¿Y qué tal Tony?

—Atractivo y encantador. —Se rio tontamente—. Lo pasé genial.

Le dio todos los detalles de la velada, del ballet y de la cena. Nada más colgar, Andy la llamó desde Cambridge. No habían hablado desde que ella le telefoneó el día de Navidad. Entonces Andy estaba trabajando y no hacía más que compadecerse de sí mismo. Estaba tratando de decidir en qué especializarse y consideraba seriamente dedicarse a la pediatría.

—¿Cómo estás?

El chico la telefoneaba siempre que se acordaba y tenía un momento libre. Eran los dos únicos miembros del grupo que quedaban, ya que Sean estaría incomunicado durante un año entero. A Andy le encantaba hablar con ella; le recordaba el hogar.

—¡Estoy genial! —exclamó Izzie, feliz—. Anoche fui al estreno de la temporada de ballet. Aunque no vi a tus padres. ¿Estuvieron allí?

—Seguramente, a no ser que mi madre tuviera guardia. Mi padre no suele ir sin ella. No le gusta tanto el ballet. Tengo la impresión de que te estás volviendo muy refinada. ¿Hay algún tío nuevo en tu vida?

—Más o menos —reconoció.

—¡Me estás escondiendo algo! —la riñó Andy.

—Nos conocimos en Nochevieja, al día siguiente me llevó a comer a Napa Valley y anoche fuimos al ballet. Es muy simpático.

—¿A qué se dedica? Espero que no sea médico, porque no os veréis nunca. Nancy y yo llevamos dos semanas sin pasar una noche juntos. Nuestros horarios nunca coinciden. De hecho, creo que se está cansando. Esto es muy duro —confesó, desalentado—. No sé cómo se las han arreglado mis padres para no separarse en todo este tiempo. Cuando no nos vemos, nos peleamos mucho. Además, siempre andamos faltos de sueño, cosa que a ella la vuelve una puñetera y a mí me convierte en un psicópata.

Izzie se echó a reír.

—Lo superaréis. Os queréis —le aseguró, tratando de tranquilizarle.

—Eso espero, aunque a veces me pregunto si el amor es suficiente.

Daba la impresión de que Andy estaba pasando por un bache. Nadie había dicho que los estudios de medicina fueran fáciles, pero era lo que él siempre había querido. Igual que Sean y su loca vida para el FBI. Izzie comprendió que su día a día como profesora de parvulario era mucho más sencillo que el de ellos, aunque fuese menos interesante. En cualquier caso, le encantaba hablar con él; era como hacerlo con un hermano. Lo mismo le ocurría con Sean, pero este era ahora un hermano invisible con el que nunca podía contactar y tal vez no pudiera volver a hacerlo jamás, si algo salía mal mientras trabajaba para el FBI. Tenía la sensación constante de que podían matarle en cualquier momento, y estaba segura de que a Connie le sucedía lo mismo con el único hijo que le quedaba. Al menos, Andy siempre estaría ahí. La profesión que había escogido no entrañaba ningún riesgo. Quererle no resultaba peligroso, y ella, a sus veintitrés años, llevaba ya dieciocho sin dejar de hacerlo.

—¿Qué novedades tienes, aparte de las peleas con Nancy y la falta de sueño?

—En esta profesión no puede haber novedades —se quejó—. No hacemos más que trabajar. Menos mal que Nancy va a ser también doctora. Ningún otro ser humano en su sano juicio lo entendería. Hiciste bien en darme calabazas.

Normalmente nunca lo mencionaban, pero a aquellas alturas los dos podían abordar el tema sin sentirse incómodos.

—Creo que habría sido muy difícil mantener una relación a larga distancia —reconoció Izzie con franqueza.

—Supongo que sí. Bueno, ¿qué tal con ese tío nuevo? Háblame de él.

Cuando tenía tiempo, siempre se mostraba interesado por su vida.

—Guapo. Mayor. Productor de cine. Simpático.

—¿Serio?

—No.

—¿Te has acostado con él?

—Todavía no, doctor. Pareces mi ginecólogo.

Andy se echó a reír.

—Si fuera por mi madre, a lo mejor llegaría a serlo. Quiere que me especialice en obstetricia y ginecología y que trabaje con ella, pero me parece que no va a ser así. Bueno, ¿y cuántos años tiene ese tío?

—No muchos. Treinta y nueve.

Izzie sabía que Nancy era un año mayor que Andy, aunque estaban en el mismo curso. Antes de empezar se había tomado un año sabático para viajar. Sin embargo, un año no suponía ninguna diferencia; dieciséis años, sí.

—Es muy mayor para ti, ¿no crees?

—Puede. Salir con él me produce la sensación de ser muy adulta y sofisticada. Es divertido, al menos de momento.

—Me lo imagino, con el estreno de la temporada de ballet y todo eso. Es muy distinto de la vida que llevo yo ahora mismo. Entre estudiar, las clases y las rondas por el hospital con nuestros profesores, como mucho tenemos tiempo para ir al McDonald's, y me duermo en la mesa.

Aunque debía estar exagerando, era evidente que sufría mucho estrés. Además, ignoraba por completo cuándo podría pasar unos días en casa.

—Bueno, cuéntame cómo te va —siguió preguntando—. Es agradable recordar cómo vive la otra mitad, la gente que sale a cenar, duerme y hasta echa algún que otro polvo. Cuando esto acabe, seré demasiado mayor para hacerlo.

—¡Vamos, Andy! Aún tendrás tiempo.

—No estés tan segura —respondió apesadumbrado—. Cuídate y llámame de vez en cuando. Te quiero, Iz. No lo olvides.

—Nunca lo hago. Yo también te quiero.

—Sí, lo sé.

Cuando colgaron, al cabo de unos minutos, Izzie decidió hacer limpieza y Andy regresó al trabajo.

En Boston hacía un horrible día de enero. Todo el mundo tenía la gripe y la típica moral baja de después de las vacaciones. Circulaba alguna clase de virus, y la mitad de los niños ingresados habían llegado al hospital deshidratados, después de vomitar durante días. Andy se dijo que gritaría si veía vomitar a otro crío de tres años. No podían hacer mucho por ellos, salvo suministrarles líquidos. Además, también había varios casos con una infección torácica fortísima que había degenerado en bronquitis y luego en neumonía.

Andy se pasó el día corriendo de un lado a otro bajo las órdenes de los internos y el jefe de residentes, un tipo desagradable empeñado en hacerle la vida imposible, y por si fuera poco tenía una montaña de formularios por rellenar. Nancy estaba libre por fin, después de trabajar en urgencias durante tres días, y se había ido a casa a dormir. Entre los estudios y el trabajo, Andy llevaba treinta y seis horas despierto.

A las nueve de esa noche aún estaba relativamente fresco tras una jornada laboral de ocho horas; fue entonces cuando llegó una niña de nueve años procedente de urgencias, con un diagnóstico de gripe y fiebre alta. Presentaba una temperatura de más de cuarenta grados y no tenía buen aspecto. El residente que la había visto ordenó a Andy y al personal de enfermería que le administraran líquidos y le dieran algo para bajar la fiebre. La niña lloraba y decía que se encontraba fatal. Se notaba que era cierto. Sin embargo, como en teoría solo era gripe, dejaron que Andy rellenara su historial. Su madre, que permanecía en la sala de espera, iba acompañada de tres niños más. El padre se encontraba fuera de la ciudad, y el pediatra de la familia se había ausentado durante el fin de semana y solo había dejado a una enfermera de guardia, que recomendó a la madre por teléfono que acudieran a urgencias. La fiebre había aparecido sobre las doce de ese mismo día y continuó subiendo a pesar de los fluidos que le inyectaron por vía intravenosa. Andy había estudiado lo suficiente como para preocuparse por la posibilidad de que la niña, que empeoraba con rapidez, sufriera convulsiones febriles, por lo que a las diez decidió avisar al jefe de residentes.

—No me gusta su aspecto —le explicó con calma, tratando de aparentar mayor sabiduría de la que cabría esperar en un estudiante de segundo curso. El jefe de residentes volvió a examinarla y convino en que tampoco a él le gustaba; entre sollozos, la niña se quejaba de rigidez en el cuello—. ¿Qué opina? —le preguntó Andy.

—Lo mismo que opinaba cuando ha ingresado —contestó este, impaciente—. Un caso grave de gripe. Esperemos que le baje la fiebre esta noche.

Estaban haciendo todo lo que podían. Se despidió de Andy para ocuparse de un bebé de seis meses con un problema cardíaco al que había que intubar. Era una noche muy ajetreada. Cuando pasó a ver a la niña al cabo de un rato la encontró inconsciente, con los ojos en blanco. Pulsó un botón de la pared y al instante llegó un equipo de enfermeras y médicos a toda velocidad, que se ocuparon de la paciente mientras Andy se apartaba a un lado, sintiéndose impotente e inepto. El jefe de residentes, que había acudido desde otra planta, le miró con expresión sombría.

—Parece meningitis. ¿Lo ha sospechado usted antes?

Aunque era más bien una pregunta académica, le dio la sensación de que estaba poniendo en entredicho su competencia. De hecho, ante el síntoma de la rigidez en el cuello, Andy había pensado en esa posibilidad, pero no quería mostrarse alarmista ni llevarle la contraria al jefe de residentes.

—Pues sí... pero he supuesto que era una simple gripe.

—Eso no es relevante —replicó el hombre con sequedad, intentando ser educativo—. Nosotros no le aplicamos un tratamiento distinto a lo que han hecho usted y el personal de enfermería. Le haremos ahora mismo una punción para confirmarlo.

El médico ordenó a una enfermera que solicitara una punción lumbar. La niña seguía inconsciente, con el cuerpo ardiendo.

Pocos minutos después llegó el equipo y le practicó a la enferma la prueba solicitada, pero la niña comenzó a manifestar dificultades respiratorias casi al instante. El personal de enfermería la intubó mientras Andy los observaba. La tensión arterial cayó en picado y se le paró el corazón. Contempló horrorizado cómo la sometían a un masaje cardíaco y le aplicaban un desfibrilador para reactivar su corazón. El equipo trabajó frenéticamente durante media hora. Andy lo observaba todo impotente mientras las lágrimas resbalaban por sus mejillas. Al final, el jefe de residentes se volvió hacia él y negó con la cabeza.

—Era meningitis.

—¿Cómo lo sabe? —preguntó, atragantándose con un sollozo.

Se sentía culpable y responsable por no haberla salvado, aunque los demás tampoco habían podido hacerlo.

—Porque ha muerto —respondió. La pequeña paciente había sobrevivido solo doce horas desde la aparición de la fiebre, algo característico en los casos graves—. No hay ninguna enfermedad que avance más deprisa. Es capaz de matar a un niño a la velocidad de un rayo, y a veces también a los adultos.

La habían cubierto con una sábana después de retirar todos los tubos. Miró fijamente a la niña que no habían podido salvar. Ahora tenían que informar a su madre. El encargado de hacerlo sería el jefe de residentes, que le indicó con un gesto que le acompañase. Dar malas noticias formaba parte del proceso de aprendizaje. Le siguió hasta la sala de espera, donde la madre trataba de lidiar con sus otros tres hijos, que ahora corrían un grave riesgo. Cuando entraron los dos hombres, la madre pareció aterrorizada. Andy solo pudo pensar que era el peor momento de su vida. Tendría que contemplar cómo el jefe de residentes le decía a aquella mujer que su hija acababa de morir. No podía imaginar nada peor que lo que acababa de ocurrir y la obligación de decírselo a la madre de la niña.

El médico le informó de forma profesional y rápida, con tanta delicadeza como le fue posible, que su hija tenía meningitis y que no habían podido hacer nada por salvarla. Le explicó que era una enfermedad con una elevada mortalidad en niños pequeños, y que aunque hubiese llevado a su hija antes al hospital, no habría supuesto ninguna diferencia. La enfermedad la afectaba de forma demasiado grave. Dijo que podía haberla contraído en cualquier parte, en el colegio, en un centro comercial o en un autobús. Nadie tenía la culpa. El jefe de residentes examinó a los demás niños mientras ella sollozaba histéricamente. Después, la mujer se volvió hacia Andy con expresión de furia y le golpeó el pecho con los puños.

—¿Por qué no me ha dicho que mi niña iba a morir? ¡Ojalá hubiera podido estar con ella ahí dentro! ¡Mi hija ha muerto sola por su culpa! ¡Soy su madre!

Habría querido que se lo tragase la tierra. Se disculpó y dijo que no lo sabía, que solo había resultado evidente en los últimos minutos de su vida, cuando ya estaba inconsciente.

La madre se mostró inconsolable, y tuvieron que telefonear a un amigo para que la llevara a su casa. Los demás niños estaban bien por el momento, y era posible que no contrajeran la enfermedad. Era imposible predecir quién se contagiaba de meningitis, fuese cual fuese la exposición. Se marcharon a las dos de la mañana, después de que el residente de guardia y el jefe firmaran los formularios y el certificado de defunción. Llevaron a la niña al depósito hasta que se adoptaran las medidas oportunas al día siguiente. En cuanto acabó todo y la madre se marchó, Andy se metió en un pequeño almacén y comenzó a llorar. El jefe de residentes le encontró después de buscarle durante un buen rato. Le miró a los ojos y le agarró por los hombros con firmeza.

—Escúcheme bien: ¡era imposible salvarla! —exclamó—. Usted no ha hecho nada incorrecto. No sabía lo que tenía delante, y si lo hubiera sabido no habría podido cambiarlo. Yo también pensaba que tenía gripe y, aunque le hubiese diagnosticado meningitis en cuanto ha llegado, habría muerto de todas formas. La meningitis fulminante tiene muy mal pronóstico, y más en los niños. La paciente habría fallecido en cualquier caso. Ahora quiero que se marche a casa y duerma un poco.

Era el primer niño que veía morir. Todavía le parecía notar los puños de la acongojada madre contra el pecho, acusándole.

—Estoy bien —afirmó Andy en un tono de desesperación que no logró convencer a ninguno de los dos.

Experimentaba una horrible sensación de fracaso. Estaba convencido de haber matado a la niña por no haber sabido reconocer los síntomas de la meningitis. No se creyó ni una sola palabra de lo que acababa de decirle el jefe de residentes; pensó que simplemente intentaba protegerle y que se sintiera mejor.

—Quiero que salga de aquí y se vaya a descansar —repitió el médico firmemente—. Todos perdemos pacientes. Son cosas que pasan. No siempre se puede ganar. Nosotros no nos dedicamos a arreglar coches, sino a tratar a personas. Márchese a casa, Weston, y vuelva mañana cuando se despierte. Necesita dormir.

Era cierto, pero Andy no quería marcharse ahora. Nunca en su vida se había sentido peor. Se quitó la bata blanca y dejó el estetoscopio en el estante donde los guardaban. De camino a casa llamó a Nancy; necesitaba oír su voz. Cuando cogió el teléfono, su novia parecía ocupada. Andy creía que estaba en casa, durmiendo.

—¿Dónde estás? —preguntó, confuso.

—Ha habido una especie de tiroteo entre bandas en la lonja de pescado. Aquí tienen cuatro heridos de bala. Me han llamado para que viniese a ayudar. ¿Dónde estás tú?

—Voy de camino a casa. Esperaba que estuvieras allí.

—¿Ocurre algo? Pensaba que hoy te quedarías hasta tarde.

Nancy también se sentía confusa. Ambos estaban agotados, y Andy estaba casi histérico por el sentimiento de culpa y la pena.

—Es que me han dado un descanso —respondió, sin entrar en detalles.

No añadió «porque he matado a una niña», aunque no

le faltaron ganas de hacerlo. No tuvo valor para decírselo. Era demasiado espantoso. Nancy no había perdido todavía a ningún paciente, y hasta esa noche tampoco lo había hecho él.

—Nos vemos luego. Tengo que volver al trabajo; dos de esos tíos tienen código azul.

Andy supo a qué se refería: la vida de aquellos pacientes corría grave peligro. La chica colgó antes de que pudiera contestar. Esperaba que ella tuviera más suerte que él.

La niña de aquella noche tenía código azul, pero no pudieron salvarla. Se llamaba Amy. Lo recordaría toda la vida, y jamás olvidaría los golpes de su madre, apenada y furiosa.

Cuando entró, encontró la cama sin hacer. Era evidente que Nancy había salido precipitadamente. El apartamento estaba hecho un desastre porque, desde hacía semanas, ninguno de los dos había pasado en él el tiempo suficiente para limpiarlo. En la nevera había una pizza a medio comer dentro de una caja, que había sido la cena de Nancy y también habría podido ser la suya, pero no la quiso. Fue al cuarto de baño a lavarse la cara y se miró en el espejo, que le devolvió el reflejo de un asesino, un hombre que quería ser médico y que había fracasado, un farsante, alguien a quien odiaba.

Siempre intentaba hacerlo todo bien en su vida, por sus padres, por Nancy, por sus amigos, y esperaba que por sus pacientes algún día. Siempre lo correcto. Hasta ahora. Había matado a Amy. Nunca se perdonaría lo que había ocurrido esa noche. Ya no podría ser médico. No era un sanador, era un criminal. El juramento hipocrático decía «no causaré daño», y él lo había hecho. La había matado por no haber sabido lo que tenía y por no salvarla. Salió del cuarto de baño con la mirada apagada. Su BlackBerry estaba sonando, pero no contestó. Nancy acababa de enterarse de lo sucedido por uno de los residentes y le llamaba para consolarle. Pero él no miró el teléfono que llevaba en el bolsillo, y de todos modos no habría contestado.

Unas vigas atravesaban el techo del apartamento que habían alquilado. Parecía un chalet suizo, con una gran chimenea de piedra, unos sofás muy mullidos y la nieve en el exterior. Sacó una cuerda del armario de material, puso una silla debajo de una de las vigas, ató la cuerda e hizo un nudo corredizo, tal como le habían enseñado en los boy scouts. En cuestión de segundos se subió a la silla, se puso el nudo corredizo alrededor del cuello y saltó. Todo terminó tan rápido como lo había hecho. Ya no podía hacer nada más. Se lo debía a Amy y a su madre. La muerte de la niña había quedado vengada. La BlackBerry siguió sonando mucho después de que Andy hubiera muerto.

22

El funeral de Andy fue todo un acontecimiento al que asistieron importantes personalidades, incluidos varios senadores, congresistas y editores que tuvieron que hacer cola para poder entrar en la catedral. Izzie, la única amiga de Andy que pudo asistir, se sentó al fondo de la iglesia, junto a Jennifer y su padre. Tampoco faltaron los padres de todos sus amigos. Ahora, todos y cada uno de ellos habían perdido a un hijo. Nancy se situó en el primer banco, acompañando a la madre de Andy, y se deshacía en un llanto desconsolado mientras Helen, que también lloraba, le pasaba un brazo por los hombros. Nancy era la nuera que ya nunca tendría. Andy había muerto a los veintitrés años, casi cinco después de que falleciera Gabby y cuando estaba a punto de celebrarse el primer aniversario de la desaparición de Billy. Las primeras palabras de Robert durante el elogio fúnebre no se refirieron a Andy, sino a sí mismo, lo que no sorprendió a ninguno de los presentes.

—Nunca pensé que esto pudiera sucederme a mí, que pudiera sucedernos a nosotros —comenzó, echándole una ojeada a su esposa—. Perder a un hijo era una desgracia que les ocurría a otras personas, no a mí. Sin embargo, acaba de pasar.

Mientras pronunciaba estas palabras, el psiquiatra se echó a llorar y por fin empezó a parecer un poco humano. Estuvo sollozando un buen rato y, cuando consiguió recuperar la compostura, habló de lo extraordinario que era Andy en todos los aspectos: un hijo sensacional, un estudiante fuera de lo común, un deportista de excepción y un amigo impresionante. Todo el mundo estaba de acuerdo. Al escucharle, Izzie tuvo la sensación de que un cuchillo le atravesaba el corazón.

—Y también habría sido un médico excelente —siguió diciendo Robert ante una catedral abarrotada—. Falleció una niña. Él jamás habría podido salvarla, pero no quiso creerlo. Aquella niña padecía meningitis. Así que Andy cambió su vida por la de ella, para expiar los que consideraba sus pecados.

Sin embargo, a los presentes eso no les importaba. Solo sabían que había muerto un muchacho maravilloso. Se había quitado la vida y nunca volverían a verle. No había burla del destino más cruel que la muerte de un joven; la muerte de un hijo, peor aún, de un hijo único. Izzie creyó que el corazón le estallaría en un millón de pedazos, y la cabeza también. Ni siquiera podía pensar. Sentada entre su padre y Jennifer, se sentía como si su vida se hubiera acabado. Ni siquiera podía decírselo a Sean porque nadie sabía dónde estaba. Le odiaba por ser imposible de localizar y por lo que estaba haciendo.

Cuando todo terminó, se situó en los peldaños de la catedral y contempló cómo introducían el féretro en el coche fúnebre. Lo había visto demasiado a menudo. No acudió a casa de los Weston tras el entierro; no pudo. No quería ver a nadie, ni siquiera a los Weston, sobre todo no a los Weston, con su conmoción y su pena. Aunque Jeff quería que volviese a casa con ellos, Izzie prefirió regresar a su estudio para estar sola. Jeff y Jennifer la dejaron allí de mala gana, temerosos de que fuese demasiado para ella, de que también corriese peligro, a pesar de que Izzie insistió en tranquilizarles.

Esa noche la pasó a solas sentada en su estudio, contemplando viejas fotografías. Se quedó mirando una de Andy. Había sido un niño muy guapo y un gran amigo. Había hablado con él la mañana del trágico día y se habían dicho que se querían. Siempre lo hacían.

Sonó el teléfono. Era Tony, que quería invitarla a cenar. No tenía la menor idea de lo que había sucedido. Había visto el artículo en la portada del periódico, pero no podía saber que el chico que se había suicidado, perteneciente a una importante familia de médicos, era su mejor amigo.

—¿Quieres que quedemos para cenar mañana? —le preguntó, contento de oír su voz.

Hablaba en un tono raro, y Tony quiso saber si la había despertado. Ella dijo que no.

—No puedo —respondió con voz apagada.

—¿Y el martes? El miércoles tengo que ir a Los Ángeles, pero estaré de vuelta el viernes, si prefieres que nos veamos entonces.

Estaba deseando verla.

—No puedo. Mi mejor amigo acaba de morir. Creo que me iré.

Acababa de ocurrírsele, pero le agradó la idea. Quizá para siempre.

—Lo siento mucho. ¿Qué ha pasado?

—Se ha suicidado.

Izzie no le dio detalles, pero él lo comprendió.

—Lo he visto en el periódico. Lo siento, Izzie. ¿Quieres que vaya?

—No, pero te lo agradezco. Estoy bien. Simplemente tengo que pensar en ello.

A Tony no le pareció buena idea.

—¿Estás segura? Salgamos a cenar el fin de semana que viene, cuando vuelva de Los Ángeles.

—No, creo que no deberíamos volver a vernos —añadió; aunque hablaba en voz baja, estaba muy segura de lo que decía—. Lo he pasado muy bien contigo, pero creo que no puedo seguir. Uno de los dos saldrá mal parado, y no quiero ser yo. —Sabía instintivamente que, para recuperarse, necesitaba estar con alguien a quien quisiera y que la quisiera. Tony nunca sería esa persona—. Creo que tenemos que dejarlo correr antes de empezar.

Él se quedó conmocionado, pero no le quitó la razón. Sabía que ella hablaba en serio y que estaba en lo cierto. No tenía nada más que ofrecerle aparte de lo que le había dado: una cena agradable, un almuerzo en Napa y el estreno del ballet. Su propio corazón llevaba años cerrado por las mismas razones, seguía huyendo de la misma pena. No podía ayudarla, e Izzie no quería acabar siendo como él: alguien superficial y con mucha labia, por muy simpático que pareciera.

—Lo siento, Tony —concluyó, muy seria.

—No te preocupes. Llámame si alguna vez te apetece pasarlo bien.

Pero no lo haría. Esa era la diferencia entre ellos. Tony quería pasarlo bien para no tener que sentir nada. Izzie no podía hacer eso. Lo sentía todo y deseaba no hacerlo, aunque tal vez fuese mejor así. Tenía la sensación de que le habían arrancado a Andy del alma, dejando un agujero del tamaño de su propia cabeza, como antes ocurrió con cada uno de los amigos que había perdido. Estaba ya tan llena de agujeros que se sentía como un queso suizo. Cuando

Tony colgó, Izzie se miró al espejo y trató de decidir qué hacer. Pidió una semana de permiso en el trabajo y se dedicó a dar largos paseos por San Francisco mientras reflexionaba. No sabía adónde ir, ni tampoco quién era. Visitó a Helen Weston y quedó con Nancy antes de que esta volviera a Boston. Comprendió por qué la quería Andy. Hasta se parecían físicamente: los dos eran altos, delgados y rubios, con rasgos finos y aristocráticos. Izzie pensó que habrían tenido unos hijos guapísimos. Las jóvenes se despidieron con un abrazo.

Visitó a Connie y vio en sus ojos la preocupación por Sean. Ahora se dedicaba a ayudar a Mike, pero era Sean quien debía ocuparse de ello en lugar de perseguir a los delincuentes y arriesgar su propia vida. Para Izzie no tenía sentido, y no se le antojaba un acto de nobleza. No estaba bien que sus padres y ella tuvieran que vivir constantemente aterrados ante la posibilidad de que le mataran.

Dio un largo paseo con Jennifer y hablaron mucho. Quería marcharse a final de curso, en junio. Hasta entonces estaba atrapada en San Francisco, salvo en las vacaciones de primavera. Recordaba el viaje a Argentina, que tanto la había ayudado a recuperarse y a poner de nuevo en marcha su vida.

Decidió viajar a Japón en las vacaciones de primavera; más tarde resolvería qué hacer con el resto de su vida. Por lo pronto, necesitaba alejarse de todo durante un año. Luego podía retomar los estudios. No iba a permanecer en San Francisco toda la vida, llorando a sus amigos. Ya solo quedaban ella y Sean, y era como si también él estuviera muerto, ya que no disponían más que de una semana al año para estar juntos. ¿Qué clase de vida y de amigo era esa?

Wendy, que conocía a Helen y había asistido al funeral, le dio el pésame cuando volvió al trabajo. Izzie no había visto a nadie allí, solo a su amigo en el féretro y a su padre de pie delante de todos, diciendo que pensaba que aquello nunca podría sucederle. Les había sucedido a todos, a la comunidad entera, que había fracasado al no poder salvarle y al crear un mundo en el que los jóvenes que lo tenían todo a su favor preferían la muerte a la vida. Era un misterio irresoluble en apariencia, pero ocurría demasiado a menudo. Le había ocurrido a Andy, otra víctima de su generación y de las aspiraciones de perfección de sus padres y de sí mismo. También Larry había presionado a Billy para que fuese una gran estrella del fútbol americano. Aquellas expectativas habían sido excesivas para ellos. Debían superar los deseos que les imponían, o al menos estar a la altura, aunque para ello tuvieran que morir.

Izzie planeó su viaje a Japón en abril. Esta vez lo pagaría ella misma. Quería visitar las zonas rurales y los templos de Kioto. No tenía que renovar su contrato con la escuela hasta mayo, y se concedía ese plazo para decidir lo que quería hacer. Esperaba resolverlo mientras estuviese en Japón. Necesitaba ver algo nuevo y volver a empezar. Nada de lo que había hecho hasta entonces se le antojaba adecuado y no tenía ni idea de dónde encajaría.

La víspera de su marcha cenó con Jennifer y con su padre, que se quedó preocupado al verla tan seria y callada, pero Jennifer le aseguró que se recuperaría. Estaba haciendo lo correcto, y el viaje a Japón era una buena señal. Extendía los brazos hacia la vida, aunque no podía negarse que la muerte de Andy había supuesto un terrible golpe, otro más. Acababa de desprenderse del último jirón de inocencia, era como si ya no quedara esperanza para ella ni para sus amigos.

El último día de clase se divirtió mucho tiñendo huevos de Pascua con los párvulos. Después cogió un taxi hasta el aeropuerto y comenzó su viaje. Pasó los controles. Tenía la tarjeta de embarque, el pasaporte, su equipaje de mano y estaba comprando revistas para el vuelo cuando sonó su móvil. Era Connie, casi sin aliento.

—Gracias a Dios. Pensaba que te habrías marchado.

—Me falta poco. Mi avión sale dentro de una hora. ¿Por qué?

Connie no perdió un instante:

—Le han disparado a Sean.

Cerró los ojos y sintió que la terminal daba vueltas a su alrededor.

—Está vivo —siguió Connie—, aunque estuvo a punto de morir. Recibió dos balas en el pecho y tres en una pierna. No sé cómo, consiguió cruzar la selva a rastras y enviar una señal. Al cabo de una semana le recogieron en una operación clandestina. Esta noche llega en avión al hospital Jackson Memorial de Miami, procedente de Bogotá. Mike y yo cogeremos el último vuelo del día. Me imaginé que querrías estar allí cuando llegue.

—¿Por qué? —preguntó Izzie.

—Porque le quieres y es tu amigo —contestó Connie, muy sorprendida—. Siempre os habéis apoyado el uno al otro, y eres la única que queda.

—Él no me apoya a mí —respondió con frialdad—, ni tampoco a ti, ni a su padre. Está obsesionado con matar traficantes de drogas por lo que les pasó a Billy y a Kevin, pero no es algo nuevo, sino de toda la vida. Ya quería atrapar a los malos cuando tenía cinco años. Mientras tanto, nos rompe el corazón a todos. Y la próxima vez le matarán.

—No creo que vuelva allí después de lo que le ha ocurrido —respondió Connie en voz baja—. Parece que le hirieron de gravedad y que se salvó por los pelos.

La mujer estaba atónita por la reacción de Izzie y la dureza de sus palabras.

—Volverá —afirmó la joven, convencida—. En cuanto pueda arrastrarse, volverá, y te pasarás otro año sin saber dónde está o si está vivo o muerto. Yo ya no quiero jugar a eso. Duele demasiado.

Estaba intentando librarse de ese dolor, aunque para ello tuviera que librarse de él.

—Lo siento mucho, Izzie. Pensaba que desearías saberlo.

—Y así es. Os quiero, Connie, a ti y a él, pero creo que se porta mal con todos nosotros, y sobre todo consigo mismo. No estoy dispuesta a dejar que me vuelva a romper el corazón cuando muera, y lo hará. Su entierro será el siguiente. Me alegro de que esta vez haya tenido suerte, pero uno de estos días no la tendrá. Tengo que dejar de estar pendiente de lo que le pasa, o la tensión acabará conmigo. Dale recuerdos. Me voy a Japón.

—Cuídate —se despidió Connie con tristeza, y colgó.

Pagó las revistas y se sentó en la terminal a esperar el momento del embarque. Tenía el estómago revuelto. Solo podía pensar en lo mal que debía estar Sean y en que se había pasado una semana cruzando la selva a rastras con cinco heridas de bala en el cuerpo. No sabía por qué no había muerto, pero la próxima vez o la siguiente podía ocurrir. Era adicto a lo que hacía, más allá de toda racionalidad, y a ella le costaba demasiado soportarlo. Había sido sincera con su madre. Ni siquiera estaba segura de querer volver a verle nunca más. Era demasiado desolador. Llamaron a los pasajeros para embarcar en el vuelo a Tokio y se puso a la cola.

Entró en la pasarela de acceso detrás de los demás, pero se detuvo antes de subir al avión. No podía hacerlo. En ese momento aborreció a Sean. No tenía derecho a hacerle aquello, aunque fuese su amiga. Se volvió, desanduvo sus pasos por la pasarela y regresó a la terminal. Se quedó allí durante unos momentos mientras intentaba poner orden en sus sentimientos, pero fue imposible. Cruzó la terminal y compró un billete para Miami, odiando a Sean por lo que les hacía a todos.

23

Izzie aterrizó en Miami antes que los padres de Sean, y ya estaba en el hospital cuando llegaron. Connie la miró agradecida y aliviada al verla allí. Un médico les explicó que Sean acababa de ingresar y estaba en cuidados intensivos, por lo que solo podrían verle durante unos minutos.

Sus padres entraron a verle primero e Izzie lo hizo después, sola. Lo que vio la dejó conmocionada. Sean estaba destrozado. Tenía el pecho cubierto de vendajes y tubos por todas partes. En la pierna llevaba varios drenajes y unos pernos en la zona del hueso roto por los disparos. No pudo imaginarse cómo había sido capaz de salir a rastras de la selva y sobrevivir. Aparentaba veinte años más de los que tenía, pero al menos estaba vivo. Tenía los ojos entornados, pero los abrió cuando sintió su presencia.

—¿Qué estás haciendo aquí? —le preguntó, sorprendido, y buscó con ternura su mano, apoyada en la cama.

Izzie no pudo contenerse y le acarició la mejilla y el pelo.

—Como no tenía nada mejor que hacer, se me ha ocurrido pasarme por Miami y venir a verte. Estás hecho un desastre, tío.

Él empezó a reírse, pero le dolía demasiado.

—Sí, claro, lo que tú digas —susurró—. Deberías ver la pinta que tiene el otro.

No se lo dijo, pero había matado a seis de ellos antes de marcharse. Dieron por supuesto que había muerto, y seguían sin saber que estaba vivo. El FBI cambiaría su identidad para la siguiente misión.

—¿Piensas volver? —le preguntó en voz baja.

Sean vaciló antes de asentir con la cabeza. A Izzie no le extrañó. Ya le había dicho a su madre que volvería.

—Me lo figuraba. Eres un cabrón chiflado, Sean O'Hara. Y no es un cumplido, pero me alegra que estés vivo. Tus padres no se merecen perder al único hijo que les queda.

A pesar de sus palabras, Izzie también estaba contenta por ella misma. Verle era estupendo, aunque estuviese tan mal. Decidió que estaba demasiado débil para contarle lo de Andy. Sería un duro golpe también para él, tan duro como el que ella sufriría el día en que Sean acabase muriendo. Llevaba tiempo preparándose para ello, sobre todo a sabiendas de que iba a volver. Era una obsesión, un deseo de morir que nadie podía detener, y ella era lo bastante lista para no intentarlo.

Sean cerró los ojos y se durmió. Aunque estaba muy sedado, lo que decía tenía sentido y se había mostrado contento de verla. Izzie volvió a visitarle a la mañana siguiente y habló con él unos minutos. Luego se marchó. Regresó a San Francisco y decidió posponer su viaje a Japón. Ya había perdido dos días, y podía ir en otra ocasión.

Avisó a su padre de que había vuelto y se pasó el resto de las vacaciones de primavera dando largos paseos y realizando actividades tranquilas. Pensaba en lo que había visto en Miami. Dos semanas más tarde, cuando ya estaba trabajando, Connie la llamó para decirle que estaban en casa. Sean seguía en el hospital, y pasaría algún tiempo allí.

Las heridas de bala se habían complicado, pero estaba segura de que al final se pondría bien. «Si puedes llamarlo así», se dijo Izzie.

Era una soleada tarde de mayo. Izzie salía del parvulario cuando alzó la vista y vio a Sean allí de pie, observándola, con ropa basta, barba y un bastón en el que se apoyaba pesadamente. Se aproximó caminando con dificultad. Izzie no lo habría admitido ante él, pero solo con mirarle se le paró el corazón. Eran los dos últimos supervivientes de un universo que ya no existía, otro planeta que se había esfumado en el vacío con la muerte de sus amigos.

—¿Qué haces aquí? —le preguntó, después de acercarse a él y darle un abrazo.

Sean parecía más fuerte y vigoroso, a pesar del bastón. Había ganado algo de peso desde que se vieron en Miami.

—He venido de visita —respondió en voz baja, mirándola muy serio—. Quería verte, y también a mis padres.

—¿Por qué vienes a verme a mí? ¿Qué más da? De todas formas, pronto estarás muerto, igual que los demás.

—Gracias por el voto de confianza —dijo con tristeza—. Esta vez he sobrevivido —añadió, no sin cierta sorpresa.

Ya se había enterado de lo de Andy. Era una pérdida dolorosa y terrible. Andy era un chico estupendo, con toda la vida por delante. Una vida fantástica, si no le hubiese puesto fin.

—Puede que también sobrevivas la próxima vez —añadió ella, aunque su mirada decía que no lo creía y que ya no quería albergar esa esperanza.

—¿Podemos tomarnos un café en algún sitio? —le preguntó Sean con precaución.

—Claro. Puedes venir a mi casa.

Izzie iba a decir que estaba cerca y que podían ir andando, pero sería demasiado para él, así que utilizaron el coche de la madre de Sean, en el que había ido hasta allí. Se tomó su tiempo para subir las escaleras. Al llegar, se sentó en la salita y miró a su alrededor. Había fotografías de los Cinco Grandes juntos cuando eran niños, y varias de él mismo solo. Se sintió conmovido. Se preguntó por qué había más imágenes suyas, e Izzie vio la pregunta en sus ojos.

—Eres el único que sigue vivo.

Se sentó junto a él y le sirvió una taza de café. Sean la dejó con cuidado sobre una revista para no manchar la mesa y la miró a los ojos.

—Izzie...

No pudo acabar. Antes de que supieran lo que sucedía, Sean la estaba besando y estrechándola entre sus brazos. Izzie sentía que una fuerza incontrolable se había apoderado de ambos y que Sean vertía en ella todo el ánimo que había empleado para sobrevivir. Con más vigor del que cabía esperar, Sean la llevó al dormitorio, arrastrando la pierna herida. Casi le arrancó la ropa mientras se desnudaba a toda prisa. Eran dos seres desesperados, haciendo el amor con una pasión que Izzie jamás soñó hasta ese momento. La joven no supo si estaban peleándose o haciendo el amor, o simplemente intentando mantenerse con vida. Estaban vivos. Habían sobrevivido y se necesitaban el uno al otro. De pronto eran dos mitades que formaban un todo. Al acabar, estaban sin aliento. Izzie, acurrucada entre sus brazos, tenía la mirada clavada en él. Siempre había pensado que algún día podía ocurrir algo así, pero de todos modos estaba sorprendida.

—¿Qué ha pasado? —le preguntó en un susurro.

Había sido como estar poseídos, como si fuesen dos cuerpos con una sola alma.

—No estoy seguro. Lo único que sé es que estoy enamorado de ti. De eso quería hablarte. La idea de verte otra vez fue lo único que me sacó a rastras de aquella selva.

Acurrucada junto a él, le taladró hasta el alma con la mirada.

—¿Volverás a trabajar como agente infiltrado? —se limitó a preguntar.

—Sí —contestó en voz baja, sincero como siempre—. He de hacerlo.

Izzie asintió con la cabeza y salió de la cama tan rápidamente como había entrado en ella. Se quedó mirándole con dureza desde el otro lado de la habitación.

—Pues sal para siempre de mi cama y de mi vida. No quiero volver a verte jamás. No puedes hacerme esto. No te lo permitiré. Todos los demás se llevaron un pedazo de mí. Si te mueres, cuando te mueras, porque morirás si vuelves, te llevarás el resto. No pienso permitírtelo. Quiero recuperar mi vida. Haz lo que te dé la gana, pero no vengas aquí para decirme que me quieres y hacer el amor conmigo si vas a romperme el corazón cuando vuelvas allí y te maten. ¡Lárgate de aquí!

Sean no dijo una palabra. La conocía mejor que nadie y sabía que hablaba en serio. Salió de la cama y se vistió delante de ella. Estaba muy guapa con su bata de satén rosa, y deseó volver a hacerle el amor. Izzie supo que había encontrado lo que estaba buscando, la pasión que nunca había podido hallar en ningún elemento de su vida. Sin embargo, su rostro no revelaba nada cuando Sean se detuvo en el umbral.

—Tienes toda la razón. Lo siento. No tenía derecho a hacerlo. Cuídate. Te quiero, pero eso no viene al caso.

Ella le oyó bajar las escaleras despacio, cojeando con su pierna herida, y se echó a llorar. Luego se tumbó en la cama, sollozando. La última vez que le había visto pensaba que sería la última, y ahora volvía a tener la misma sensación. No podía perdonarle. Ignoraba por completo cómo acabar con diecinueve años de amor, pero Sean era hombre muerto. Estaba segura de eso.

Izzie cambió su billete a Japón por uno a la India con fecha de salida a mediados de junio. Tenía intención de viajar durante uno o dos meses. Había firmado su contrato para el curso siguiente, pero les había advertido que sería el último. Pensaba retomar los estudios, quizá en Europa. Aparte de su familia, ya nada la retenía allí. Todos sus amigos se habían ido. Estaba deseando emprender el viaje. Llevaba días leyendo cosas sobre todas las maravillas de la India. Pensaba alquilar un coche y recorrer el país por su cuenta. No tenía miedo.

El último día de párvulos era siempre un gran acontecimiento. Los niños empezarían primero en septiembre, y Wendy e Izzie les habían preparado bien. Eran sus últimos días antes de entrar en un mundo un poco más adulto. Odiaba tener que despedirse de ellos y les abrazó a todos, en especial a Dana y Daphne, cuando se marcharon el último día. Había regalado a cada uno un libro con una dedicatoria. Aún conservaba el libro que la señorita June le había regalado el último día de párvulos, un ejemplar muy manoseado de *Buenas noches, luna.*

Cuando se marcharon los niños, Wendy y ella se tomaron su tiempo para ordenarlo todo. A final de curso siempre surgía un sentimiento de nostalgia, de la misma forma que en septiembre se disfrutaba de la impresión de volver a empezar.

—Bueno, ya ha pasado otro curso —comentó Wendy, sonriente.

Se preguntó si el siguiente sería realmente el último para Izzie, o si la muchacha se quedaría enganchada como le había sucedido a ella. Wendy siempre tenía la sensación de contemplar a unos gorriones que salían del cascarón para después alzar el vuelo, pero Izzie no estaba segura. Había otras cosas que quería hacer, como su viaje a la India ese verano.

Lo cierto era que, aparte de su padre y Jennifer, todos los lazos que antes la ataban a San Francisco se habían cortado. Tenía la sensación de que le había llegado el momento de marcharse, de alzar el vuelo ella también y encontrar la pasión de la que había hablado su madre. Sean había estado a punto de convertirse en esa pasión, y habría podido serlo si sus decisiones hubieran sido otras. Sabía por Connie que se había marchado dos semanas atrás y que estaba en Washington, haciendo rehabilitación y esperando a que volvieran a enviarle al extranjero en pocos meses. Le deseaba lo mejor, pero ya no quería formar parte de su mundo. Había sido duro alejarse de él y decirle que se marchara, a sabiendas de lo mucho que se querían. La tarde que pasaron en la cama fue una buena muestra de ello. Pero sabía que era lo que debía hacer y no se arrepentía. Quería que Sean y el dolor que él le habría causado salieran de su vida. Se compadecía de sus padres.

—Mándame una postal desde la India —le pidió Wendy mientras se abrazaban.

—Haré algo mejor —replicó Izzie, sonriéndole. Le gustaba trabajar con ella. Era una mujer simpática y los dos años que había pasado en el parvulario le habían hecho mucho bien. Había madurado—. Te traeré un sari.

Había hecho una larga lista de objetos que deseaba comprar allí. No obstante, lo que más deseaba hallar era su propia tranquilidad de espíritu. Sería para ella un viaje sanador.

Se despidió de Wendy y regresó andando a su estudio.

Abrió la puerta del edificio, y ya se disponía a subir las escaleras cuando le descubrió a un lado, a la sombra de un árbol, con unos tejanos y una chaqueta de camuflaje. Todavía llevaba el bastón, pero no se apoyaba en él. Se había arreglado la barba y cortado el pelo. Era Sean. Le miró, pero no le invitó a entrar, y él se acercó despacio.

—He vuelto.

—Ya lo veo —murmuró ella en voz baja—. Te pedí que no vinieras a verme nunca más.

Sus ojos le dijeron que hablaba en serio, y Sean pareció dolido, aunque no podía reprochárselo. Izzie no parecía enfadada con él, solo distante. Tal vez para siempre. Quería que Sean desapareciera de su vida, pero él no lo deseaba. Izzie sentía que su supervivencia dependía de su marcha.

—Solo quería decirte una cosa en persona, no por teléfono, aparte de que te quiero, cosa que a estas alturas puede ser irrelevante.

Viendo su mirada, Sean tuvo la aterradora sensación de que así era.

—He vuelto —repitió—. Regreso a casa. Tenías razón en lo de mis padres. Es demasiado para ellos. A mi padre le cuesta demasiado llevar solo el negocio. Nunca me han dicho ni una palabra ni me han pedido nada, pero creo que ya he hecho suficiente. Esta vez hemos provocado un cambio real. Estuve a punto de morir, pero valió la pena. Desmantelamos una de las redes de tráfico de drogas más peligrosas de Colombia. Sus cabecillas han muerto, hemos acabado con ellos. Hay otros, pero no puedo cogerlos a todos. Ahora lo sé. Ya es hora de que regrese a casa. Me despedí del FBI hace dos días. Solo quería que lo supieras. Por si cambia algo.

—¿Acaso debería hacerlo? —inquirió ella, mirándole

fríamente. Seguía enfadada con él por lo que les había hecho sufrir en sus largas temporadas como agente infiltrado. Sus padres le habían perdonado, pero ella no. Tenía mucho que compensar—. ¿Crees que puedes ser feliz sin todo eso? —le preguntó con franqueza.

Sean reflexionó unos momentos. Los dos sabían que era adicto al peligro.

—Es posible, no lo sé. Para ser sincero, echaré de menos las emociones fuertes. Sentía auténtica pasión por ellas. Pero hay otras clases de pasión más importantes. He dado lo que creí que debía dar. Lo demás me pertenece a mí, o a quien lo quiera. Como tú, por ejemplo —susurró—, si es que me aceptas. Te amo ... aún más de lo que amaba trabajar como agente infiltrado y perseguir traficantes. Mientras estaba allí, solo pensaba en volver y vivir la vida contigo.

Izzie le miró con atención, tratando de decidir si hablaba en serio y si podría hacerlo. Sean había recorrido un largo camino para encontrarla, y lo que decía cambiaba mucho las cosas. Era todo lo que ella había querido siempre, y ahora lo sabía. Lo supo la última vez que se vieron. Sean era su pasión y lo que echaba de menos en su vida.

Después de escucharle, asintió con la cabeza sin contestar. Quería decirle demasiadas cosas, y la asaltaban en oleadas.

—¿Quieres subir? —se limitó a decir con una sonrisa.

Sean la siguió escaleras arriba. Evitaba alargar el brazo y tocarla por miedo a que se desvaneciera entre sus dedos como un espejismo.

Izzie puso la cafetera en marcha. Sean la estrechó entre sus brazos y la besó con la misma pasión que había ardido entre ellos la última vez que se vieron y estallaron de forma incontrolable. Lo mismo ocurrió en esta ocasión, y el fuego que había permanecido dormido pero les había mantenido vivos durante tanto tiempo se desató y les unió. Eran una llama hecha de dos personas, y su amor había resistido todos los desafíos y tragedias de la vida. Pero seguían de pie, vivos y enteros.

Al acabar permanecieron abrazados en la cama, sin aliento. Sean sonrió al mirarla. Era la mujer más hermosa que había visto en su vida. Siempre lo había sido para él, y ahora era suya. Izzie se apoyó sobre un codo y le miró con la misma sonrisa de la que él se había enamorado el día que se conocieron en el parvulario. Mientras la contemplaba allí tumbado, era un hombre feliz. Izzie se inclinó con ternura, le besó y pronunció las palabras que él había estado esperando:

—Bienvenido a casa.